呉趼人小論

'譴責'を超えて

松田郁子著

汲古書院

目　　次

序論──中国小説史上における呉趼人の位置づけ……………………… 3
　　余滴 1　呉趼人の"初めて"……………………………………… 8

第一章　清末小説と呉趼人 ……………………………………………… 11
第 1 節　中国文壇における清末小説研究………………………………… 11
第 2 節　呉趼人評価………………………………………………………… 12
　　1．胡適の証言──西洋小説の影響………………………………… 12
　　2．魯迅の総括──'譴責'………………………………………… 12
　　3．阿英の解析──歴史意義………………………………………… 14
第 3 節　'譴責'の意味 …………………………………………………… 15
　　余滴 2　事実と脚色……………………………………………… 16

第二章　創作姿勢と生涯 ………………………………………………… 18
第 1 節　一族の落魄と国家の危機………………………………………… 18
第 2 節　愛国、救亡………………………………………………………… 20
第 3 節　女性性の視点……………………………………………………… 22
　　1．生育環境──大叔母……………………………………………… 22
　　2．社会体験………………………………………………………… 24
　　　1）『胡宝玉』（『上海三十年艶跡』）………………………… 24
　　　2）'清国の少女傑'薛錦琴……………………………………… 26
　　余滴 3　『二十年目睹之怪現状』の女性……………………… 29

第三章　《写情小説》創始の意義 ……………………………………… 33
第 1 節　清代の女性の結婚………………………………………………… 33

1．社会実態……………………………………………………………………… 33
    1）胡仿蘭………………………………………………………………… 34
    2）陳範、陳頡芬父娘…………………………………………………… 34
    3）賽金花（本名趙彩雲　小説中傅彩雲）…………………………… 35
    4）羅伽陵………………………………………………………………… 35
  2．清代小説に描かれた中国女性の恋愛、結婚…………………………… 36
    1）夏敬渠『野叟曝言』（清初？）……………………………………… 36
    2）曹雪芹（1715－1763？）『紅楼夢』（1791）……………………… 37
    3）文康（乾隆末？－1865年以前）『児女英雄伝』（1850頃？）…… 37
    4）韓邦慶（1856－1894）『海上花列伝』（1892－1894）…………… 38
    5）劉鶚（1857－1909）『老残遊記』（1903－1904？）……………… 38
    6）李伯元（1867－1906）『官場現形記』（1901－1906）…………… 39
    7）曾樸（1872－1935）『孽海花』（1903－1905、1907、1927－1931年）
    ……………………………………………………………………………… 39
    8）曾樸『孽海花』……………………………………………………… 39
    9）呉趼人（1867－1910）『二十年目睹之怪現状』（1903－1909？）… 40
 第2節　呉趼人《写情小説》——恋愛描写の試み…………………………… 41
  1．『恨海』「劫余灰」楔子…………………………………………………… 41
  2．恋心を語る女性…………………………………………………………… 43
    1）『恨海』（1906）……………………………………………………… 43
    2）「劫余灰」（1907－1909）…………………………………………… 45
 余滴4　守節選択……………………………………………………………… 47

第四章　《写情小説》における女性性の構築 ……………………………… 51
第1節　翻案外国《写情小説》「電術奇談」——恋と自己発現…………… 51
  1．《写情小説》創始の眼目 ………………………………………………… 51
  2．「電術奇談」翻案の趣旨 ………………………………………………… 53
    1）概容…………………………………………………………………… 53

２）信念信条の添付 ·· 55
　３．「電術奇談」の真価 ·· 57
　　１）女性主導の求愛 ·· 57
　　２）家長の理解 ·· 57
　　３）男性側の献身 ·· 58
第２節　翻案中国《写情小説》「情変」──恋と自己実現 ···························· 60
　１．阿英の疑問 ·· 60
　２．「情変」原作の発見──井波訳との出会い ·· 61
　３．改作の趣旨 ·· 62
　　１）原作「秦二官」梗概 ·· 62
　　２）「情変」梗概 ·· 63
　　３）「情変」の真価──男女性の逆転 ·· 66
　　４）恋愛成立の絶対要件 ·· 69
　４．「情変」の意義──夢想の実現 ·· 71
　５．呉趼人の恋愛観──‘情の原理’と‘悟り’ ······································ 72
　　余滴５　女性の革命運動参加と結婚 ·· 75

第五章　《社会小説》──‘暗黒世界’の‘魑魅魍魎’ ································ 78
第１節　"悪党"原体験──梁鼎芬と洪述祖 ·· 78
第２節　清末の社会悪 ·· 80
　１．"悪"の形象 ·· 80
　２．《社会小説》中の悪党 ·· 81
第３節　呉趼人の価値観 ·· 102
　１．「発財秘訣」──‘道徳心’と‘獣心’ ·· 102
　　１）‘道徳心’ ·· 102
　　２）‘獣心’ ·· 104
　２．『二十年目睹之怪現状』──儒教型行動規範 ···································· 107
　　１）見られる側 ·· 108

２）見る側——怪現状評者 ··· 108
　　　　（１）周辺人物の見解 ··· 108
　　　　（２）'九死一生'——共同体意識 ······································· 109
　　　　（３）呉継之——儒教型'善行' ··· 112
　　　３）"見る側の者"を評する作者の目 ······································· 116
余滴６　清末の男性像 ··· 120
１．清末男性作家の実生活 ·· 120
　　　１）林紓（1852－1924） ··· 120
　　　２）劉鶚（1857－1909） ··· 120
　　　３）呉趼人（1866－1910） ··· 121
　　　４）李伯元（1867－1906） ··· 121
　　　５）連夢青（生卒年不詳） ··· 122
２．清末小説中の男性 ·· 122
　　　１）劉鶚『老残遊記』（[続集]第２回、６回）——尼に夜伽を強要 ··· 122
　　　２）李伯元『官場現形記』（第30回、31回）——娘に妾奉公を強要 ······ 123
　　　３）呉趼人『二十年目睹之怪現状』（第76回、77回）
　　　　　　　　　　　　——婚約者に不貞の濡れ衣 ······························ 123
　　　４）『二十年目睹之怪現状』（第82回、83回）——娘を大官の男妾に縁組
　　　　　·· 123
　　　５）曾樸『孽海花』——皇族の恋（『孽海花』第７回、14回） ············ 124
　　　６）『官場現形記』——木っ端役人の恋（『官場現形記』第13回、14回、
　　　　　16回） ·· 124

第六章　〈理想科学小説〉『新石頭記』における'救世' ················· 126
第１節　'理想科学'世界における'文明'探究 ································ 126
　１．『新石頭記』梗概 ·· 127
　２．未知の世界 ·· 130
　　　１）【科学機器】 ·· 130

２）【地理／動植物】………………………………………… 131
　３．情報源 ……………………………………………………… 132
　　１）古典籍・小説・新聞雑誌 ………………………………… 132
　　２）『点石斎画報』……………………………………………… 134
　　　【機器名】……………………………………………………… 136
　　　【地理／動植物】……………………………………………… 137
　　３）漢訳ヴェルヌ「海底旅行」、「地心旅行」……………… 138
　４．ヴェルヌ思想への共感――被抑圧国支援 …………………… 141
第２節　『新石頭記』における"ユートピア"追求 ………………… 145
　１．理想の政治体制と社会生活 …………………………………… 145
　　１）【行政区画】………………………………………………… 145
　　２）【政治体制】………………………………………………… 145
　　３）【教育】……………………………………………………… 146
　　４）【宗教】……………………………………………………… 146
　　５）【産業】……………………………………………………… 147
　　６）【軍備治安】………………………………………………… 147
　　７）【生活】……………………………………………………… 147
　２．'文明'と'野蛮' …………………………………………… 149
　　１）現実の'偽'文明世界 …………………………………… 150
　　（１）外国製品、新思想との接触 …………………………… 150
　　（２）外国崇拝と中国蔑視の風潮 …………………………… 150
　　（３）国内問題 ………………………………………………… 151
　　２）理想の'真'文明世界 …………………………………… 152
　３．'救世'への展望 ……………………………………………… 154
　余滴７　理想世界と"演説少女"薛錦琴 ………………………… 158

第七章「上海遊驂録」における'厭世' ……………………………… 160
第１節　'厭世主義'と'恨み'について …………………………… 160

vi　目　次

　　1．"思想的反動化"評定 …………………………………… 160
　　2．"改革派投機分子"の描写 ……………………………… 161
　　　　1）'革命派'俄か'名士' …………………………… 161
　　　　2）俄か仕立ての'立憲'政体 …………………………… 162
　　3．1910年上海——胡適と呉趼人 ………………………… 164
　　　　1）作中の遊蕩'革命'志士 ……………………………… 164
　　　　2）呉趼人と'革命党'胡適の接触 ……………………… 167
　第2節　'救世の想い'の行方 ……………………………………… 170
　　1．'厭世主義'の原因 ………………………………………… 170
　　2．旧道徳の恢復 ……………………………………………… 177
　余滴8　公益事業 …………………………………………………… 182
　　1．拒俄運動——『漢口日報』事件 ………………………… 182
　　2．反米華工禁約運動 ………………………………………… 183

第八章　梁啓超との関係 …………………………………………… 185
　余滴9　「中国教育界」と「愛国学社」………………………… 189
　　1．「張園拒俄演説会」情景 ………………………………… 189
　　2．「中国教育界」と「愛国学社」の結成、分裂 ………… 190
　　3．改革派文人と急進派"革命軍" …………………………… 191

結論 …………………………………………………………………… 194
第1節　呉趼人作品の特性と意義 ………………………………… 194
　1．原体験 ……………………………………………………… 194
　2．思想上、文学史上における意義 ………………………… 195
第2節　従来の評価と再評価 ……………………………………… 196
　1．《写情小説》……………………………………………… 196
　2．「上海遊驂録」、『新石頭記』………………………… 198
　3．'旧道徳' ………………………………………………… 199

4．文体、形式………………………………………………………	201
註……………………………………………………………………	204
呉趼人略歴…………………………………………………………	238
作品年表……………………………………………………………	241
初出一覧……………………………………………………………	243
参考文献……………………………………………………………	244
あとがき ……………………………………………………………	249
索　　引（事項・書名・人名）…………………………………	251

＊

　本論中に挙げた作品名は、紙誌連載終了とともに執筆作業を終えた作品を完結、未完に関わらず「　」内に記した（例：「近十年之怪現状」）。連載中断後も執筆を継続し完結後に、或いは初めから書き下ろしで、単行本で刊行された作品を『　』内に記した（例：『二十年目睹之怪現状』）。引用した文章や語彙は、作品や論評中で原著者の用いた文章や語彙を‘　’内に、筆者の要約や解釈による文や用語を"　"内に記入した。《　》内は各作品の発表時に掲げられた角書きである。呉趼人の作品の引用文は、注記しない場合は『呉趼人全集』に拠っている。出版年月日や歴史事件はアラビア数字で表記し、新暦に拠った。年号や旧暦は漢数字で表記した。地の文で出版関係、歴史事項に関わらないものは原則として漢数字を用いた。

呉趼人小論──'譴責'を超えて

序論 ── 中国小説史上における呉趼人の位置づけ

　清朝最後の十年間に新聞雑誌をはじめとする新たな出版業態を背景に盛行した小説を一般に清末小説或いは晩清小説と呼ぶ。呉趼人（1866-1910）は作品数、影響力ともに清末を代表する作家であったが、辛亥革命以降あい続き湧出した政治運動、文学運動の潮流に捜き去られ、その人と作品についての全面的研究は二十世紀末年からようやく始まった。
　呉趼人が1910年に急死した後、流行作家らしく、絶筆となった未完成の遺作や脱稿済みの遺稿が一両年のうちに幾つも出版された。しかし、中華民国成立後の政治体制と文学様式の急激な変化とともに、ほとんどの作品の出版が途絶えた。
　呉趼人は、「近十年之怪現状」（1910）〈自序〉[1]で自身の執筆活動を懐古している。

　　世の不正理不尽を憎む思いは日々に積り、暗愚頑迷を攻め正さんとの思いは長きにわたって強まるばかり、思いの丈を申し述べる文章を書き始め、自ら密かに国の為に意見する'謫諌'の士と任じていた。なお幸い文章の知己は天下に居り一誌が出れば筆写口承して、年月を重ねても古いからといって見捨てはしない。そこで文字に活力あるのを信じるようになった。私に好意的な者は、半端な黄金珠玉をばらまくのは惜しいことだ。散逸した文章を拾い集めるのは容易ではない、なぜ一冊にまとめないのか、読む者に値打ちを知らしめ、入手しても保存しやすく、書いても長く残せるではないかと言った。そこで章回小説のまねごとを始め、かぞえてみれば癸卯の年より作家業に携わり、今で七年になる。

　　然而憤世嫉俗之念, 積而愈深, 即砭愚訂頑之心, 久而弥切, 始学为嬉笑怒骂之文, 窃自侪于譎諌之列。犹幸文章知己, 海内有人, 一紙既出, 则传钞染诵者, 虽经年累月, 犹不以

4　序　論

> 陈腐割爱,于是乎始信文字之有神也,爱我者谓零金碎玉,散置可惜,断简残编,畜摄拾匪易,盍为连缀之文,使见者知所宝贵,得者便于收藏,亦可藉是而多作一日之遗留乎?
> 于是始学为章回小说,计自癸卯始业,以迄于今,垂七年矣（p.299）。

　呉趼人の執筆活動、社会活動、政治運動の核は、'暗愚頑迷を攻め正さん'とする思い、'世の不正理不尽を憎む'思い、国の為に意見する'譎諫'の士の志にあったことがわかる。彼は時事や政治に関心を抱き、自身の見解を社会に訴えようとするジャーナリストとしての視線を小説執筆の出発点としていたといえる。

　呉趼人作品の特徴の多くは、作者自身が《社会小説》、《写情小説》と名付けた作品群に反映されている。清朝末期多くの知識人は、国家の危機や政治体制の破綻、社会の混乱を憂慮し、中国女性の精神肉体両面における解放を緊急の課題として挙げた。清末に救亡の障壁として立ち塞がる社会悪と女性抑圧の根治という課題を、《社会小説》《写情小説》の用語を最初に提起し、小説執筆の素材として普遍化させたのは呉趼人である。当時、彼の《社会小説》執筆の意図はほぼ均質に周知踏襲されたが、《写情小説》は、女性の精神面における成長の描写という呉趼人の趣旨に背理して、男女交際の実際行動面の描写に偏る傾向を呈した。さりながら、両概念を基軸とした作家たちの執筆活動は、清末の読者を啓発し多大な意識改革を喚起したと思われる。しかし、民国以降の政治運動と文学運動の趨勢は、二十世紀末に至るまでそれらの文学作用を黙殺してきた。

　民国初期に胡適が『五十年来中国之文学』(1922)[2]、魯迅が『中国小説史略』(1923-24)[3]を著し、清末小説を取り上げた。魯迅の命名した'譴責小説'の語は、その意図の如何に関わらず蔑称として文学史上に定着した。民国後期に至り阿英が『晩清小説史』[4]を著して、呉趼人の社会悪を糾弾し、時代の趨勢を描こうとする姿勢、高い構成力を評価した。しかし、五四新文化運動を経た中華民国文壇における清末小説の位置づけは、呉趼人を含めひとしなみに封建性の旧弊を留めた旧小説とされる時期が長かった。

第二次世界大戦、国共内戦終結後の中国大陸においては、作品の政治思想性が作品価値の判断材料として決定的意味をもった。中華人民共和国成立以降、それ以前の小説は作家と作品の思想性、政治姿勢が検分された。多くの旧小説同様ほとんどの清末小説もその"封建的"側面が批判の対象となった。呉趼人については、"愛国者であるが、『新石頭記』[5]、「上海遊驂録」[6]を描いた1907年以後は反動に転じた"作家であるという評定が、文学史上の定論となった[7]。しかし文化大革命までは、阿英『晩清文学叢鈔』編纂、呉趼人『二十年目睹之怪現状』はじめ主な作品の復刊等、清末小説研究が進められていた。しかし、文化大革命勃発により清末小説全般の研究が停止した。呉趼人のみならず、清末小説、作家全般について"封建思想"、"反動性"を否定する評価が固定し、出版物が消えた。呉趼人の作品は'反動的帝政支持者'、'封建的復古主義者'とみなされ、ほぼ全面否定された。
　その間、日本で樽本照雄が雑誌『清末小説』[8]、『清末小説から』[9]を発刊し、該誌上に三十年余にわたり日中両国研究者の投稿する論考が蓄積された。私見では、国文学者中村忠行は七十篇に及ぶ清末文学関係の論考を発表し、明治清末の小説や詩人、俳人の創作活動と影響関係という研究領域に空前絶後の成果をあげた。さらに、探偵小説、イソップ、商務印書館といった前人未到の分野研究の先駆けとなった[10]。樽本は多くの新発見を成し、文学史上の謎を解明した。とりわけ劉鶚、李伯元研究に多大の成果を上げた。また、漢訳ドイル、漢訳ヴェルヌ、アラビアン・ナイト、翻訳小説、商務印書館、雑誌『繡像小説』発行状況など、中国において未だ研究の端緒にもついていない分野にも先鞭をつけた。樽本は『清末民初小説目録』[11]『清末民国初小説年表』[12]を編纂して基礎研究を積み上げたうえに、文学史論、作家論、作品論等広範にわたる四百篇もの論考を発表し、すでに三十一冊の著作を上梓している[13]。台湾、香港においても、文革終結以前に高伯雨の『二十年目睹之怪現状』の詳細なモデル考証[14]をはじめ、『二十年目睹之怪現状』について歴史意義や作品内容を論じた専著が上梓された。近年は呉趼人の思惟についての究明が試みられている[15]。しかし、呉趼人の事績、「新石頭記」、「上海遊驂録」をはじめとする稀覯作品、未発見作

品等の基礎事実については依然として謎を残したままであった。

文革終結後、呉趼人研究はすべての清末小説同様に作品の再版から始まった。『晩清文学叢鈔』が再版され、清末小説の掲載された雑誌、個別作品が続々と復刊された。数種の呉趼人全集、作品集[16]、主な単行本が出版され、ようやく呉趼人の全作品を容易に読めるようになった。呉趼人の死後、友人の李葭栄が書いた「我佛山人伝」[17]はじめ、友人知人が追憶文を残している。しかしその後七十年余、呉趼人についての基礎研究は公開されなかった。1977年の文革終結後、清末小説の研究は早々に再開の方向に向かい、1980年に魏紹昌編『呉趼人研究資料』[18]が刊行された。魏紹昌は清末に書かれた同時代人の追悼文、追憶文をまとめて載せている。1980年代、王俊年は文革前に収集採録した呉趼人とその家系に関する調査記録に基づいた「呉趼人年譜」を発表した[19]。解放後文革勃発前に、生存している呉趼人係累を訪ね貴重な取材記録を残し得た李育中は、文革中の全面否定を公然と批判している[20]。

　　この呉家の仏山鎮心里大樹堂は歴代多くの商人、役人を輩出したが、呉趼人の生れた頃には一族全体が斜陽に向かっていた。私は1963年にその地で一か月取材に当たったが、八家系の人々はほとんどが労働人民となっており、貧しく寄る辺なく養老院に入っている者、魚を売る者、灯籠を作る者、古紙店で働く者、私は一人一人訪ねて回った。十数畝の大樹堂はとっくに平地に均され往時の面影もなかった。呉趼人に息子はなく娘が一人いて江蘇に生計し、今も外孫が一人いるという。見るところ呉趼人の係累は数えるばかり、この一世を風靡した小説家の後生は寂寞たるものである。"四人組"は歴史の一端を担った譴責小説を均しなみに否定し、この方面の作者たる者すべてを反動派に追いやりたたきのめそうとした。歴史に情実あり、彼らはうち倒されるに至らなかった。

　　这个吴家佛山镇心里大树堂,历代做商做官的人很多,但到吴趼人出生时,整个家族已很式微破落.我一九六三年曾到那里采访一个月,那八房人都几乎成了劳动人民了,有贫无所依的入了养老院,有卖鱼的,有扎灯笼的,有在旧纸店供职的,我都一一访问过.那十多亩地的大树堂早已荡为平地了,故址还依稀可见.吴趼人无子,有一女据说流落江苏,

还存一外孙. 亲见过吴趼人的亲戚也寥寥可数. 这位名振一时的小说家身后是够寂寞的, "四人帮"还想把起过历史作用的谴责小说一笔勾销, 凡是这一类的作者都推向反动方面去, 大加挞伐. 历史有情, 他们总是推不倒的. (p.285)

　1992年、王立興は『蘇報』に載せた呉趼人の書信を発見し、1903年小説家に転じた時点における呉趼人の事績を明らかにした[21]。最初の小説発表より一世紀近くを経て、ようやくその事績、人となり、作品について研究の端緒が開けたといえる。

　文革終結後1980年代早々から盧叔度は、「関于我佛山人二三事」[22]で呉趼人の事跡と作品の整理、検討を開始した。彼は、文学史上に定説化した民国と解放後の文学史における呉趼人論に異議を唱え、1907年以降の呉趼人作品の重要性と個別作品を検討する必要性を提議した。盧叔度は呉趼人の作品の表現手法を、描写の客観性、自由闊達な表現による諷刺性と譴責性、諧謔、皮肉、当てこすり、ほめ殺し等手のこんだ言い回しをあげて芸術面において高く評価している。一方、思想面についての評価は概ね、公式文学史上の見解に則っている[23]。続く論者も概ね、盧叔度の見解を踏襲している。呉趼人の作品について、描写の客観性、諷刺と譴責、構成表現手法に優れ、《社会小説》、《歴史小説》にある程度の成果をあげたが、《写情小説》を標榜した恋愛小説は内容、社会的影響ともに問題点が多く、思想面では君主立憲派から反動に転じた点を難とする、という論評が主流となった[24]。

　1997年、欧陽健は阿英『晩清小説史』以来六十年ぶりとなる『晩清小説史』[25]を上梓した。政治的羈絆に囚われない視点で小説史を構築し、呉趼人、李伯元の作品を'五四新文化運動の先ぶれ'と位置付けた。翌年出版された黄修已主編『二十世紀中国文学史』[26]は、清末に詩界、小説界革命等を主張した文学運動が五四文学革命を醸成したとの視点から、清末小説を'前五四時期'文学と位置付けた。近年、出版された付建舟『近現代轉型期中国文学論稿』[27]は、諸作家作品の綿密な分析を試みた清末文学研究専著である。清末小説を、変貌する危機的社会にあって創作に従事した作家たちの、人生観、文化資質、社会的責任感の投影、作品化という視点で捉えている。付建舟は、呉趼人を'文化情

況の変革期に当る二十世紀初期（二十世紀之初文化转型期）'における《社会小説》、《写情小説》、《歴史小説》の草創者と位置付けている。

現在の中国大陸においては呉趼人の作品について、構成力と社会性、愛国思想及び、中国小説史上初めての主題や方法による作品世界の構築に意義を認め、'旧道徳'提唱、革命派批判を"瑕瑾"とする政治的見解が概ね定論となっている。大半の作品は1960年に阿英の編集した『晩清文学叢鈔』収録版を除いては（中華書局 1960年5月。1980年6月再版）民国成立以来、初めての公刊であり、ほとんどの中国人読者に初見であったと思われる。呉趼人作品については、民国、文革終結までの共和国体制の中国、日中戦争以前から現在までの日本を通じて、紹介記事や印象論以上の考察を加えた作品論はごく少数である[28]。作品解析においては、未だ十分な検討がなされているとはいえない。

本書においては、呉趼人の小説について、最初に清末小説全般を中国小説史上に位置付けた魯迅の'譴責小説'という用語の解釈から出発し、呉趼人への否定的評価を決定づけた作品—低俗な恋愛小説を普及させた《写情小説》、'旧道徳'を称揚した「新石頭記」及び厭世感を抱いて'反動に転じた'「上海遊驂録」に焦点を当て再検討を試みたい。

余滴1　呉趼人の"初めて"

呉趼人は常に複数の長篇小説を並行して連載し、随筆、笑話、戯曲と多彩、多量の執筆活動を行った。とりわけ小説において、創意工夫を凝らし独自の作品作りに努めたようである。呉趼人の小説に見られる様式上の創始や資料価値については、以前から指摘されてきた。近年、欧陽健や付建舟をはじめとする中国の研究者は作品内容を検討し、さらに幾つもの中国小説史上初めての試みを挙げて検証している。それらの成果をまとめると、以下の如くとなる。

【《社会小説》】
　　呉趼人は『新小説』誌上に《社会小説》の角書を冠して『二十年目睹之怪

現状』を発表した。『二十年目睹之怪現状』は中国小説史上初めて《社会小説》の名を冠した小説である[29]。

【'〇現状'というタイトル】
　『二十年目睹之怪現状』は清末に大量に書かれた'〇〇現状'という題名を冠する小説の嚆矢でもある[30]。

【一人称】
　『二十年目睹之怪現状』は、中国小説史上初めて一人称の進行方式を採用した[31]。

【'資本主義商界'の記事】
　『二十年目睹之怪現状』には、中国小説史上初めて'資本主義商界'の記事[32]が描きこまれた。

【《写情小説》】
　1906年に《写情小説》の角書を冠して発表した『恨海』は、中国小説史上最初の創作《写情小説》である[33]。呉趼人は作品冒頭に'写情'の定義と意義を挙げて執筆の決意を表明している。

【《歴史小説》】
　《歴史小説》に新たな意義付けをした[34]。

【《翻新小説》】
　『新石頭記』は昔の書名と人物名を踏襲して新しい話を描く所謂《翻新小説》（阿英は《擬旧小説》と呼ぶ）の先駆けである[35]。

【《笑話小説》】
　《笑話小説》に新境地を拓いた[36]。

【民族資本家形象】
　『二十年目睹之怪現状』の呉継之は、いわゆる紳商出身の民族資本家形象（官僚地主から資産階級に転身した人物）の小説における最も早い出現である[37]。

【官人の商人への転身】
　『二十年目睹之怪現状』は、地主階層官僚経験者いわゆる郷紳階層の起業、実業界への意図的転身を描いている。管見によれば、官界と絶縁したうえで

商人に転身する士大夫という新たな階層が小説中に登場したのは、おそらく中国小説史上『二十年目睹之怪現状』が最初であろうと思われる[38]。

【業界内部告発記事】

管見によれば、『二十年目睹之怪現状』に記された江南製造局の裏話(第28、第50回)、「発財秘訣」に記された茶問屋が生産業者から収奪する実態(第8回)などは呉趼人の実体験に裏付けされている。おそらく中国小説史上初めての就労経験者からの業界告発記事であろう[39]。

【'民族資本機器工業主'】

『二十年目睹之怪現状』に、中国における'民族資本機器工業主'に関するおそらく最も早い記録証言が成された[40]。『二十年目睹之怪現状』に登場する発昌機器工廠は実在した民族資本工場で、作中の工場主方佚蘆のモデルは実際の工場主方逸侶である。民族資本工業の小説中における初めての記載であり、歴史上にも貴重な記録を残した。

【商標訴訟の記事】

『二十年目睹之怪現状』に中国小説史上初めて商標訴訟の記事が描きこまれた[41]。

【悪人ばかりの小説】

「瞎騙奇聞」(1905)、「糊塗世界」(1906)、「発財秘訣」三篇の中心人物はみな社会倫理に悖る悪行を処世の業としている。管見によれば"登場人物のほとんどが(非政治性)悪人"、"悪事の描写が主眼"という設定の小説は中国小説史上初めての試みと思われる[42]。

このように呉趼人は素材面、方法面において中国小説史に多くの新たな領域を開拓した。特に政治社会の腐敗愚劣を糺す《社会小説》と未婚の女性の恋情ひいては女性としての幸福、生き方を問う《写情小説》は、彼の創始以後、清末小説諸作品の主流ジャンルとなった。その点においても彼は清末小説を牽引する作家であったといえる。

第一章　清末小説と呉趼人

第1節　中国文壇における清末小説研究

　清末は新聞雑誌刊行の黎明期であった。作品発表の場を得て多くの小説が発表されたが、専業作家は未だ少なかった。ほとんどの作者が筆名で発表し、当時の作家と作品の全容を知ることは現在極めて困難とされている。阿英『晩清小説史』（商務印書館 1937）によれば、清末小説は中国小説史上空前の隆盛を極めた。当時少なくとも千篇以上の小説が発行されたというが、辛亥革命、日中戦争、国共内戦と打ち続く戦乱にその多くが失われた。

　中華民国に至り、胡適が『五十年来中国之文学』(1922)、魯迅が『中国小説史略』(1923-1924) を著し、中国文学史を講じる中で清末小説について論述した。次いで阿英は清末小説の専著『晩清小説史』を著した。いずれも呉趼人『二十年目睹之怪現状』(1903-1909?)[1]、李伯元（1867-1906）『官場現形記』(1903-1905)[2] 或いは『文明小史』(1903-1905)[3]、曾樸（1872-1935）『孽海花』(1905)[4]、劉鶚（1857-1909）『老殘遊記』(1903-1906?)[5] を代表する作家とその代表作としてあげている。

　民国文壇の三巨匠、魯迅、胡適、阿英は、いずれも中国旧小説史上の最後に清末小説を取り上げて論じた。彼らは清末小説の文学性については、概ね否定的評価を下した。胡適は"構成がない"、魯迅は"志操の低い'譴責小説'"、阿英は"政治社会を反映するものの未熟"[6] と概括している。民国文壇の重鎮である彼らの影響力は絶大で、それ以降半世紀以上にわたり、その評価は基本的に踏襲されてきた。

　西洋近代文学、思想の精神、理論、様式を範とした五四文学革命後の中華民国文壇において清末小説は文学作品として度外視された。呉趼人の小説も『二十年目睹之怪現状』、『恨海』等を除いて出版されなかった。文革直前に阿英は『晩清文学叢鈔』を編纂し呉趼人の中編小説[7] 四篇を収録したが、文革勃発によ

12　第一章　清末小説と呉趼人

りその入手は困難となり、呉趼人のみならずほとんどの清末小説は作品を読むこと自体が容易でなくなった。

第 2 節　呉趼人評価

1．胡適の証言——西洋小説の影響

　文学史上に初めて呉趼人とその作品を取り上げたのは胡適『五十年来中国之文学』(1922) である。胡適は呉趼人の構成力を高く評価した。胡適の論評の特徴は西洋小説の影響を前提として[8]、清末小説全般と区別して、呉趼人の小説のみを特別視している点にある[9]。民国時期、胡適の持論に反論が成された形跡はない。呉趼人の公私を共にした盟友で翻訳家の周桂笙[10]は民国成立後も長く健在であった。呉趼人への西洋小説の影響は、当時においては周知の事実として、或いは自明の理として受けとられていたと解釈するのが自然である。胡適の出国と中華人民共和国成立以後、彼の証言は顧みられなくなった。西洋探偵小説の影響を指摘する胡適の議論は、呉趼人の文学活動、政治活動両面において示唆に富んでいる。その事については後述する。

2．魯迅の総括——'譴責'

　胡適は呉趼人作品の全体傾向を論じたが、具体的用例を挙げていない。魯迅『中国小説史略』の記述は、『二十年目睹之怪現状』の最初の作品論となった。魯迅は第28篇〈清末の譴責小説〉の項に呉趼人の執筆姿勢、作品傾向を"大げさに事実を違えて話の種を並べたてた('話柄の連篇')"と論じている[11]。そのように魯迅は、呉趼人の執筆態度、表現方式における難点を指摘したうえで、『二十年目睹之怪現状』第74回前半の"京官の符彌軒の八十歳を超える祖父は、飢えては隣の店舗に残飯をもらいに来る。ある夜半、符彌軒と妻は、老人が漬物を欲しがったのを咎めて口汚く罵り、店舗の住人を目覚めさせる。夫婦は老人を罵倒しながら食事を始め、嫁が犬を肉でじゃらすと老人が不服を漏らす。怒った符彌軒は食卓をひっくり返し、老人が床に落ちた物を拾って食べると、

その頭に椅子を投げつける。女中が椅子の直撃を遮ったので、老人は軽いけがで済んだ"という場面を引用している。符彌軒は日ごろ儒教道徳をしきりに説く道学者であるが、祖父の扶養を厭い、同郷人士の叱責を受けている。祖父は孫夫婦の食卓に同席を許されず、物置で雑穀の饅頭を齧り、固くて噛めずいつも飢えている"という話題を引用紹介している。

呉趼人は、第74回末で地の文に'家庭の怪現状がどれほど多いことか。家庭の怪現状を私はつくづく見てきたものだ。…最も奇妙なのは、道徳心を喪い身内をないがしろにする者が、日ごろは孝悌忠信仁義道徳を高談していることである'（何家庭怪状之多也。家庭怪状, 我蓋睹之熟矣。…所最怪者, 滅倫背親之事, 乃出于日講孝悌忠信仁義道徳之人。『全集』版第2巻 p.611–612）と特記している。この場面には、老幼弱者扶助を人道とする儒教的倫理観の廃れた清末社会の現実と呉趼人の価値観が表れている。また魯迅が"描写が大げさで真実と異なる"と述べ欠点として指摘した、呉趼人の脚色の特性も表れている。清末社会と呉趼人の思想、執筆方法の特質が端的に描かれた箇所であるといえる。

『近現代轉型期中国文学論稿』で著者付建舟は、魯迅が清末小説を'譴責小説'と命名し格下に貶めたことを遺憾とした。晩清小説に対する否定的評価は、その'鶴の一声（一錘定音）'により定まったと指摘し、'後世に潜在的思いこみという影響を及ぼし（対后世既有"先入为主"的潜在影响）'た'言葉の覇権（话语霸权）'であると非難している。さらに付建舟は魯迅の評定を、各作品の綿密な分析及び個々の作家の創作意識への視点に欠けた不適切な論評であると批判している。

しかし『二十年目睹之怪現状』全108回の中から、上記の場面に紙数を割いて引用した選択には、この作品についての魯迅の精通ぶりが窺われる。『二十年目睹之怪現状』が雑誌『新小説』に連載されたのは第45回までで、その後は五年間に書き下ろしで八巻に分けて出版された。第74回収録分は1909年に刊行されている。その引用は、魯迅が『新小説』停刊後も『二十年目睹之怪現状』を単行本で購読する読者であったことを示している。中村忠行は、'〈譴責小説〉が高く評価される様になったのは、魯迅の《中国小説史略》が出てから以後のこ

とでそれを忘れては論にならない'[12]と述べている。中村の指摘する如く、魯迅が呉趼人の文学的特性を的確に指摘し得たのは、完成度に不満を示しながらも紙誌に大量に発表された通俗小説群に着目し、丹念に渉猟吟味し、当時の文学情景に通暁していた故の慧眼であったといえよう。

3．阿英の解析──歴史意義

　阿英『晩清小説史』(1937)はテーマ別に章分けした各項目の中で呉趼人の主な作品を論評している。阿英が『晩清小説史』で呉趼人について述べた見解は、誇張した描写を難点とした魯迅、構成力の高さを認めた胡適の評価と変わらない[13]。また彼は、革命文学者銭杏邨としての立場において晩清文学全般を捉えていた。呉趼人の作品についても、『二十年目睹之怪現状』は全面的に晩清社会を反映している（還是全面上反映了晩清的社會（人民文学出版社 1980年 p.8））等と、文化史面において評価する一方、義和団や革命派を誹謗する"思想面の落伍"を批判している。

　しかし阿英は、日中戦争渦中に出版した『晩清小説史』に『二十年目睹之怪現状』、「九命奇冤」、「痛史」、『恨海』、「劫余灰」、「上海遊驂録」、「発財秘訣」、「瞎騙奇聞」等の長中編小説を粗筋や抄録を載せて解説するほど呉趼人を熟読していた。彼の作品理解と考察は、『晩清小説史』上に表明した分析、評定よりも深い側面に及んでいたと推察される。その識見は、文革勃発直前（1960）に編纂した『晩清文学叢鈔』[14]に呉趼人の後期作品「発財秘訣」、「瞎騙奇聞」、「近十年之怪現状」、「情変」を選択収録した決断に現れている。阿英はさらにその〈叙例〉において、「上海遊驂録」における革命派攻撃及び「情変」執筆の意図という本質的側面についての疑念を提示している。

　現在の研究においては、阿英の最後の提議は看過され、呉趼人作品に"世相、時流を反映している"という意義を認めるという点に見解の一致をみている。しかし、1980年の『晩清文学叢鈔』再版から三十年余にわたり学会を挙げて個別作品の検討に取り組んだ成果が、1930年代に阿英が一人で執筆した『晩清小説史』の見解と変わらないことには驚かざるを得ない。

第3節 '譴責'の意味

　このように、胡適、魯迅、阿英の論評には呉趼人の小説に対する深い識見が認められる。しかし、民国文壇全体において清末小説は、"文学性、思想性の低い旧小説"として論議の外に置かれ、'譴責小説'という命名のみが清末小説全般を象徴する語彙として定着した感がある。呉趼人作品を含め清末小説全般は、魯迅と阿英の表現に依って"譴責と歴史意義"という方向性を付与され表象化されているといえよう。呉趼人作品はその没後百年を超えた現在に至るも、基本事項において民国20、30年代に書かれた文学史の評定に依拠する側面が大きいということになる。

　しかし、多くの清末小説は、阿英が『晩清小説史』を記した1930年代にはすでに稀覯本に属していた。魯迅が作者に近い世代として丹念に作品を読み、その本質を深く捉えて捻出した用語は、精読の機会を得られなかった後世の読者の理解と齟齬をきたしたであろう。

　先述の如く付建舟は、魯迅が清末小説を風刺性が『儒林外史』に及ばないと'譴責小説'と命名し'格下に貶め'たと批難した。しかし、先に見た如く、魯迅も阿英も呉趼人作品に精通していた。魯迅が'譴責'自体を'格下'とみていたとは限らない。呉趼人の作風と思想を的確に読み取っていた魯迅は、風刺ではない'譴責'の意義を認めていたとも考えられる。また、『晩清文学叢鈔』編纂時における阿英の、「情変」や「上海遊驂録」についての言及は、彼が呉趼人作品に"歴史意義"以上の価値を認めていたことを示している。

　文革終結後、多くの論者が作品分析、再検討を試みたその結果、政治思想面で後れた《社会小説》、社会意義に乏しい《写情小説》という評価が定論とされている。その根拠をなしているのは、鴛鴦胡蝶派小説の隆盛をもたらした写情小説、革命派を批判した「上海遊驂録」、旧道徳を称揚した「新石頭記」である。筆者は呉趼人の《社会小説》、《写情小説》各作品を考察する作業を進める過程で、幾つかの新発見を得た。それらの新事実に基づいて呉趼人作品の解析

を試みた結果、呉趼人について従来知られなかった作家意識や作品意義を見いだすことができた。呉趼人の"反動思想"として従来全面否定されてきた『新石頭記』における儒教思想賛美、「上海遊驂録」における革命運動、立憲運動批判については、新たに判明している史的事実に拠って別の解析が可能であろうと考えられる。「情変」についても、新事実に拠った解析が必要となる。さらに呉趼人作品の解析を進めながら、従来の評価を再検討していきたい。

余滴2　事実と脚色

　魯迅は呉趼人の表現を'大げさで真実に背く''読者に迎合'していると評した。呉趼人自身は"小説中でかいたことはすべて事実である"と各処で述べているが、小説であれば当然、脚色が加えられる。呉趼人の脚色力は、同時期の清末小説と比較してさえも明白である。例えば、船上でのコソ泥という同種の犯行を比べてみる。

【李伯元『官場現形記』第13回、16回】
　　泥棒ヤミ屋上がりの魯隊長が　江山船（妓女を置く長江客船）上の宴席を抜け出し、総督随員文西山の船室から金品を盗む。数か月後、金に換えようとして探索方に捕まる。
【呉趼人『二十年目睹之怪現状』第5回】
　　南京行き汽船内で空き巣を働き捕まった泥棒は現役官僚だった。何度も捕まっている常習犯だが、司法委員は同僚であり、追及しようとせずすぐ釈放する。彼は会盗の一味でもある。
また、奥向きの話題にも類似のものが見られる。
【李伯元『官場現形記』第38回】
　　湖広総督は第九夫人の小間使いを妾に昇格させようと目論んでいた。その矢先に、第十一夫人、第十二夫人として二人の美人を献上される。そこで小間使いの恨みを買わぬよう、第九夫人の養女として武官に嫁がせる。

【呉趼人『二十年目睹之怪現状』第82、83回】

　湖広総督候中丞は、男色相手の朱狗を候虎と命名して武官に取り立て、女中を娶せる。夫妻そろって中丞に仕えていたが、妻が急死する。言巡撫は、候虎に娘を娶せると総督に請けあいご機嫌を取り結ぶ。しかし、言夫人は激怒して縁組を認めない。言撫台は総督も妻も怖く窮地に陥る。やむなく密かに第四夫人に輿入れの準備をさせ、日清戦争時の姦計で策士と名を馳せた陸観察に大金で収拾を依頼する。陸観察は、お手付きの小間使い碧蓮を自分の娘と偽って巡撫第四夫人の養女に差し出し、令嬢の身代わりとして候虎に嫁がせる。

　湖広総督候中丞は大官張之洞、言巡撫は戊戌政変で処刑された譚嗣同の父譚継洵、陸観察は総督葉志超幕客の洪述祖、候虎は湖北新軍司令官張彪とモデルが特定されている。張之洞は"猿面"であったので、同音の'侯'を変名とし、譚継洵は側室に夢中で嫡出の譚嗣同を疎んだという。いずれも小説としての脚色を施しながらも、当時巷間を賑わした幾分の事実を含む話題であったと思われる。

　呉趼人『二十年目睹之怪現状』、李伯元『官場現形記』は同時期の上海で別の雑誌紙上に連載されていた。両作家は当時の小説界の二枚看板であった。どちらも社会の悪弊を糺すという執筆姿勢のもとに小説を描き、話題の多くは実在人物の醜聞巷説を素材としていた。役人の船室空き巣、小間使いと武官の縁組という舞台と役柄を同じくする話でも、『二十年目睹之怪現状』は脚色の奇天烈さにおいて優っている。このように構想に趣向を凝らし、人物像の個性を際立たせる脚色を施した作品作りは、呉趼人の独擅場であったといえる。

第二章　創作姿勢と生涯

第1節　一族の落魄と国家の危機

　『二十年目睹之怪現状』は、語り手'我'の見聞を記した筆記として進行するが、作中描かれた'我'自身の家庭概況は、呉趼人自身の身上に一致する。また、「発財秘訣」や「上海遊驂録」中の記述にも呉趼人自身の半生や心情に一致する部分が見られる。

　1998年に出版された『呉趼人全集』[1]は以下の如き〈作者簡介〉を付している。呉趼人は広東省南海県仏山鎮出身である。原名は宝震、沃堯、字は小允、号は繭人、後に趼人と改めた。主な筆名に我佛山人、趼塵、検塵子、老少年などがある。同治五年（1866）北京に生れ、三歳の時に両親と共に郷里仏山に帰った。十八歳の時、生活に逼迫し上海に職を求め江南製造局に奉職した。月八金の収入だった。光緒二十三年（1897）から光緒二十八年（1902）まで上海の各小報の主筆となり『消閑報』、『采風報』、『奇新報』、『寓言報』などを前後して担当した。後に『漢口日報』、『蘇報』なども担当した。光緒二十九年（1903）から小説創作を始め、7年間に、未完五作を含めた長篇十九作、短篇小説十二作、文言筆記小説五作、笑話三作および若干の戯曲、詩歌、雑著を発表した。『二十年目睹之怪現状』、「通史」、『九命奇冤』、『恨海』が代表作とされている。この間《月月小説》の総編集者を務め広志小学堂を主催した。宣統二年（1910）、44歳の歳、喘息の発作により上海の自宅で急死した。

　そのほか、王俊年「呉趼人年譜」、李育中「呉趼人生平及其著作」に記載された詳細な履歴によれば、呉趼人の作品成立に特に深く関わっていると考えられるのは、以下の事項である。呉趼人の曾祖父呉栄光[2]は進士出身で湖広総督に昇り、文名書跡に名高い顕官であった。呉趼人は1866（同治五）年北京に生れ、三歳まで北京にいた。曾祖父は高位にあったが蓄財を意に介さず、金石蒐集、対外防備、一族の扶養に資産を費やした。祖父は工部員外郎、父は浙江候補巡

第 1 節　一族の落魄と国家の危機　19

検と官途に栄進ならず家運は衰勢に向かった。父呉昇福（1841－1882）は、祖父の死後、原籍の広東省南海県仏山鎮に帰郷したが、貧窮して寧波に生計を求め、浙江柴橋鎮茶廛に勤めた。呉趼人は名門子弟として儒教の古典教育を課され、八歳で家庭教師に就き、十三歳で仏山書院に学んだが、1883（光緒九）年、十六歳の時に父が客死し、一家は困窮に陥った。十八歳の時、上海に職を求め、初め広東人の経営する江裕昌茶庄に身を寄せた。次いで江南製造局に奉職した。そこで、近代科学文明、時事について新知識を吸収した。1897年より1902年まで『字林滬報』、『采風報』、『寄新報』、『寓言報』など上海の各小報主筆を勤めた。この時代に、『趼囈外編』（1897－1898）[3]、『呉趼人哭』（1902石印本）[4]など政情、世情への批判的寸評、『海上名妓四大金剛奇書』（1898.7）[5]のような市井や遊里の逸話、人物批評を発表した。1901年、清露密約に反対するロシア排斥運動（以下「拒俄運動」）に参加、演説する。1903年春『漢口日報』編集者として武昌に赴任、政局時事を風刺し、学生の拒俄運動参加を支援した。ほどなく、武昌知府梁鼎芬が社主に迫り同誌を官報に買収した（以下『漢口日報』事件）ので、辞職し小説家に転じた。10月梁啓超が'小説界革命'を標榜して発行した雑誌『新小説』[6]に、『二十年目睹之怪現状』、「九命奇冤」[7]、「痛史」[8]、「電術奇談」[9]の連載を開始した。

　『呉趼人研究資料』に「同輩回憶録」としてまとめられている同時代人の追憶文[10]によれば、友人、知人の呉趼人像は、"磊落不羈"、"大酒飲み"、"熱血漢"とする点で一致している。また、豪気で鷹揚な人となりが伝えられる一方で、厭世感に苛まれ（李葭栄）、'鬱々として志を得ず酒で発散する'（杜階平）日常だった。作中人物にもよく'厭世'、'逃生'させている。

　呉趼人の心境を厭世へと向かわせた最大の要因は、呉家の境涯であったと思われる。裴效維「佛山呉氏及呉趼人世家考略」[11]によれば、呉家は周太王の長子泰伯の子孫と称し、宋代には族譜を整えていた名族であるという。呉趼人の曾祖父呉栄光は民衆の労働を詩に詠み、水害救恤や教育に尽した名官だった。祖父や父、呉趼人自身の世代にも現役高官や科挙合格者がいたという。曾祖父の代に数百人を擁する大族であった呉家は、祖父の代から斜陽に向かった。呉

呉趼人の父の代はみな下級役人で、かつ比較的早世だった。父は江蘇補用巡検で、夭折した伯父と四叔のほかに直隷巡検の三叔と江蘇候補通判の五叔がいた。1890年、二十五歳の時、三叔が天津で死去した。呉趼人は給料を前借りして天津に行き、二人の遺児を引き取り上海に連れ帰った。その折、亡父の遺言に従い、三歳で夭折した自身の兄の墓所を尋ねて北京に赴いたが遺骨は得られなかった。引き取った二人の従弟は、兄の君宜を濾南製造局の学徒とし、弟の瑞棠に学問を教えた。呉趼人は'それまで兄弟がなかったので実に楽しかった（余生無兄弟,対此殊自怡怡'「清明日偕瑞棠弟展君宜大弟墓,用辛卯『都中尋先兄墓』韻」八首）と述懐していたが、君宜は三年後に十一歳で病死した。呉趼人自身の息子も夭折している。1896年、三十一歳の時に、五叔が湖北で病死した。呉趼人は若年にして、多くの血縁を弔わねばならなかった。瑞棠も失明し、呉趼人の死後、早逝した。故郷仏山鎮の一族も徐々に離散したという。
　一族の没落は、自ずと国家社会の衰勢に対する懸念を触発させたのではないだろうか。呉趼人は五叔の死んだ翌1897年、三十二歳の歳より小新聞編集に携わり、政情世情批判の小文を描き始める。彼の救国と警世の志は、身内の死や落魄の体験に伴いがちな焦躁感や空虚感に連動して、醸成されていったのではないかと思われる。

第 2 節　愛国、救亡

　王立興の発見した、梁鼎芬にあてた呉趼人の書信「已亡漢口日報之主筆呉沃尭致武昌府知府梁鼎芬書」[12]（『蘇報』2497号（1903年 6 月21日）〈光緒29年 5 月26日〉）により、呉趼人が小説家に転じた経緯が明らかになった。呉趼人は、1901年、ロシアと清朝の東三省割譲密約に反対する拒俄運動（ロシア排斥運動）に賛同し、張園拒俄演説会に参加した。1903年、『漢口日報』編集に招聘されたが、武昌政府の拒俄禁圧に抵抗して辞職した。また、1905年には、反米華工禁約運動[13]に賛同し、漢口の英文『楚報』中国語版編集職を数か月で辞した。
　このように呉趼人の執筆活動は、警世と救国の主張を基本姿勢としている。

第 2 節　愛国、救亡　21

政治の腐敗、社会の不合理に憤る価値規範は、衰勢にある大官僚家庭と伝統的士人教育という生育環境に培われたものであろうと思われる。曾祖父の名望をよそに、祖父は北京で利権に乏しい京官を勤め、父はさらに小官で帰郷後も貧窮に陥っている。彼らが大官子孫の常套策とされる、父祖の地位を恃んでの就職運動や利殖活動を行わなかったこと、一族が概ね清廉な官人としての志操を貫いたことが窺われる。そのような生育環境は、その後の呉趼人の著述に顕れる修身済生を自明とする士人意識、貪官汚吏を悪とみなす価値観を培ったであろう。

　植民地化に瀕する国家の窮状への危機感もまた、その生育環境に因るところが大きい。呉栄光は著述や書籍金石の蒐集に熱意を傾けるだけでなく、愛国者でもあった。六十八歳で退官した後も、英軍の広州侵攻の際には自警団の結成に奔走した。地元官界や郷紳に呼び掛け寄付を募り、武器をそろえ砦を築いて抵抗運動を組織した。また1860年、英仏連合軍が北京に侵攻した時、市内に戦火が拡がり、呉家の祖廟も焼失し、呉栄光の所蔵していた書籍金石は散逸した。父呉昇福は祖母の霊柩を北京城外へ避難させようとした。その際、連合軍兵士に誰何された。兵士は棺を破壊して遺体を暴き抗議する父を銃撃した。呉趼人はその災禍を幼児より聞かされて育った[14]。幼少時より脳裏に刻まれた文人意識、列強への反感は、呉趼人が救国を訴え、"弱者を圧迫する'野蛮文明'"(『新石頭記』)を否定する布石となったと思われる。

　さらに十代から上海に生計を求めて都市薄給生活を体験して弱者への視線が芽生えた事、江南製造局に勤めて、近代科学文明と租界の半植民地情況、官界の腐敗に具に触れた事、新聞編集者として通俗記事を書いて時事世情に通じ、政治記事を書いて官憲に敵対した事、それらの生活体験が、呉趼人の実学への探究心、朱子学と科挙への忌避感、庶民感覚、正義感、反骨精神、救国警世の熱意を培ったと思われる。呉趼人は、曾祖父の政治文化両面の偉業及び列強の蛮行が語り継がれる生育環境と、生活に窮し弱者に接する実生活の中で自身の価値観、理念を形成したといえよう。それらの原体験により、国家社会を担おうとする士人意識、文人意識が培われ、社会悪を糾弾し救国を訴える作風が形

成されたのであろうと思われる。

　呉趼人はもともと世家の出身であり、官界に多くの旧知がいたと思われる。上海に出て最初に頼った江裕昌茶荘の経営者は、呉家と世交（父祖の世代からの付き合い）で縁戚の広東郷紳一族で、広東清郷総弁であった進士出身の翰林江孔殷の生家だった。しかし、彼は官界や有力者の伝手を活用しようとしなかったのであろう。'性格が剛毅で人に下ろうとしなかったため志を得なかった'（周桂笙）という人物評は、魯迅が『中国小説史略』に引用して以来、広く知られる呉趼人像となった。

第3節　女性性の視点

1．生育環境——大叔母

　呉趼人は『趼廛筆記』に母の言葉（〈神签〉〈猴酒〉）や叔母についての語り伝え（〈星命〉）を記している。王俊年「呉趼人年譜」によれば、呉家は呉趼人の祖父の代から傾き始め、父の代は遠方に職を求め離郷した。かつ祖父の家系の男子は短命で、呉趼人の父は四十二歳、呉趼人自身も四十四歳で急死した。父の兄弟もみな夭死もしくは四十歳代で死んでいる。呉趼人には兄と妹がいたが、兄は幼時に夭折した。従弟たちも成人前に死亡、呉趼人の息子も夭折している。母親は長命で、呉趼人の妹を上海の店員に嫁がせ、暫く娘夫婦と暮らした。家名や因習に拘らない捌けた人物であったと思しい。呉趼人の妻冯宝裕（1871-1944）は七十三歳、娘錚錚（1905-1971）は六十六歳まで生きた。呉趼人の周辺では男性の影が薄く、女性に存在感があり、呉趼人は生涯を通じて同族間においては男性よりも女性との接触のほうが深かったのではないかと思われる。

　『二十年目睹之怪現状』には、'姉姉'と呼ばれ語り手'九死一生'を薫陶する従姉が登場する。彼女は経書の神怪解釈を'宋儒の毒'と批判し（p.194-196）、'女子は人前に顔をさらすべからず（女子不可抛头露面）'、'男女七歳にして席を同じくすべからず（七年男女不同席）'、'家庭内の話題は閨室に留め、公務の話題を閨室に入れない（内言不出于閫，外言不入于閫）'、'女子は才無きを徳とす

る（女子无才便是徳）'といった通行する女性解釈を否定し（p.158-160）、女子教育を訴える才媛である。彼女は女性の無学による家庭争議を問題視し理解ある自身の夫の母を姑の理想像として挙げる（p.201）。

'だいたい姑というのも若い時には嫁を体験し、嫁の時には姑にいじめられ罵られても言い返せずぶたれてもやり返せず、長年我慢して姑が死ぬとやっと手足を伸ばせるのです。自分の息子が成長し嫁を娶ると自分の時代がやってきたと思い自分が曾てされた事をすべて嫁にやり返すのです'。
　大抵那个做婆婆的,年轻时也做过媳妇来,做媳妇的时候,不免受了他婆婆的气,骂他不敢回口,打他不敢回手,涯了若干年,他婆婆死了,才敢把腰伸一伸;等到自己的儿子大了,娶了媳妇,他就想这是我出头之日了,把自己从前所受的,一一拿出来向媳妇头上施展（第26回）

'九死一生'は作中で、彼女の訓導を受け'この姉さんがいれば私は大いに進歩するに違いない。以前から彼女が詩詞随筆を作れると知ってはいたが、まさかこれほど学識優れていようとは、まさしく眼前の泰山を知らずだった（…有了这位姊姊,不怕我没有长进.我在家时,只知道他会做诗词小品,却原来有这等大学问,真是有眼不识泰山了）'と感服する（p.155）。呉趼人はその上に'私もこんな姉さんがほしかった（我亦愿有此等姊姊）'と眉註を付している。'姉姉'と呼ばれるこの女性は'九死一生'の母方のまた従姉で、若くして寡婦となるが、姑は不憫に思い実家の母親の旅寓に付き添わせる。帰郷後、同族から養子を迎え亡夫の継嗣とし学問を教えて過ごす。
　'九死一生'の閲歴が呉趼人自身の人生に倣っていることから、彼女にもモデルの存在があったと予想される。おそらく一人の人物ではなく、呉趼人周辺の女性たちの様々の境遇や個性が'姉姉'という女性の資質として結実したものであろう。ただ、才識と気概については、近似した女性の事績が残されている。
　曾祖父呉栄光には、息子たちを凌駕する娘がいた。呉趼人の祖父の妹で、呉趼人の大叔母にあたる。名は尚熹、字祿卿。号は小荷、または小荷女史、南海

女史。詩才画才を謳われ、'生来男子に譲らない（此身原不譲男児）'と詞題に付すほど、'豪気であらゆるものを排撃する（豪宕之気、足以凌轢一切）''錦繍の女傑（巾幗中之豪傑）'であったという[15]。彼女は1808年生で、呉趼人の幼少年期にはまだ健在であったか、或いはその言行が語り草となっていたと思われる。'宋儒の過ち'を批判する『二十年目睹之怪現状』'姉姉'は、'豪気であらゆるものを排撃する'大叔母呉尚熹の言行に類似した属性を付与された人物形象であるといえよう。

2．社会体験

1）『胡宝玉』(『上海三十年艶跡』)[16]

『胡宝玉』は1906（光緒三十二）年に出版された。別名を『三十年来上海北里之怪歴史』といった。その名の示すように妓女の逸話集である。歴代伝説の名妓と花柳界、游客にまつわる逸話を文言で叙述している。三十数名の妓女を取り上げており、その中には、曾樸の小説『孼海花』のモデルとなった賽金花や、呉趼人が『二十年目睹之怪現状』で話題にした汽船会社督弁第二夫人金姨太（第51－52回、78－79回）のモデル金巧林等、時代の脚光を浴びた女性もいる。他の芸妓もそれぞれ実在人物であろう。

原書名になっていた胡宝玉は、美貌と気概で江湖に名を轟かせ、多くの逸話を残した歴代屈指の妓女であったという。彼女は眼識優れ、流行を作る名人だった。鹹水妹（外国人相手の妓女）と付き合って外国語を覚え、紅木の家具をそろえ、部屋を洋室にしつらえ、扇風機を置き、前髪を短く切る劉海スタイルを上海花柳界に広めた。役者との交流や放埓な行動、手腕で名を馳せた。眼力に長けており、気前のよい金持ちを選んで骨の髄まで搾り取った。吝嗇ではないが、金銭感覚に優れ金使いには慎重だった。花柳界では、支払いを踏み倒す客を罵倒打擲する習いだが、胡宝玉は面子を立ててある時払いにしてやるので、よく貧乏した。しかし、あるのに出さない吝嗇な客を憎み、宝飾品ブローカーの阿六と組んで五百金を巻き上げ、溜飲を下げたこともある。その一方で、彼女の美貌に惹かれて通いつめる薄給の店員には、金を返し'悪所に来てはいけませ

んよ'と諭した。ある年、胡宝玉は金がなくなり年越しに困った。そこで奇想天外な一計を案じ、お供を引き連れ汽船に載って寧波の有名な富豪を表敬訪問した。感激した富豪は彼女をもてなし、三千金の餞別を送った。しかし、猛々しい役者に見とれ気があると誤解されて、二百金を脅し取られたりもした。美貌を武器に華北から広東まで艶名を馳せ、財布の肥えた客を貪り、顔の良い客を食った。容色が衰えると表に出ず、若い妓女を買い置屋を営んだ。伝説の豪商胡雪岩の堂名であった'慶余堂'の看板を揚げ'女雪岩（雌雪岩）'となり、宿願を果たした。四十歳を超えて突然、陳氏に嫁ぎ世人を驚かせた。抱えの妓女たちを捨て値で請け出させて先に嫁がせてやり、数百函のハンカチや数百ダースの石鹸を嫁入り道具に持って行った。

　作中には、男性を指向する胡宝玉の奇癖を記している。彼女は役者の勇ましさを羨み、誤解されるほど見つめたという。従妹が役者デビューすると、胡宝玉を見ようと祝儀が飛び人が集まった。彼女は男装でファンの前に現れ、威風辺りを薙ぎ払い'大人先生'に引けを取らなかった。また同姓の豪商胡雪岩を襲名するのが悲願であったという。呉趼人は胡宝玉を、自立して一家を成し、雄々しさを好み、男装で公共の場に出現し一人前の社会人として男性同様の世評と処遇を求める、気概ある女性として描いた。呉趼人は〈前言〉で"名妓は古来風流佳話で名を伝えた。胡宝玉の奇聞逸事、風流佳話も伝わるに価するもので散逸させるに忍びない"と述べている。胡宝玉について、呉趼人は'彼女は手腕をもって名を著そうとしたのではなく、ただ手腕をもって自立しようとしたのである。自立できれば名を著せる。君子は自立を貴ぶゆえである（宝玉非欲藉権術以著其名也, 欲藉以自立耳。能自立即著, 是故君子貴自立）'と、地の文で述べている。また呉趼人は、全文、妓女と花柳界の話題である「胡宝玉」を、随所で《社会小説》と呼んでいる。彼が妓女を蔑視せず、社会的存在として見ていたことがわかる。

　該書は別名を『上海三十年艶跡』ともいい、清末数十年間に上海花柳界で伝説と化した実在の妓女数十名の逸話である。呉趼人が小新聞編集者として活動する中での、実際の見聞であろう。呉趼人自身は、《社会小説》と称していた[17]。

そこに描かれた上海の妓女の言動は、彼女たちが清末期に最も先進的な感性を備えた女性であったろうことを窺わせる。呉趼人は、胡宝玉が妓女の身の上ながら自立して生計を立て、勇名を馳せた逸事を埋没させてはならないと言明している。この作品は、彼が科挙受験を許されない賤民に類別され蔑視される妓女を、実社会に活躍する国民と見ていたことを表している。

呉趼人は上海の小新聞編集者として取材や見聞を重ね、実在する女性の様々な奇行や武勇伝に触れたのだろう。海外に門戸の開けた先進都市上海に求職したことで、内陸部の古都や郷村では発現し得ない女性の行動形態に通暁しえたものと思われる。彼は実社会に出てから、礼教の規範を超えた女性を'目睹'する体験に恵まれ、女性の潜在能力や自立の可能性を確信するに至ったと思われる。

２）'清国の少女傑'薛錦琴

筆者は、呉趼人が創作の方向性を見定めるに至った出発点は清朝とロシアの結んだ東三省割譲の密約に反対して張園で開かれた演説決起集会いわゆる「張園拒俄演説会」への参加であったと考える。「張園拒俄演説会」は1901年３月15日に第一次、同月25、26両日に第二次集会が開かれ呉趼人はその二日目に演説した。そこで彼は同じくその日に演説した16歳の少女薛錦琴（1883-1960）を目撃する。薛錦琴は広東省香山県の人、第一次集会で演説した薛仙舟の姪である。薛錦琴の父親は天津太沽洋行の買弁で、彼女は九歳の時から漢学を十二歳の時から英語を学び、十五歳で上海の女学校に入ったという[18]。拒俄演説会の後、内外に称賛を浴び救国の象徴的存在となった。アメリカに留学し中華民国成立後に帰国、教育部の要職に就いた。原籍が孫文と同じ広東省香山県で、叔父の薛仙舟は、民国成立後は孫文の招請を固辞し、銀行業と中国合作事業に挺身した[19]。

呉趼人が1905年に描いた小説『新石頭記』（40回）は、『石頭記』の主人公賈宝玉が還俗して見聞した俗世のありさまを描く章回小説である。作品は、賈宝玉の帰り着いたのはすでに幾世を経た清末であった、という設定のもとに清末

第 3 節　女性性の視点　27

社会の実態を描写する。その第十七回に賈宝玉が、張園拒俄集会に参加する場面があり、そこでは演説に立った四人の人物の挙措風貌と発言が詳しく取り上げられている。呉趼人自身が第二次の集会で演説した十七人の論者の一人であったので、『新石頭記』の場面はある程度の実体験に基づいて描かれたといえる。作品中に取り上げられた四人は、彼にとって関係もしくは印象の深かった人物であったのであろう。集会の実際の情景や実在人物がどの程度反映されているのか、その史的資料価値の解明についてはここではひとまず措く。ただ、演説した四人のうち多くの字数を費やしている二人は、僧侶と少女という特異な人物設定から、呉趼人と同じ第二次集会の日に演説した黄宗仰及び薛錦琴をモデルとして特定できる。

　黄宗仰は江蘇常熟の人、号は中央、烏目山僧と名のり、この時、富商ハルドーン（哈同）と夫人の羅迦陵に招かれ上海にいた。この翌年から蔡元培たち有志と語らって『中国教育界』を結成、会長を務めた。『蘇報』事件の際、章炳麟、趙容の救出に尽力し、日本に亡命中の孫文に資金援助した‘革命僧’として知られる[20]。

　作品中では僧侶が出て来たというのでもともとのざわめきに笑いが加わり、黄宗仰の演説は何も聞こえない。次に薛錦琴が壇上に立つと満場驚きで静まりかえる、ということになっている。作者の脚色がどの程度施されているか分らないが、少女が政府批判の演説に立ったというだけでも衆目を集めたに違いなく、呉趼人が強い印象を受けたであろうことも想像に難くない。薛錦琴の登場する場面は以下の如くである。

　　ふと見ると壇上に一人の十四、五歳の少女が立っていた。宝玉はあっと驚き心に思った。近ごろは何とこういう女の子がいるのか、ほんとに思いもよらないことだ。そこで耳をそばだてて聞いてみると、彼女がこう言うのが聞こえた。「一人の人間が一つの国家に生れるのは、頭髪が頭に生えるのと同じです。一人の人間が一国の大事をやろうとするならば無論やり遂げることはできません。例えば一本の頭髪を持って一人の人間をぶら下げ

ようとするようなもので、どうしてぶら下げることなどできましょう。もし、頭髪全体を手に持てば、無論一人の人間をぶら下げることができるでしょう。だから一国の大事を成そうとするなら、やはりぜひとも国じゅう四億の人間が心を一つにしようとするべきで、それならどうして成し遂げられないことがありましょうか！」。聴衆は一斉に拍手した。その後の喧騒はますますひどく、何一つ聞こえなくなった。

　　…只见台上站着一个十四，五岁的女孩子。宝玉吃了一惊，暗想近来居然有这种女子，真是难得。因侧着耳朵去听，只听她说道："一个人，生在一个国度里面，就同头发生在头上一般。一个人要办起一国的大事来，自然办不到。就如拿着一根头发，要提起一个人来，那里提得起呢？　要是整把头发拿在手里，自然就可以把一个人提起来了。所以要办一国的大事，也比得要合了全国四百兆人同心办去，那里有办不来的事！"众人听了一齐拍手（第17回）。（呉趼人全集版 p.138）。

この演説の約半年後に彼女も叔父の薛仙舟もアメリカに留学する。薛仙舟の留学先はカリフォルニア州立大学、薛錦琴はシカゴ大学を卒業したらしい[21]。拒俄集会での演説で薛錦琴は当時'中国のジャンヌ・ダルク'と報じられたが[22]、出国後も彼女の愛国のシンボルとしての立場は確固たるものであったようだ。翌年九月帰国して創設直後の愛国女学校を訪問した彼女のために歓迎会が開かれた[23]。また1903年に拒俄運動が拡大した際、『蘇報』は「錦琴はアメリカに留学中で中国には第二の錦琴がいない…」と報じた[24]。さらに、『奴痛』と題するコーナーに、中国人は二重の奴隷だからという理由で在米の薛錦琴が間借りを拒絶されたという出所真偽の怪しい話を載せた[25]。薛錦琴に関わる動向は、上海で出版活動に携わっていた呉趼人の耳目に入っていたであろう。彼が1906年に執筆した「新石頭記」に薛錦琴を登場させたのは、彼女の公衆の面前に出て救亡を訴える姿勢―教育を受け国事に関わる女性像への共感を示している。

余滴3　『二十年目睹之怪現状』の女性

　一族の女傑の薫陶を受けて育った呉趼人は、もともと気概ある女性を高く評価していたと思われる。さらに政治運動の中で、公式の席で演説する少女薛錦琴と同座したことで、救国の一環としての女性性を意識するに至ったと思われる。小説家に転じる以前から、呉趼人は女性を社会的存在と認識しており、志気盛んな女丈夫を見聞するにつれ、中国における女性のあり方への関心を深めていったといえよう。小説家となって後には、中国の女性のおかれた現実をどのように眺め、作品中に投影していたのだろうか。『二十年目睹之怪現状』は多くの作中人物にモデル考証が成されている。作中の記述に現れた女性たちの様相は、当時の女性の置かれた現実と、呉趼人が清末女性をどのように捉えていたかを表しているといえよう。

　『二十年目睹之怪現状』に登場する女性を社会階層や立場によって類別すると既婚女性（母親・姑・妻・妾）、未婚女性（娘・女中・妓女）に分けられる。女性の社会地位は家長の権力に比例している。通常、家長は男性であり、女性は男性に依存する妻妾、奴婢の立場に生計を求めることになる。作中に見られる富家の娘の進路は結婚のみである。貧家の娘の進路は結婚以外に女中と娼妓が挙げられている。いずれも当時人身売買のケースが多かったので職業と呼ぶには語弊がある。しかし、作中に挙がった話題に見る限り女中、娼妓、妾（稀に妻）の立場は流動的である。呉趼人は大衆新聞の記事を書く中で、多くの気骨ある芸妓の逸話風聞を取り上げた。『二十年目睹之怪現状』でも、社会階層、地位の向上を目指す女性たちを描いている。彼は底辺からの浮上を目指す妓女や女中の奮闘に非難の眼を向けていない。

【底辺女性の浮上】
　〇王族の乳母の娘桂花は役人の妻となるために上海で野鶏（流娼）となって金を貯める。純朴で優しい田舎者を婿に選ぶと、官位を買い与え役人夫人

の地位を手に入れる（第3回）。
○多福老人の息子吉元の夫人の女中が多福老人を籠絡し正夫人におさまる。もと女中の姑はもと主人の嫁吉元夫人をいびる（第103－104回）。
○汽船会社督弁の妾金氏はもと上海の妓女だった。金持ちに落籍されるが、金品を持ち出して出奔し馴染客であった督弁の妾となる。金氏の金で出世した督弁は彼女に夫人の格式を許し正室も彼女に一目置いた。彼女の葬儀は破格に盛大だった（第78－79回）。
○鹹水妹が外国人に嫁ぎ、遺産を得る。帰国後、農村の正直な若者に嫁ぐ。

【家庭内権力争奪戦】
　夫を得た妻の家政権力は存外に強く、既婚女性が夫や息子、嫁に権力を振りかざす以下のような話題が挙げられている。
○汽船会社督弁が漢口で美人を見染める。夫人と妾の金氏は漢口を急襲、新居に踏みこみ督弁を連れ帰る（第51－52回）。
○馬子森の母は息子の給料を取り上げ道士や僧侶に貢ぎ、息子の散財を許さず接待の席で殴打する。夫の交友を詮索する妻が、游所と間違えて民家に押し入り、余所の老婦人を殴打する（第76回）。
しかし、寡婦となった女性は収奪の危機に曝される。
○'九死一生'の母は夫の遺産をその兄や親友に奪われる（第2回、第21回）。
○莫可規は死んだ従兄莫可文に成りすまし、その官位と妻を手に入れる（第98－99回）。
　これらの話題は、女性の権力基盤があくまで夫であったことを示している。既婚女性の普遍的家庭問題は妻妾間及び嫁姑の確執であった。
○'九死一生'の伯父の妾が情夫と駆け落ちした。妾は情夫に金品を持ち逃げされ入水自殺する。伯母が妾の品性を侮辱するともう一人の妾も服毒自殺する。その棺に伯父が腕輪を入れたのを咎めて言い争ううちに伯母も憤死する（第23－24回）。
○苟才夫人は長男の嫁をいびり、妻を庇った長男まで虐待し死なせる（第87

－90回)。

【家庭内収奪】
　第80回で四川学台が七、八十人もの女を買って離任する。その話題は女性の売買が合法的投資行為であったことを示している。呉趼人は作中に、父や夫が家族の女性を投資対象として、出世や利殖に利用する事例を取上げている。
○黎景翼は弟の黎希銓を陥れて死なせ、弟の妻秋菊を妓楼へ売る（第32－35回）。
○体調不良を訴える総督に求職中の役人が'医術に優れた'妻を紹介する。妻は総督との濡れ場を総督の妾たちに押えられ袋叩きに遭うが、夫は役職を得る（第3回）。
○苟才は寡婦となった長男の嫁を、総督に妾として献じる（第87－90回）。寡婦の嫁は'私は両親が男に生んでくれなかったのが恨めしい。何も自分の意志でやれず人にされるままになるしかないなんて'と嘆く（第89回）。
○湖広総督候中丞の男色相手候鎮台の妻が急死する。言撫台は娘を後添えに娶せると約束し総督を歓ばせる。令嬢は泣いて嫌がり、言夫人は夫を罵り縁談を拒絶する。陸観察はお手付きの女中碧蓮を、令嬢の身代わりに嫁がせ言撫台から謝礼を得る（第82－83回）。
○葉伯芬は妾に娶ろうとしていた芸妓陸薾舫を、先行投資と目論んで権門子弟趙嘯存に譲る。趙嘯存は江西巡撫となり夫人の死後、妾の陸薾舫を正室に直す（第90、91回）。権門出身の葉伯芬夫人は妓女上がりの陸薾舫を'師母'（上司夫人）と仰ぐ羽目に陥る。
○莫可文は夫人を同席させて大官や幕僚を接待し職を得る（第98－99回）。
○温月江は妻の部屋を訪れていた翰林（学術系官僚）武香楼を見逃す。彼は'緑帽子をかぶった（妻に不倫された）'代償に、科挙に合格し翰林に採用された（第101回）。
　温月江は「『漢口日報』事件」の梁鼎芬を暗喩している。ほかにも汽船会社督

弁と妾の金氏、候総督、侯鎮台、陸観察、葉伯芬、葉伯芬夫人などのモデルとして当時の顕官の名が挙げられている。男女間の収奪関係は通常金銭地位を巡る策謀を前提としており、必然的に社会の疲弊を反映していたといえる。作中の記述からは、身分の尊卑に関わらず、女性に自身の人生を選択、決定する権利のなかったことがわかる。

第三章 《写情小説》創始の意義

第1節 清代の女性と結婚

　呉趼人が《写情小説》と銘打って発表した『恨海』は、清末に叢生した"〇情小説"の始祖とされる。民国に至ると恋愛を含めて娯楽色の濃い《鴛鴦蝴蝶派》[1]の作品が一世を風靡し、呉趼人の《写情小説》はあらゆる恋愛小説の源流と位置付けられることになった。《鴛鴦蝴蝶派》の作品は政治性の低い娯楽小説として解放後の文学史上に価値を認められず、その起源とされた《写情小説》も同様に否定されることとなった。呉趼人の描いた《写情小説》四篇は従来、義和団の動乱を背景とした『恨海』に"歴史意義"が認められたほかは、ひとしなみに"陳腐な男女の愛情物語"に過ぎず、"低俗な恋愛小説蔓延"の濫觴となったと非難されてきた。《写情小説》を"社会的意義のない恋愛小説"とみなす評価は現在も基本的に変わらない。

　しかし、女性の写'情'は発表された清末においては、極度に革新性の高い行為であったといえる。旧中国社会の女性は身体、精神両面の桎梏に縛られていた。纏足のため、女性は歩行自体が困難で移動の自由を奪われていた。また儒教道徳により男女の同席が固く戒められ、女中や妓女等奴隷身分の女性を除き'閨房を出ない'のが建前となっていた。書院等公共教育機関は女児のために門戸を開かなかった。そこで通常の教育を受けられず、占い師、仲人等を除いて、職業も持てなかった。数千年間、中国女性は社会性を持ち得ない存在であったといえる。清末、天足（纏足しない天然の足）の推進、女子教育は喫緊の課題とされた[2]。さらに、"愛情問題"が、女性の身体、精神両面の解放に連動する関心事であったことが、歴史人物伝記や小説中の記載から概観される。

1．社会実態

　清末から民国半ばにかけて、女権思想に目覚めた女性も民族革命、社会革命

に参加し結婚に主体性を貫いた。張競が『恋の中国文明史』で'恋愛への追及が革命と微妙に絡んでいた'[3]と指摘しているように、革命運動への参加は、女性が結婚相手を自分で選ぶことのできる唯一の道であったともいえる。しかし目覚めた女性の中でも彼女たちは少数の例外であったろう。現在最も知られる清末女性は'江湖女俠'と謳われた革命家秋瑾[4]であろうと思われるが、当時、政治社会に大きく関わって新聞雑誌紙面を賑わせ、風評に上った女性として以下の四人が挙げられる。

1）胡仿蘭

1907年4月江蘇省沐陽に起こった「胡仿蘭事件」は当時各地に報道され、社会を震撼させたという。胡仿蘭は徐家に嫁いでいたが、女学を興し纏足を廃し女子の害を取り去ろうと呼びかけた。彼女が纏足をほどくと徐家の女性たちにも影響され纏足をやめる者が現れた。夫の両親は怒り暴力に訴えた。召使に無理やり彼女の脚を縛らせ、監禁して食事を与えず阿片を飲んでの自害を迫った。実家の胡家が迎えを寄こしたが、徐家の姑は'死ぬまでは帰らせない、生きて返すと思うな'と承知しなかった[5]。死後も地元誌に纏足を止めた報いと喧伝されたという。清末小説『中国之女銅像』[6]は彼女をモデルとしている。

2）陳範、陳擷芬父娘

『蘇報』発行者陳範（1860-1913）の長女陳擷芬（1883-1923）は自らも『女報』を発行して女権を鼓吹し、父と同様、上海で革命宣伝活動の先頭に立っていた。しかし、『蘇報』事件で日本に亡命した陳範は生活に窮し、娘をさる商人の妾に嫁がせようとした。陳擷芬は'父命には従うしかない'と承知したものの、怒った秋瑾らに縁談を壊された。この時秋瑾は、ついでに陳範の二人の妾を自立させるための募金を集め、陳範と別れさせるという快挙も成し遂げている[7]。

当時、先進的言論活動の最前線にいた陳範父娘の関係でさえこの有様であった。旧中国社会において、女性が家長の決めた婚姻を拒否することは支配体系の否定を意味し、国家への反逆に等しかった。大多数の女性には、'父命にした

がう'ほかに選択の余地はなかったと思われる。

3）賽金花（本名趙彩雲　小説中傳彩雲）

　天足運動、女学校の創設は、キリスト教関係者の提唱により始まった。西欧文明と関わる時には礼教の女性拘束が作動しにくいように見える。最も有名な女性は小説『孽海花』のモデルとなった蘇州の名妓賽金花（1871-1936）である。彼女は十六歳で状元洪鈞の第二夫人となり、駐欧公使となった洪に同行して渡欧した。帰国後洪が死ぬと、婚家を出て上海で妓館を開き、洪の親族、友人からの批難と妨害にあい、北方への移転を余儀なくされた。庚子事変（1900年）の際、語学力を買われて連合国側との折衝に駆りだされ、脚光を浴びた。連合軍司令官ワルデルゼー元帥に訴えて連合国軍の略奪暴行を禁止させ、殺害されたドイツ公使の夫人を説得して報復措置要求を思いとどまらせた。その後二度結婚して死別し、晩年は貧窮に陥り北京の陋屋に逼塞し不遇に終わったという。奔放な生涯を送った彼女も纏足していた。

4）羅伽陵

　清末民国の政財界に権勢を誇ったユダヤ人富商サイラス・アーロン・ハルドーン（Silas-Aaron-Hardoon 1849-1931）の妻羅伽陵（1864-1931）も、清末民国の政治社会に大きな影響を及ぼし風評に上った女性である。貧しい生い立ちで纏足せず、文字を読めず、若年から針仕事で世過ぎしたというが、鹹水妹とか娼婦であったとも取りざたされた。ユダヤ人商人の夫を助けて阿片や土地投機で財を成した。彼女は仏教に帰依し革命僧黄宗仰に私淑して「愛国学社」、「愛国女学」に資金援助し、清末革命運動と繋がりが深かった。黄宗仰を通じて孫文にも資金提供している。女医張竹君の病院と女学校開設も助けている。民国期には、仏教のほかに儒教復興事業にも肩入れした。上海有数の富と皇太后（光緒帝皇后）の母の養女という看板を盾に、政財界の要人、文化人と誼を通じ、広大な庭園を建造して、儒教の古礼再現や結婚式等各種の催しを執り行った。学校の創設運営、仏典、儒教経典の刊行等多くの文化事業にも携わった。小説『海上

大観園』[8]のモデルとなった。

　胡仿蘭の婚家の暴挙や陳範父娘の関係は、女性の解放にあたって最大の難関が家庭の束縛にあったことを示している。賽金花の境遇のヨーロッパ時代と中国時代との落差はあまりにも大きい。ヨーロッパ時代の賽金花は公使夫人として上流社会に迎えられ尊重された。庚子事変の際もワルデルゼー元帥やドイツ公使夫人の心を捉え交渉を有利に導き、救国の英雄と謳われた。しかし中国社会においては、夫の死後は婚家に留まれず商売も妨害され、謂われない情事を取りざたされ、落魄に陥った。当時の外国語ができ救国に功あった女性としては不遇に過ぎるといえよう。中国社会の階級意識、妓女への侮蔑が原因であろうと思われる。夫がユダヤ人であった羅迦陵の場合、家庭の専制に煩わされることはなかった。しかしその出自、前歴の詮索や私生活と無教養を嘲る声[9]は生涯絶えなかった。文化事業に傾倒したのは、事業上の便宜以外に中傷を相殺しようとする意図もあったであろう。清末から民国終盤まで三十年にわたり民族革命家、清朝遺臣、民国朝野の著名人、僧侶、国学者と各方面の人脈を惹きつけた才覚と眼識は、比類ないものと思われるが、ついに称揚されずに終わった。

２．清代小説に描かれた中国女性の恋愛、結婚

　中国において明、清両朝に男女の愛情を描いた小説が盛行した。呉礼権『中国言情小説史』（台湾商務印書館　1995年）によれば、それらの小説においては'父母の命、媒酌の言（家長の指示と仲人の薦め）'が婚姻の必須条件であり、純然たる恋愛とは呼べない。'言情小説'の名で呼ぶのが適当であるという。恋愛関係の結末は概ね、文人、貴公子と権門高官令嬢との団円や妓女との悲恋が常套であった。名高い清代小説における男女関係も、以下の如く儒教倫理の制約を強く受けている。

１）　夏敬渠『野叟曝言』（清初？）
【璇姑】：好漢劉大は、恩人文素心の人物に傾倒し縁組を望む。素心に妹璇姑を

妾として娶せ、合わせて報恩も果たそうと目論み、躊躇する二人を説得する。素心の妻田氏も夫の納妾を歓迎する。

呉趼人はこの小説を'荒誕不経'（『月月小説』第8号〈説小説・雑説〉1907年5月26日）と貶している。

2）曹雪芹（1715‐1763？）『紅楼夢』（1791）

【林黛玉と薛宝釵】：官軍八旗で皇室にも連なる名家の公子賈宝玉は、祖母の寵愛のもとに壮大な庭園で従姉妹や侍女たちとともに育ち、風流を楽しんで栄達を望まない。芸術家肌で繊細病弱な従妹林黛玉を愛するが、賢明温順な従妹薛宝釵と縁組される。黛玉は喀血して死に、宝玉は家出する。

世間と隔絶した邸宅内での、前世の因縁話を背負う美女たちとの交流は、読者にとってこの世ならぬ夢物語であったろう。正反対の性格の二人の従妹の人物像も典型化が過ぎ、非現実的である。この小説が百年余にわたり中国の読者を虜にしたのは、やはり男女交際や自由恋愛への憧れであったろう。当然、勉強せよと説教する薛宝釵より愛情を求める林黛玉に人気が集まった。憧れ実現の場は必然的に遊里に求められ、林黛玉を源氏名とする芸妓が輩出した。

3）文康（乾隆末？‐1865年以前）『児女英雄伝』（1850頃？）

【何玉鳳と張金鳳】：何玉鳳は十三妹を名乗る女俠客。悪党和尚に捕らえられた安公子と手籠めにされかけた張金鳳を救出する。他人同士の男女を同道するには、夫婦にするしかないと強引に娶せる。後に、十三妹は実は安公子の父安学海の親友の娘であったと知れる。安学海は彼女を嫁にと望み、張金鳳に説得され公子に嫁ぐ。

十三妹は、不正の財貨を奪って母を養い、冤罪を被り死んだ父の仇打ちを悲願とする女盗賊である。悪党を一刀両断に切って捨て強きを挫き弱きを助ける女俠で、切れの良い科白や竹を割ったような性格等中国伝統小説の中でも出色の女性像であるといえる。大人しく優しい安公子を'良い婿だわ'と張金鳳に取り持つ行為に、彼女自身の公子への好感が現れている。淑やかで思慮深い張金

鳳は何玉鳳の気持ちを汲み取り、嫁いだ後に今度は自分が仲立ちしようと心に決める。作者が男性である故か、話はただ安公子にのみ都合よく展開していく。また十三妹は、父の仇討ちが済んだとなると、何玉鳳に戻り、儒教の教条を遵守する賢婦賢妻に変身する。雄々しく愛らしい十三妹の不自然な変身は惜しまれる。しかし、作者文康は作中に度々"『紅楼夢』とは違う古い考え"を強調し、"堅実健全な世界"を趣旨としていた。纏足で剣を振るい気弱な公子をずけずけと叱咤し、緑林の好漢たちから"畏怖される女俠"像は、"仇敵からの避難"や"母の扶養"という設定に対する緊急避難的対応として描かれたと思われる。清中期には、"夫に尽くし家運を盛り立てる複数の妻"が、普遍性をもつ幸福な女性像であったのであろう。

4）韓邦慶（1856-1894）『海上花列伝』（1892-1894）

【沈小紅】：上海の妓女。はげしい気性と弁舌で張蕙貞の馴染みの高官王蓮生（清末の外交官馬建忠がモデル）の心を奪い、旦那にする。ある日、売れっ子役者小柳児との情事の現場を押さえられ、縁切りされる（第33回）。

【張蕙貞】：沈小紅が馬脚を現わす日を騒がず待つ作戦が功を奏し、王蓮生に身請けされる。しかし妾となって嫁いだ後、王の甥と通じて殴打される（第34回）。

二人とも妓女なので、花柳界の手練手管、色恋の機微は憚ることなく描かれている。しかし、売られて妓女となり親兄弟を養う境遇、馴染みを得て稼ぎ、借金を返し自由を得ようと奮闘する逞しさ、必死の境遇の中でさえ、危険を冒して恋を求める女心が活写され、作者韓邦慶の女性性への理解が窺われる。

5）劉鶚（1857-1909）『老残遊記』（1903-1904？）

【翠環（環翠）】：十六歳。富裕な商人の娘だったが、水害で家を流され妓楼に売られる。客あしらいが下手で稼ぎが悪く、凶悪な置屋に転売されることになる。姉芸者翠花の馴染み黄人瑞が医師老残と金を出し合って身請けし、老残の側室に贈る（第13、14、17回）。後に泰山で出家する（続集第2-6回）。

老残は行き掛かり上、翠環の保護者となり、翠環は老残を恩人として崇めている。両者に恋情は発生しない。洪水で一夜にして苦界に堕ちた体験で無常感にとらわれ、恋に目覚めず、脱俗の思いに陥った少女の心境が窺われる。

【逸雲】：二十歳代後半。泰山の尼寺斗姆宮の尼。恋の破綻から悟りの境地を得る。翠環の身の振り方を段取りした後、貯めた布施で自身を身請けし、修行の旅に出る決意を固めている（続集第 2 − 6 回）。

老残たちは、逸雲の体力知力優れ、悟りを極めた人間性の深さに敬服する。彼女は、悟りの契機となった悲恋の経緯と自身の恋愛心理を詳細に語る。おそらく彼女が、中国小説史上、自身の恋愛体験を一人称で語った最初の女性であろう。

6）李伯元（1867 − 1906）『官場現形記』（1901 − 1906）

【蘭仙】：江山船（乗客を接待する遊女を置く長江客船）の妓女。十六歳未満。馴染みとなった趙補蓼に金をねだる。趙が金持ちの同僚文西山から借りた金を与えたので、文が空き巣にあった時、冤罪をきせられる。世をはかなみ獄中で阿片を飲んで自殺する（第12、13回）。

船主の実子ではなく、買われてきた娘である。'どのみち妓女の生活だっていいことはない'と死を選ぶ少女の悲惨な境遇を、李伯元は同情の筆致で描いている。

7）曾樸（1872 − 1935）『孼海花』（1903 − 1905、1907、1927 − 1931年）

【珠児】：江山船の娘。皇族で独り者の浙江省学台祝宝廷（皇族宝廷がモデル）に見初められ、玉の輿に乗る。

江山船の娘だが船主の実子であろうと思われる。母親は、正妻の地位と両親の扶養、莫大な結納を学台に要求し、承知させる。

8）曾樸『孼海花』

【傅彩雲】：モデルは実在の蘇州の名妓賽金花（本名趙彩雲）。状元金雰青（状元洪

鈞がモデル）に見初められ第二夫人となり渡欧。ヨーロッパで雯青の目を盗みワルデルゼー中尉（後の八か国連合軍ワルデルゼー元帥）や下男と火遊びし、雯青の死後も放埒な生活を送る。

彼女も纏足し、侍女の肩に両腕を預けて歩行する様子が描かれている。自由に行動できない纏足で、作中の記述のように自在に外出し放蕩したとは考えられない。ワルデルゼーとの情事も年齢や状況からあり得ないとされる。事実無根の記事をほとんど本名で書かれた賽金花は、曾樸に激しく抗議した。

9）呉趼人（1867－1910）『二十年目睹之怪現状』（1903－1909？）

【上海総督令嬢】：毎日茶館へ通っていた令嬢が、公館の物干し台から城壁に板を渡して城壁上に逃げ、駕籠かきと駆け落ちする。総督は駕籠かきの故郷で暮らす二人を捉え、駕籠かきを誘拐罪で収監する。連れ戻された令嬢は自殺を図って絶食する。総督夫人は娘のために駕籠かきを釈放させ、結婚を許す。夫人はさらに娘婿に緑営軍隊長の官位を買い与え、夫を急かせて城門見張りの職に就かせる（第9回－10回）。

上海の茶館では街娼が男性客に同席し、中には一般女性も出入りし男女同席の事態が問題になっていたという。自由に外出し駕籠かきと駆け落ちした令嬢は自由結婚（家長の決定に従わず自分で結婚相手を決める）を実践したことになる。総督は乾物店の徒弟から成り上がった下層出身者である。学がないので家庭内の礼教規範が厳しくなかった。城壁上に移動する脱走劇が可能であったとすれば、令嬢も纏足していなかったことになる。しかし、実話を反映しているとしても、呉趼人の脚色が相当加わっているであろう。

　伝統小説に描かれた男女関係からは、清代初期から後期に至るまで文人階層の男女には、通常異性と知り合う機会自体が希少であったこと、身分の上下に関わりなく結婚を許可するのは家長や主人であったことがわかる。出会いの奇遇を得た男女には、自制心や周囲の裁量により直ちに合法的？　縁組が提供されている。異性への関心、好印象等恋心を萌しがちな感情が生じても、恋愛感情に昇華する余地はなかったといえよう。

変化の機運到来を見せた清末には、好む相手を伴侶とすることに象徴される、自分の望む人生を追及したいという思念が表面化しているように見える。自由結婚への憧れが、自害や脱俗も含め、自身で人生を選択決定しようとする意志に昇華していく様相が、小説から窺われる。呉趼人の小説は、実際に貧民、軽輩が官位を買って高官に成り上がり、礼教規範が緩んでいる事、西洋の思想や生活様式の影響濃い上海では、茶館や酒楼といった男女の出逢える社交場がある事、自分で伴侶を決め家出する女性が出現している事等の'怪現状'情報を発信していた。当時の青年読者は、紙誌記事から、未知の相手との未知の人生という可能性を夢想したのではないかと思われる。

　女性性のあり方に着目していた呉趼人は、《写情小説》を創始し女性の愛情表現を描写しようと試みた。彼は先ずは、戦禍や犯罪の渦中にあって、社会規制の埒外におかれた女性に萌芽した恋愛感情の醸成を描写している。

第2節　呉趼人《写情小説》——恋情描写の試み

1．『恨海』「劫余灰」楔子

　先述の如く、従来《言情小説》と呼ばれた小説は、"才子佳人の悲歓離合と大団円"を定型としていた。描写の主眼は男女間の恋愛情緒ではなく、なれそめや結婚に至る経緯の叙述であった。『恨海』は、中国小説史上初めて'情'を描く創作恋愛小説として書き下ろされた。呉趼人は、該書を上梓するに当り、先ずは以下の如く'情'の定義づけを試みている。

　　これは私の持論である。人に情のあるのは生まれながらの資質である。人事を解するより先に情は存在するのだ。普通、嬰児の泣く、笑うもすべて情なのである。決して俗人の云う性に目覚めるというあの情ではない。俗人は単に男女の情交のみを情とみなしている。私の言う生来備わっている情とは生れつき心中に根ざしており成長すると一つとしてこの情を用いないものはない。人がそれをどう発揮するかというだけのことなのだとい

うことをわかっておかねばならない。君国に発揮すれば忠、父母に発揮すれば孝、子女に発揮すれば慈、朋友に発揮すれば義なのである。思うに'忠孝'の大節でこの'情'より出ないものはない。男女の情交などについてはただ痴と呼ぶべきであろう。情を用いる必要もなく用いるべきでもないのに勝手にそれを情とする者までおり、そのようなものは魔とよぶべきである。さらに言いたい。先人は'守節の婦'を、心は枯れ木、冷えた灰の如く枯れ井戸に漣のたたないように情に揺れることはないのだという。しかし、私は決してそうは思わない。情に揺れないということが最も情に長けているということなのだ。俗人はただ男女の情交をのみ情とみなし情というものを軽く見すぎている。そのうえ多くの写情小説は結局情を描かず魔を描いている。魔を描いておきながら情を描いたと称する。まことに筆端の罪過というものだ。

　我索常立过一个议论,说人之有情,系与生俱来,未解人事以前,便有了情。大抵婴儿婴儿一啼一笑,都是情,并不是那俗人说的情窦初开那个情字。要知俗人说的情,单知道儿女私情是情,我说那与生俱来的情,是说先天种在心理,将来长大,没有一处用不着这个情字,但看他如何施展罢了。对于君国施展起来便是忠,对于父母施展起来便是孝,对于子女施展起来,便是慈,对于朋友施展起来便是义。可见忠孝大节,无不是从情字生出来的。至于这儿女之情,只可叫做痴。更有那不必用情,不应用情,他却浪用其情的,那个只可叫做魔。还有一说,前人说的,那守节之妇,心如槁木死灰,如枯井之无澜,绝不动情的了。我说并不然,他那绝不动情之处,正是第一情长之处。俗人但知儿女之情是情,未免把这个情字看的太轻了。并且有许多写情小说,竟然不是写情,是在那里写魔；写了魔,还要说是写情,真是笔端罪过。(「恨海」第一回 p.3)

　呉趼人は『恨海』を発表した翌年に《写情小説》「劫余灰」の雑誌連載を開始した。その第１回でも"世の自然と人、あらゆる生き物は'情'によって動かされる。古来より軽佻浮薄の輩が'情'を男女の悦楽のみに限定して'情'の範囲を狭めその意義を貶めがちとなったのは'情'の悲運（'劫運'）であった。今や痴情のみが語られ'情'は'劫余灰'となり果てた。そこでこの小説を描

き'劫余灰'と名付けることにした"

  （自从世风不古以来，一般佻挞（换於人扁旁达）少年，只知道男女相悦谓之情，非独把
  情字的范围弄得狭隘了，并且把情字也污蔑了，也算得是情字的劫运，到了此时，那情字
  也变成了劫余灰了。我此时提起笔来，要抱定一个情字，写一部小说，就先提了个书名，
  叫做《劫余灰》。p.83）

との趣旨で、執筆意図と書名の由来を述べている。

 彼はこのように、'情'を人間性の発露である故に人倫の根幹であるとの自説を開陳して、愛情の意義を力説し社会認知を得ようと努めた。従来通りの才子佳人小説の焼き直しを意図していたならば、それほどの意気ごみで執筆意義を表明する必要があるとは考えられない。実際、それ以前の言情小説やその後の'鴛鴦蝴蝶'派小説が、"不道徳"という非難に配慮したり、ことさらに恋愛小説執筆の意義を申し述べたりすることはなかった。呉趼人は常ならぬ覚悟をもって『恨海』執筆に臨んだということになる。

2．恋心を語る女性

1）『恨海』(1906)

 1906（光緒32）年10月、呉趼人は「電術奇談」脱稿後、『二十年目睹之怪現状』、『新石頭記』、「糊塗世界」の連載を抱えながらも、『恨海』を書き下ろし刊行する。刊行の半年後、彼は'わずか十日で脱稿した。（中略）書中の言葉も考えもすべてありきたりで古くさく、とりたてて新鮮でもなく我ながらまことに遺憾である。幸いだったのは、全文に情を描きながらも道徳の範囲を逸脱しておらず、大君子に唾棄されるには至らなかったことのみである（仅十日而稿脱…然其中之言论理想，大都皆陈腐常谈，殊无新趣，良用自歉。所幸全书虽是写情，犹未脱道德范围，或不致为大君子所唾弃耳）'[10]と述べている。絶対禁忌である未婚男女の接触を場面設定しながら、先ずは無難に'写情'を果たし、"国難の中の悲歓離合"という設定が受けて、芝居や映画にもなった（魏紹昌篇『呉趼人研究資料』p.139）。

 この小説で、呉趼人は、義和団事件の動乱の渦中という特殊な状況下におけ

る親の決めた婚約者同士という間柄の男女の交流、恋心の萌芽と醸成を描いている。纏足したヒロインは危難の中で、婚約者への恋情を自覚しつつも、嫌疑（男女関係を取りざたされるぬよう男女の同席、直の会話を禁止する礼教の規定）を憚るうちに離散する。最後に瀕死の婚約者を介護し、父に無断で出家する経緯を描いた作品である。

既述の如く民国以後現在に至るも、呉趼人の《写情小説》は概ね"社会性のない恋愛小説"、"封建制の強い旧小説"と評されてきた[11]。しかし、旧小説においては女剣客や精霊の挙措言動を除けば、女性の出自性格容姿以外の個別の思考や感情を叙述する例は稀であった。女性の恋心を一人称で叙述した『恨海』の手法は新機軸であったといえる。ヒロイン張棣花は、避難民の群れで車馬や船がすし詰め状態となる街道や河川を、衰弱した母をかかえて南下する。習った文字を思い出すのに難儀しつつ衆人注視する中で救援の手紙を書くと、少女が文字を書けるというだけで周囲が驚嘆する。'未婚の妻'として看病に勤しむヒロインが仰臥すら自力でできない婚約者陳伯和に口移しで薬を飲ませ、肩を貸し腰を抱いて寝台に運ぶと、'案の定、ありえないとか、恥知らずとか、ひそひそとあれこれ囁かれる（未免窃窃私議有说難得的,有说不害臊的,纷纷不一。第10回 p.73）'。一般読者は、深窓の令嬢が他人の面前で、戦禍を逃れ、婚約者を介護する一挙手一投足を見守り、手に汗握り一喜一憂したのではないだろうか。'恥知らず（不害臊）'という非難は、結婚前からの男女関係を邪推する声と思われる。旧社会の未婚の女性にとり、貞節への疑いは死に等しい恐怖であったはずである。呉趼人は、婚約者への愛情を募らせながら嫌疑を恐れて避け懊悩するヒロインが、'嫌疑を恐れない'と世人の目に立ち向かう心境に至る過程を詳細に描いた。『恨海』は、社会と対峙する女性という設定で新境地を開いた作品であるといえよう。加えて、女性の恋愛感情、心理を一人称の独白で描く手法も画期的であったといえる。

さらにこの小説は、女性の心身両面を縛る枷である儒教道徳と纏足という普遍性に富む問題を提起して、当時の読者の関心を集めたと思われる。逃避行の情景は、纏足する女性の災禍に遭って陥る危難を如実に映し出した。貧窮した

第 2 節　呉趼人《写情小説》　45

難民と異なり下男や侍女を伴っての逃避行でありながらも、ヒロイン母娘は纏足している為に移動が不自由で互いに支えあいようやく車に乗る有様である（第8回）。"街道に車馬がひしめき前進できず、銃声や焼き討ちに怯える"状況下でも、自力では逃げられない。緊急避難時に唯一の頼みの婚約者は助勢どころか接近さえ困難で、歩行も危うい女性だけでの逃避行を余儀なくされる。それはどの家庭においても遭遇し得る事態であったろう。多くの一般読者は、自身や家族の身の安全性について危惧の念を抱いたに違いない。その点においてこの作品は、禁忌への疑念を提示し、女権の拡張に向けてある程度の啓蒙の功用を果たし得たといえよう。

２）「劫余灰」(1907-1909)

「劫余灰」十六回は1907（光緒三十三丁未）年11月から1909（戊申）年１月まで《苦情小説》、《言情小説》と銘打って『月月小説』第１年第10号から第２年第12号（原24号）まで連載された。優れたプロットと丁寧な心理描写で、同族間の不和、旗人官僚の横暴、'賣猪仔'、国内産業の衰退など内憂外患と個人の運命を交錯させ、清末の世相と女性の'情'双方が描かれている。

舞台は1905年科挙廃止以前の清末広東の郷村である。ヒロイン朱婉貞は天足の才媛で、科挙に合格した婚約者陳耕伯との婚礼を間近に控えている。その矢先、婚約者が行方知れずとなる。彼女自身も攫われて妓船に売られるが、自力で脱走し、婚約者の帰還を期待しつつ婚家に押しかけ守節（夫や婚約者の死後、再嫁しない）する。二十年後に売猪仔一味（中国人を誘拐し労働力として海外に売る組織）に攫われ東南アジアに売られていた婚約者が、妻子を伴って生還する。親族一同の合議を経て、ヒロインは正夫人と認められ晴れて婚礼をあげ、愛情に満ちた結婚生活を送る。

この作品については民国以来、『恨海』に同じく"男女の愛情描写に終始"したとの否定的評価が定論となっている。民国以降文革前に、日中両国を通じて唯一「劫余灰」を論じた澤田瑞穂は、'旧小説の常套に堕して'おり'新しい小説ならば真の悲劇はここから始まるはずである'と結末の非近代性を問題にし

ている[12]。しかし、封建体制下の清末においては、家の存続を第一義とする士大夫家庭が、三人の子の母を第二の妻と認定するのは自然な対応であったろう。不幸な女性に同情し、肺結核を患っていた李伯元でさへも、老母が姪の侍女を息子の妾として連れ帰った時、拒まなかった（魏紹昌編『李伯元研究資料』所収李錫奇「李伯元生平事蹟大略」p.37 上海古籍出版社 1980年12月）。また、民国の作家王独清の母が、男児をもうけた功績により第三夫人から第二夫人に昇格した事例などからも（王独清著　田中謙二訳『長安城中の少年　清末封建家庭に生れて』（平凡社〈東洋文庫〉昭和四十年十二月十日））嗣子の母親がより優遇されたことがわかる。当時の社会実態が子のある事実婚の妻より子のない"未婚の妻"を優遇したとは考えにくい。作品中でもヒロインの父朱小翁が娘を正夫人と認めさせるために、婚家に尽くした功績を言い募り、頑張る場面が描かれている。

　この作品において何よりも着目されるのは、社会事象や男女の境遇、族内事情等、(新たな妻も含めて)社会と人の関わりはむしろ末節の扱いとなっている点である。呉趼人は、人身売買組織と邪悪な身内という清末社会獅子身中の虫を作品の枠組みに設定しながら、《社会小説》として仕立てなかった。「劫余灰」においては、歴史背景ではなく、まさしく"男女の愛情描写に終始"しようとする意図が強く窺われる。あくまで《写情小説》としてヒロインの恋情を描写の軸に据えたのである。

　先ず、亡母を交えて婚約者と過ごした幼児期を回想する独白で、ヒロインの婚約者への恋慕が表される。次いで危難に見舞われる度に愛情が醸成されていく過程が綿密に描かれている。婚約者への愛を深めるヒロインの心情は、この作品でも一人称の独白で語られる。また、婚約者同士が心を通わせ愛を確認する経過は、長い夢の中で叙述されている。夢で婚約者と再会し婚礼を挙げた記憶が、覚醒したヒロインに夫婦の絆を実感させる。ヒロインは、婚約者が自分を認めてくれるただ一人の人であり'私が命を懸けて一生を捧げるに値するのはこの人だけ（与別人又自不同，也不枉我一向出生入死的代他苦守　第10回 p.150）'と確信する。呉趼人は、夢の記憶が妻となった現の感覚をもたらすという手法で、女性の愛と自己実現を描き出した。同時にこの設定は、ヒロインが生死不明の

婚約者を夫とすると固く決意し、夫不在の家に嫁ぐ伏線となっている。儒教道徳を遵守する"貞女"の徳目として称揚されてきた守節を、呉趼人は、愛情の自覚、生還への期待からの選択として描いた。この小説は、愛を核としての人生選択を、儒教道徳を逆手にとって正当化するという成果を挙げたといえる。

「劫余灰」はかくの如く、女性が愛を自覚して'この人だけ'と生死不明の婚約者への守節を決断するに至る心理を中心として展開する。彼女の選択は、男性が異郷で死地を脱した末に生還し、二十余年待ち続けていた"未婚の妻"に再会すると、双方涙にくれ言葉もなく見つめあうという結末に収斂する。かつ、そのような男女間の愛の確認は、家長親族の意向を蚊帳の外に展開する。旧小説においては通常、才子佳人が周囲の理解と庇護を得て艱難辛苦を乗り越える過程の叙述に徹する。当事者たちの恋愛感情、衝動は社会的に認知されないばかりか、"幽霊の妻"(『京本通俗小説』第十巻「碾玉観音」)や"白蛇の精"(『警世通言』第二十八巻「白娘子永鎮雷峯塔」)に見る如く、恋心を訴える女性は人外の存在として描かれる。男女間の情愛描写に徹した「劫余灰」の作品展開は、中国旧小説の常套とする構成と一線を画した、斬新な手法であったといえよう。したがってその眼目は、ヒロインが婚約者への愛を自覚する過程にあるといえる。ヒロインが婚約者への恋慕と執着から守節する人生を選択するに至る設定は作者呉趼人が、女性の愛の自覚と自己確認への連動という図式を見出していたことを窺わせる。

最初の《写情》翻案小説「電術奇談」では、ヒロインの夢に行方不明の恋人が現れる。原訳にない場面で、評者の周桂笙は、"愛情のさりげない描写を考案した衍義者の妙手"に感嘆を表している。呉趼人は《写情小説》という角書きを採用した段階から、女性の恋情を描くべく、創意工夫を凝らしていたことがわかる。

余滴4　守節選択

先述の如く守節とは、夫の死後、妻は再嫁せず婚家に留まる。許婚者の男性

が死ねば女性はその位牌に嫁ぎ、やはり婚家に生涯を送る。貧しい庶民はいざ知らず、豊かな士大夫家庭においては守節が最も良識に富んだ選択とされた。女性に課されたこの儒教規制は、父親や夫の家長権力とともに民国に至っても根絶しなかったようである[13]。後年、魯迅に妻として拒絶されながら終生を婚家で嫁として魯迅の母に仕えた朱安夫人[14]について云われるように、伝統社会においては女性が許嫁者に嫁げない事態は家と自身の名誉に係わる問題だった。また嫁いで後は夫との関係がどうであろうとも婚家をおいてほかに居場所はなかった。

　呉趼人は創作《写情小説》『恨海』、「劫余灰」において女性の生涯を縛る社会通念を"愛"の形に反転させたといえる。『恨海』ヒロイン張棣花の生家は富裕な都市商家で、父親は娘の幼少時の婚約を悔いる開明的な人物である。しかしヒロインの心を占めていたのは、亡き婚約者陳伯和の避難時に見せた優しさや、'姉さんを裏切ってしまった（姐姐,我負了你 p.74）'と詫びた臨わの言葉への後悔と哀惜である。彼女は手足の爪と黒髪を切り亡骸の袖に入れ、'陳さん、私を冥途の旅にお供させて（陈郎,你冥路有知,便早带奴同去也！　第10回 p.75）'と慟哭し、未婚の夫に'守節'して出家する。父親は、娘に"独断で出家するとは！商人の我らが儒教儀礼にこだわる必要はないのに"と嘆く。「劫余灰」のヒロイン朱婉貞の父も、娘を纏足させず学問を教えて育てた一徹な儒者である。父娘二人暮らしで、潤筆代を稼ぐだけの学識と'幾ばくかの田地'がある。そのまま元の生活に戻れたはずである。しかし、彼女は行方知れずの婚約者陳耕伯を愛慕し、帰還するという尼僧の夢解きに望みを託し、強引に婚家に嫁ぐ。彼女を"剋夫の命"の主で息子の死に責任を負うと信じる姑につらく当たられながら、舅姑に仕え十八年を過ごす。彼女たちは理解ある家長に恵まれていたにも関わらず自ら儒教規範に従ったのである。

　『恨海』のヒロインは、婚約者と過ごした思い出や愛情を縁に、自ら先の人生を選択する。知りもしない相手の位牌に嫁ぐ通常の守節とは根本的に異なる人生であるといえよう。また、「劫余灰」のヒロインは'陳家で守節し近隣朋友一人として彼女を尊重しない者はなかった（从此婉贞在陈家守节,坊邻亲友,没有一个

不敬重他。第16回 p.192)'。つらく当っていた姑も臨終に際して義弟の孫を嗣子として養育するよう遺言する。嗣子を定めさせるのは財産分与や相続を認めたことになるので、子のない寡婦への厚遇を表すという(15)。清朝政府はことさらに貞女烈婦を称揚した。女性に居場所のない封建社会においても'烈女、貞女'は地方史に載り頌徳されて家の栄誉となる。婚約者を恋慕しながら守節し世評を得るという設定は、結果的に彼女たちの人生設計を順当たらしめたのである。かつその守節は強制されたのではなく、愛を動機とした。呉趼人は守節規範を、女性側からの愛情表明の手段として獲りこんだといえる。

呉趼人は『恨海』第一回で'守節の婦'の心情について、'枯れ木、冷えた灰'にあらず'情に揺れないということが最も情に長けているということなのだ'と述べている。彼自身は'守節'という倫常をどのように考えていたのだろうか。『二十年目睹之怪現状』第34回で、語り手'私'こと'九死一生'が守節について言及している。'九死一生'は知人黎景翼が弟希銓を死に追いやりその上に弟の妻秋菊を妓楼に売ったと知る。'九死一生'は義憤に駆られ秋菊を救出し旧主人である蔡侶笙の家に送り届ける（第32回－34回）。女中の秋菊を養女として嫁がせた蔡家の夫人は'うちで生涯操を守らせます（他就在我这里守一輩子 p.269)'と請け合う。'九死一生'は'何を守節など言う事がありましょうか！ 希銓は半身不随で結婚後も同衾しなかったそうです。しかも今は景翼めに売りとばされ、もう恩も義理もあったものではない。その上に守節などという道理があり得ましょうか。早く別の縁組を見つけてやり婚期を逃さないようにするのが肝要です（不講什麼守的話！ 我聽說希銓是個癱廢的人,娶親之後,並未曾圓房,此刻又被景翼那廝賣出來,已是義斷恩絕的了,還有甚麼守節的道理,趕緊的同他另尋一頭親事,不要誤了他年紀是真。p.269)'と反対する。

しかし夫人は'人様が正式に娶ったのを同衾したかどうか誰に分かりましょう。…もし守節しなければ礼法にも道理にも申し開きがたちません（人家明媒正娶的,圓房不圓房,誰能知道。…倘使不守,未免禮上說不過去,理上也說不過去。p.270)'と逡巡し、夫の蔡侶笙に判断をゆだねる。蔡侶笙は'女子は夫に終生従うものであれば守節せねばなりません。今その家が災禍に見舞われ、このような破廉恥

な人でなしに虐げられ、どこに節を守らせようというのか？　この子は今年やっと十九歳で、これからの人生を損なわせてよいものでしょうか。再嫁させるしかありません (講究女子從一而終呢, 就應該守；此刻他家庭出了變故, 遇了這種沒廉恥, 滅人倫的人, 叫他往那裡守？　小孩子今年才十九歲, 豈不是誤了他後半輩子？　只得遣他嫁的了。第34回 p.272)'と'守節'に及ばないという決断を下す。『二十年目睹之怪現状』の中で、蔡侶笙は清貧で慈愛深く民に慕われる高潔な役人という理想的人物形象を賦与されている。その侶笙の示した"情況によっては女性の後半生の幸福を優先する"という決断は、呉趼人自身の守節を否定する考えを表している。呉趼人は礼教規範としての'守節'を逆手に取り、女性側からの愛の表明、人生選択を可能とする手段として活用したといえよう。

第四章 《写情小説》における女性性の構築

第1節　翻案外国《写情小説》「電術奇談」——恋と自己発現

1.《写情小説》創始の眼目

　呉趼人は、1903年10月から小説家に転じると、急死する1910（宣統二）年10月までの八年間に、《写情小説》と銘打って計四篇の女性の恋情を扱う小説を描いた。彼は、幼少時からの生育環境や都市労働者、小新聞編集者として世過ぎする中での社会体験、政治体験から、女性の潜在能力、社会におけるあり方に関心を深めていた。それ故、彼を《写情小説》執筆という方向性に導いたのは、救亡と女性解放の視点であったと推察される。社会改革を求める言論の趨勢、出版、ジャーナリズムの勃興もその後押しとなったであろう。

　既述の如く、男女の愛情を描いた'言情小説'において、縁組は家長の命によって成され、妻妾は睦まじく家を守るのが婦徳とされた。先に挙げた『野叟曝言』や『児女英雄伝』の婚姻状況は常態であったと思われる。実生活においても清中期の人沈復（1763 - ?）が回顧録『浮生六記』[1]に綴った亡き愛妻芸は自分とうまの合う芸妓を夫の妾に迎えようとする。清中期の小説『紅楼夢』の賈宝玉は、恋愛感情を優先したために家庭生活は破綻し、家運を挽回できない。『紅楼夢』への対抗意識を前面に打ち出す『児女英雄伝』は、二人の美女が互いを推薦しあい同じ男性に嫁ぐ。二人は協力して夫の科挙合格、立身に尽くす。さらに万全を期して、有能と見こんだ侍女を夫の妾に格上げし身の回りの世話を任せる。旧中国において家庭生活の最終目標は家の維持発展であり、恋愛感情は結婚条件の埒外にあった。

　清末になると西洋近代文明に触発され、出版情況も婚姻形態も'文明'（開明）化した。新聞や雑誌が創刊され外国の政治小説や冒険小説、探偵小説が翻訳掲載された。1899年に林紓の翻訳刊行した小仲馬（Dumas, Alexandre ; Dumas fils（デユマ　フィス）『LA DAME AUX　CAMWRIAS』1848、邦題『椿姫』）は、清末社会に

第四章 《写情小説》における女性性の構築

初めて西洋恋愛小説を紹介した。次いで呉趼人は、1903（光緒29）年10月より雑誌『新小説』に《写情小説》「電術奇談」を発表した。「電術奇談」は翻案小説（外国小説の翻訳改作）で1903年から1905年にかけて連載された（『新小説』第8号－第2年第6号〈原第18号〉連載。1903（光緒29）年8月15日－1905（光緒31）年6（？）月）。「電術奇談」以来、中国においては外国恋愛小説の翻訳のみならず中国人作家の創作になる"○情小説"と銘打った恋愛小説[2]が盛んに描かれた。呉趼人自身も以降八年間に、先述した『恨海』、「劫余灰」及び「情変」三篇の《写情小説》を創作した。「電術奇談」は、翻案者呉趼人自身の創作に大きな影響を与えたと察せられるのみならず、以降の中国小説の方向性を定める役割を果たしたといってよいだろう。

「電術奇談」と同時に発表された『二十年目睹之怪現状』、『痛史』は一定の社会的意義を評価され、文化大革命までに数種の単行本が出版された。それに比し「電術奇談」は、中華民国成立以後は単行本にもならず、議論にも上らなかった。文革終結後、中華人民共和国でおそらくはじめて「電術奇談」を論じた盧叔度は、'喜仲達と林鳳美の悲歓離合の愛情物語を描き、何ら社会意義を持たない（写喜仲达和林凤美悲欢离合的爱情故事,没有什么社会意义。p.96）'[3]と酷評している。近年、中国と台湾における研究に《写情小説》読解、再解釈の試みが見られるが、みな『恨海』、「劫余灰」、「情変」を三部作として同列に論じている。しかし、初めて《写情小説》の名を冠した作品は翻案小説「電術奇談」であり、呉趼人の創作ではない[4]。さらに、最後に描いた「情変」も実は、他作家作品[5]の改作である。人物、プロットともに呉趼人の創作ではないので、先述した『恨海』、「劫余灰」二篇とは設定や視角が異なっている。《写情小説》の意義を再考するためには、呉趼人に影響を与えた他作家の作品という括りで、最初の「電術奇談」と最後の「情変」を同列に論じるべきであろう。「電術奇談」、「情変」には、呉趼人を惹きつけ《写情小説》執筆の意義を確信させる眼目があったはずである。とりわけ、《写情小説》創始の契機を成した「電術奇談」には呉趼人が執筆意義を見出した段階の痕跡が留められていると考えられる。

第1節　翻案外国《写情小説》「電術奇談」　53

2．「電術奇談」翻案の趣旨
1）概容
　既述の如く「電術奇談」は、呉趼人のみならず以降の中国小説にも影響を及ぼした点で多大な社会意義をもつ作品であるといえる。登場人物は英国人と印度人でその中国社会と異なる行動様式が、呉趼人や評者の周桂笙に与えたであろう驚きや感銘は、随処に付された眉註や寸評の筆致からも窺われる。『新小説』連載時の「電術奇談」には、天部に眉註が、各回末に評が付されていた。眉註と回末評は『呉趼人全集』では割愛されている。そこで、本論の引用文は、『我仏山人文集』第6巻版（花城出版社　1988年8月）を使用した。
　雑誌連載時の「電術奇談」には「〈写情小説〉電術奇談（一名催眠術）」という作品名に続けて日本菊池幽芳氏之著・東莞方慶周訳述・我佛山人衍義・知新主人評点という断り書きがあるだけで、原作名の記述はなかった。評点担当の知新主人は周桂笙である。最終回の第24回（『新小説』第2年第6号）に付された［附記］に、呉趼人は改作の方針と方法を記しているが、原作名はない。民国以後、この作品は議論の対象とされなかったので、'日本菊池幽芳氏之著' が何であるかは、二十世紀末に樽本照雄が特定するまで八十年余不明のままとなっていた。樽本の検証によると、「電術奇談」の原訳は英国雑誌の懸賞小説を菊池幽芳が英文から日本語に翻案した「新聞賣子」、それを方慶周が文言で中国語に訳述し、さらに呉趼人が白話文の章回小説に改作して連載するという径路で、雑誌『新小説』第8号から第18号〈第2年第6号〉まで、1903（光緒29）年10月から1905（光緒31）年7月までの間、各号に二回から三回分ずつ連載された[6]。方慶周の文言訳文を呉趼人が改作するに至る経緯、《写情小説》という名称の由来など、未だ不明の点は多い。しかし、原作が英国小説であったことが判明し、作品の中国社会との異質さに首肯できることとなった。
　菊池幽芳の原作「新聞賣子」の粗筋は次のようなものである。

　　　インド藩王の姫麻耶子は英国人技師泰蔵と恋仲となる。彼女は帰国する
　　泰蔵の船に密かに乗りこみ英国に渡り結婚を承諾させる。泰蔵は友人の医

師利一を訪ね催眠術の電気実験で命を落とす。利一は遺体をテムズ川に捨て泰蔵になりすまして銀行預金を引き出し、泰蔵の所持していた麻耶子の宝飾類を奪い、パリに逃げる。麻耶子は探偵を雇って捜すが、泰三の行方は知れず、失意のうちにも音楽で自活しようと志す。しかし、莫連女お艶と情夫新吉が、音楽家を装って彼女に近づき拐そうとする。悲嘆にくれて入水自殺を図ったところを身体面貌の引き攣った醜い新聞売子三吉に救われる。麻耶子は三吉の説得で生きる気力を取り戻し、得意な歌と踊りを活かして自立しようと決意する。倫敦座に出演し一躍スターとなった麻耶子はパリ興行に出る。パリの利一は麻耶子に恋して劇場に通いつめ、腕輪を贈る。贈られた腕輪は麻耶子が泰蔵に預けた品だった。真相を確かめようと利一を尋ねた麻耶子は、催眠術をかけられて操られるが、三吉や探偵に救われる。囚われた利一は獄中で自殺する。ある日三吉は電線に感電して昏倒する。目覚めると引き攣れが取れ、記憶を取り戻し泰蔵にもどった。二人は父王の許しを得て結婚する。

翻案「電術奇談」［附記］で呉趼人は、文言でわずか六回の漢訳を二十四回分の白話小説に改め、人名地名を中国風に変え、麻耶子を鳳美、泰蔵を仲達、利一を士馬と改めたと断っている。以下、翻案の中国語名を使用する。

最終回の第24回（『新小説』第二年第六号）に呉趼人は、以下のようなやや長文の［總評］を付し、催眠術で人を使嗾する人形遣いの重要性と、印度貴族女性の精神的成長と自立の過程が作品の真面目であることを強調している。

　　人の情は天より受けて常にその身と共にある。忠孝節義であれ姦淫邪盗であれ情に根ざさないものはない。善悪に分かれるのは正邪の用い方が違うからである。鳳美を見ればはじめは仲達を恋い慕う私情にすぎなかった。しかし密かに恋人を追いはるばる海を渡るのはどれほどの冒険であったことか。巡り会った時どれほど嫋々としていたことか、愛を失った時どれほど悲嘆にくれたことか、銃を撃って復讐した時どれほど激烈であったこと

第 1 節　翻案外国《写情小説》「電術奇談」　55

か、一人のか弱い女性がこれほどの立ち回りを演じたのである。ゆえにこの書は写情小説ではあっても色恋の修羅場とお涙頂戴に終始するものとは違うのである。この書は写情として論じれば鳳美、仲達、敏達は傀儡、士馬は傀儡の糸を操り、そのほかの人物は傀儡芝居の見物人である。催眠術として論ずれば士馬は薬であり仲達鳳美は試薬表である。そのほかの人物は見物人である。

　人之有情,禀诸先天,与此身相存亡者也。无论为忠孝节义,为奸淫邪盗,莫不根之於情。其所以分善恶之途者,特邪正之用不同耳。观于凤美,初不过眷恋仲达之一点私情耳。然观其暗随情人,远渡重洋时,何等冒险;韶安相遇时,何等委婉;相失思念时,何等悲苦;放枪复仇时,何等激烈。一弱女子耳,耳演出如许活剧！　故此书虽是写情小说,耳较诸徒写淫啼浪哭者,又自不同。此书以写情论,则凤美,仲达,敏达是傀儡,士马是牵动傀儡之线索,自余诸人,是看傀儡戏者。以催眠术论,士马是药,仲达,凤美是试药表,自余诸人,是观演技者。(『我佛山人文集』第六巻 p.183)

各回末尾の［評］には、第 6 回まで'周桂笙 評'と署名がされている。第 7 回以降の［評］には署名がない。署名するのを止めただけなのか、呉趼人自身や他の人間が評を書くことがあったのかはわからない。'忠孝節義であれ姦淫邪盗であれ情に根ざさないものはない'という、『恨海』など著述の処所に見られる持論を述べているところから、［總評］に関しては呉趼人が評者であろうと思われる。

2）信念信条の添付

　呉趼人は［附記］に、日本文原訳にない'議論諧謔'を加筆したと断っている。鈍三の発する静電気に覚醒した鳳美が士馬を撃つ（第22回）、感電して昏倒した鈍三が仲達として蘇生する（第24回）等の山場では、原訳にない詳細な説明を施し、ストーリー展開の円滑化を図っている。
　その他のストーリー展開に関係しない削除加筆部分には、作者の信念心情が投影されていると思われる。重要な削除箇所は第 3 回（明治三十年一月三日）、

'摩耶子を抱きよせて花の唇に暖かき接吻！'という一文である。清末に結婚や男女交際を論じた議論の中でも接吻を容認ならないとする意見がままみられる[7]が、呉趼人も同様であったことがわかる。重要な加筆箇所は、信義や友情（'徳性'）を軽視する風潮や鳳美の夢を記述する原訳にない場面である。そこには作者の価値観が投影されている。例えば第二回で仲達は次のように述べる。

> "世の中の型通りの虚礼ほど人の徳性を損なうものはない。見過ぎ世過ぎをする人が如何に温厚誠実であろうとも永らく世間に染まっておればそのうち温厚誠実もどこへやら人が変わり口先だけになります。一見よくできた人が実は腹の中には'欺瞞'をどっかり居座らせ人を欺くばかりか自分まで欺こうとするのです。"
>
> 须知这世故上虚文客套,最是能妨害人德性的呀！　不信但看那专问在世故上周旋的人,任凭他性质如何忠厚只要被世故熏陶的久了,渐渐的把忠厚两个字丢往爪哇国去,心肠变了,面目换了,嘴也油滑了。外面看着是很圆通一个人,其实他的心里早有一个欺字打了底,不但欺人,还要欺自己,…（第2回 p.17）

この部分を取り上げて評者の周桂笙は次のように述べている。

> 仲達の世間を論じる一連の言葉もまさしく衍義者の挿入によるものであろう。その何と痛切であることか。私はもとより今の社会の人間を理解しがたい。しきりに要領好さを重んじ、直言を憚らない君子を疎んじる。ああ、道徳心の亡びた社会に何を咎めようというのか。
>
> 仲达论世故一段文字,当亦为衍义者所穿插。然其言论。一何痛切耶！吾固不解今之社会中人,动以圆通为干练,转使率直君子,所如辄左。呜呼！　德性之不存,我于社会乎何尤。（p.19）

また、鳳美が汽船に乗ると自分を裏切ったはずの仲達が港で手を振っている。船は何故かインドで仲達が開山した金鉱に辿りついた。鳳美の父が優しく出迎

え傍らで仲達が微笑んでいる（第10回）。この場面には周桂笙が註を付し、鳳美の潜在意識下の愛情と願望を、泣くや喚くやの修羅場なしにさりげなく、夢の形で巧みに表現していると賛美している[8]。呉趼人は女性の恋情を夢に託けて描写しようと意図したと思われる。先述したように『恨海』、「劫余灰」の夢の場面にも同様の趣旨が認められる。呉趼人は、婚約者や恋人を思慕する心理を女性の言葉で叙述し、夢を活用して男女の逢瀬を描いた。それらの叙述は、彼女たちの本心を吐露して心奥の希望を垣間見せたかのような感触を、読者に抱かせる。呉趼人は、異性に対する女性の恋情を、描写の工夫により表現し得た最初の作家であったと思われる。

3．「電術奇談」の真価

「新聞賣子」の特徴は女性主導の恋愛、家長の理解、男性側の献身の三点である。原作が英国の懸賞小説であったので中国の風俗伝統と異質の両性関係が現れることになった。呉趼人は人名地名を中国風に改めながら、この三点については削除改変しなかった。

1）女性主導の求愛

ヒロイン鳳美は高貴の出身にも関わらず、帰国する仲達を追って出奔し、密かに乗船して仲達の船室を訪ね'あなたはインドにおいての時はわたくしを本当に愛して下さってどれほど深い誓いを立てたことか。まさかすべて嘘だったとおっしゃるのですか？（郎君在印度时，十分爱奴，说不尽的海誓山盟。今闻郎君此言，莫非从前都是一片假意么？　第1回 p.5）'とかきくどき、仲達が結婚を承知すると彼の膝にすがって泣き崩れる。彼女は恋人を主導して恋を成就させ、意志の強さ、行動力を発揮し自立を果たす。実社会の中国女性はもちろん、従来の中国小説に登場するヒロインにも見られない"求愛し自立する"女性である。

2）家長の理解

（1）（鳳美の父の藩王は）東アジア人でありながら専制をよしとせず、娘に対し

てもあまり拘束しなかった。そこで鳳美は仲達とよく顔を合わせ、やがて二人に愛が芽生えた。

> 更兼那酋长虽是东亚人,却不以种种专制为然,故对自己女儿,亦不十分缚束。所以凤美常常与仲达相见,久而久之,未免两情爱慕（第1回 p.6）。

(2) 鳳美は父に手紙で事情を打ち明け許しを請う。父からはすべて許す、娘を思うあまり度々病に墜ちた。すぐに婿と一緒に帰ってきてくれ、と返事をよこす。

> 凤美把前后经历的情节,祥详细细的写了一封信,寄给他父亲,求他父亲恕罪。后来得了个回电,说一切事都不怪,只有挂念得很,几次因念女生病,务必即日同女婿回来云云（第24回 p.183）。

この部分は菊池幽芳の原訳では'快く承諾するとの返事があり'という短い一文であったが、呉趼人は加筆して父親の心情に解釈を施している。儒教倫理に捉われない家長なら、かく反応すべきであるという呉趼人の考え方が現れている。後に、呉趼人が中国を舞台に自由恋愛を描いた「情変」の父親は駆け落ちした娘に激怒し、殺すか売るかしようと考える。それが、礼教規範に背いた娘への通常の処遇であったのであろう。「電術奇談」は非中国文化圏の作品を翻案したことにより、一気に礼教規範を取り払えたといえる。鳳美の父親が娘の交際を束縛せず、出奔した娘を案じ結婚を許すという「電術奇談」の設定展開が、当時の読者をどれほど驚かせたか想像に難くない。鳳美の父は、以降に書かれた恋愛小説諸作品に表れ始めた"理解ある家長"の起源であるといえる。

3）男性側の献身

鈍三（実は記憶を喪失した仲達）が鳳美を思慕崇拝する言葉や献身的に尽す様子が随所に描かれている。

(1) 鈍三がひたすら鳳美に忠誠を尽くす様はまるで忠犬の主人に対するが如くただ鳳美のためにのみ存在するかのようだった。

> 他那一片忠诚,犹如忠犬对了主人一般,巴不能够把全个身子都为凤美用（第16回 p.119）。

(2) 鈍三は言った。おいらはこんなに醜いからお嬢さんは嫌だと思うだろう。
　　　鈍三道：不过因为我生得丑陋，恐怕小姐看着我讨厌罢了（第16回 p.120）。
(3) 鈍三は、毎日鳳美の玄関にたたずみ鳳美が劇場に出かけるとこっそり劇場まで付き添っていき、終わる頃にまた劇場の入り口に待ち受けて、こっそりと鳳美の家まで付き添っていく。毎日そんな具合で、自分でも訳の分からぬままにそれを実に楽しいと感じていた。
　　　那鈍三天天踩在凤美的门首，看凤美出来到戏园，他便暗暗的跟到戏园。约摸散戏时，他又先等在戏园门首，等凤美出来，他又暗暗的跟到他家里。天天是这样，他自己也莫名其妙，以为这是一件极快活的事（p.134 第18回）。
(4) 李さんの身に災難が起こりそうだ。おいらは守りにいかなくては。
　　　我料得李小姐身上必有灾难，我要去照应他（第18回 p.135）。
(5) おいらだって自分でも動作がとろいのはわかってるよ。けど李さんに何かあったら命がけで力の限り助けたいんだ。
　　　我也知道我自己身子不灵便，但是李小姐有甚事情，我情愿粉身碎骨，也要尽我的力量去做的（p.135 第十八回）。
(6) おいらは李さんの為ならどこへ行こうと糞を食らおうたって平気だ。
　　　我为了李小姐的事，那怕到了那里要吃粪，我也不怕（第18回 p.138）。

当時の中国の小説において、父親や夫の専横と女性の献身は通常の設定であったが、その逆は稀である。この鈍三もまた、以降の中国恋愛小説に頻繁に描かれ始める"献身する男性"の起源であるといえる。呉趼人はこの女性主導の恋愛、献身する男性という非中国的男女関係に改変を加えなかった。恋に人生設計に積極的に意思表示し自立を目指す鳳美や、彼女に無私の愛情と献身を捧げる鈍三たち非中国世界における男女のあり方は、読者の目にとりわけ斬新に映ったであろう。

「電術奇談」を翻案して恋愛と自立に奮闘する外国人女性の姿を描写する機会を得たことは、呉趼人にかつて目撃した救国運動に加わる少女のイメージを彷彿とさせたであろう。求愛自立する鳳美と救国演説会で同座した薛錦琴の姿が、奮闘する女性括りで重なり、"恋を機縁に自我を発現し覚醒した女性の救国への

寄与"という像が脳裏に結ばれたのではないだろうか。呉趼人が「電術奇談」翻案の後、恋愛小説の執筆に勤しんだことからも、この作品が彼に与えた衝撃の大きさが察せられる。彼は清末社会と中国人女性を題材とした恋愛小説創作を試み、相次いで『恨海』、「劫余灰」を発表した。以来《写情小説》というジャンルが確立し恋愛小説が盛行する。加えて以降の中国恋愛小説には、先に見た"女性主導の恋愛"、"献身する男性"、"家長の恋愛容認"といった特徴が顕著となる[9]。

　従来の文学史上に看過されてきた「電術奇談」は、実は呉趼人の両性観と創作姿勢を決定づけ、さらには清末民国初の中国恋愛小説の方向性に大きな影響を与えた作品であるということができよう。呉趼人は、この小説の翻案を通じて女性の恋心が自立の意志に連動し得ることに思い至り、女性が自我を発現する契機について思索を進めたという可能性が想定される。次に、中国人作家の作品を下敷きにして描いた「情変」について検討したい。

第2節　翻案中国《写情小説》「情変」——恋と自己実現

1．阿英の疑問

　1910年、呉趼人は急死する四か月前から《写情小説》「情変」[10]を連載し始め、全十回予定の八回途中で絶筆となった。急死直後に未完のまま単行出版されており[11]、連載当時に世評の高かったことを窺わせる。ヒロインは優しい美少年に告白し、夜這いし、ついには幻術を使って拉致、駆け落ちし、軽業興行で男を養うという、すさまじい求愛行動を展開する。清末の《写情小説》の中でも異色の展開を見せる作品であるが、実際には前世代作家の伝奇小説を下敷きにしている。呉趼人作品で『二十年目睹之怪現状』や『痛史』、『九命奇冤』、『恨海』等は中華民国成立以後も出版されたが、「情変」は遺作であるにもかかわらず、出版も研究もされなかった。文学革命後の民国文壇において、呉趼人の《写情小説》への評価が低かったとはいえ、『恨海』は数種出版されている。「情変」が民国以降黙殺され、出版もされず話題にもされなかったのは、その内

第 2 節　翻案中国《写情小説》「情変」　61

容の過激さが忌避されたためかもしれない。

　辛亥革命以前に出版された「情変」単行本は、中華民国においても稀覯本に属していたようである。中華人民共和国成立以後、現物の作品がなく政治性のない「情変」は、各文学史にも取り上げられなかった。阿英は1960年に「情変」を原載誌の切り抜きをもとに『晩清文学叢鈔』に収録し、[前言] に"呉趼人が『痛史』を未完のままに、「情変」を描いたのはなぜか"と、執筆意図への不審を表している。世評の高い作品を放置してまで「情変」新連載に踏み切った呉趼人の執筆意図に疑義を呈したのは、さすが阿英の慧眼であったといえる。しかし、文化大革命の勃発とあいまって、その成立事情や内容が探求される余地はなくなった。発表以後百年余を経た現在、当時異色であった粗筋展開も瞠目すべきほどではなくなった。かくて、文革後の中華人民共和国で相次いで出版された呉趼人全集、作品集においても、阿英の抱いた疑義は糺されぬままとなった。中国作家のそれも比較的近い時代に原作がありながら、発表後百年以上過ぎた現在においても調査が及ばず、創作として扱う研究熱意のなさは、この作品に対する軽視の表れであるといえよう。

2. 「情変」原作の発見——井波訳との出会い

　2001年に筆者は、雑誌『ミステリマガジン』のバックナンバーを漁っているうちに井波律子訳宣鼎「少女軽業師の恋」（原作「秦二官」）のタイトルと、中国人著者名に興味を惹かれた。読んでみて、その粗筋が呉趼人「情変」とほぼ同じであることに一驚した。「情変」が実は呉趼人の創作ではなく、宣鼎（1832-1880?）作「秦二官」の改作であったと判明したのである[12]。井波は「秦二官」が『夜雨秋灯録』に収録された短編であるという出典と作者宣鼎のプロフィールまで紹介してくれていた。宣鼎は呉趼人より一世代上の文人で『夜雨秋灯録』は清末に広く流布したという。呉趼人はそこに収録された文言短編小説「秦二官」に着目し、登場人物、基本ストーリーをほとんど変えずに十倍以上の長さの白話小説に引き延ばしたのである。翻新小説、或いは擬旧小説と呼ばれる創作様式は古典小説の骨組みを借りて新たなストーリー展開や解釈を施すもので、

呉趼人も『新石頭記』(1905)や『白話西廂記』(1921年没後刊行)を描いている。「情変」は粗筋や登場人物の基本設定等作品の骨子を変えずに引き延ばしただけであり、その分野にはあたらない。原作の粗筋をもとに加筆改作したという点から見て、翻案小説という呼び方が最も適切であろうと思われる。以降「情変」には、その用語を用いたい。

　他作家作品の翻案に踏み切った意図を焦点としてみれば、呉趼人は、ヒロインの求愛行動に着眼したのであろうと察せられる。「少女軽業師の恋」という井波律子訳タイトルは、作品の正鵠を射ているといえる。井波の翻訳がなければ、「情変」執筆に執着した呉趼人の意図に抱いた阿英の疑念は謎のままに終わったであろう。この発見により、呉趼人の女性性への姿勢という新たな視点からの分析が可能となった。「秦二官」に着目された井波の識見と、掲載誌のバックナンバーに遭遇できた僥倖に、感謝は尽きない。

3．改作の趣旨
1）原作「秦二官」梗概

　文革終結後にいち早く、個別作品の検討、文学史の再構築を主張した盧叔度は、この作品を論じて、'男女の私事を描くばかりで何ら社会的意義を持たない。この書はやはり呉趼人の失敗作である（只写男女之私,没有什么社会意义。此书也是吴趼人的失败之作)'と酷評している。とはいえ、'秦白鳳にひたすら思い焦れ、艱難辛苦に遭いながらも封建の柵を乗り越えて貫こうとする寇阿男の一途な愛情を描いたことには、ある程度の封建制に反対する意義がある（但他写寇阿男对秦白凤一往情深,历尽千辛万苦,冲破封建网络,追求真挚的爱情,还是有一定的反封建意义的。p.99)'と、"寇阿男の求愛行動"に作品意義を認めた。この見解は、「情変」が初めて得た公正な評価であるといえる。しかし既述の如く、「情変」は呉趼人の創作ではない。先ずは原作の内容、呉趼人の改変部分を検討しておかなければならない。

　原作は宣鼎(1832-1880?)著『夜雨秋灯録』巻三に収められた短編小説「秦二官」である。宣鼎[13]は安徽省天長の人、呉趼人より一世代上にあたる文人で

ある。1877（光緒三）年上海申報館より『夜雨秋灯録』を出版。1880（光緒六）年『夜雨秋灯続録』が死後に出版された。「秦二官」は文言で女幻術使いの恐るべき所業を述べる五千字程度の短編である。その梗概は以下の通りである。

【登場人物】寇阿良、寇四娘と夫（阿良の父母）、袁三小（阿良の夫）、秦生（秦二官、秦白鳳とも呼ばれる）、秦生の叔父

【粗筋】華南の田舎に秦二官という十六歳の美少年がいた。東隣の軽業興行師寇一家には十四、五歳になる阿良という娘がいた。阿良は美貌の二官を見初めて口説き、夜這いして密会を重ねる。二官の叔父は阿良の父を恐れて二官を奉公に出す。阿良は男装して屋根伝いに忍び込み二官を薬で昏倒させて攫い同棲する。白蓮教に与する阿良の両親は阿良の幻術興行から秘密の露見することを恐れ、阿良を連れ戻して従兄の袁三小と結婚させ行方をくらます。安心した二官が帰郷する途次、袁三小と知合い、阿良の夫と知らずに意気投合する。阿良は夫を殺害して二官を攫い軟禁するが、逃げ出した二官の訴えで逮捕される。二官は袁三小の肖像を掲げて阿良の処刑を見届け、その場で自害する。処刑場で阿良の妖美に魅せられた獄卒は、彼女の死霊に憑りつかれ頓死する。

このように「秦二官」は、凶悪な妖婦の伝奇として描かれている。

2）「情変」梗概

「情変」は『輿論時事報』に1910（宣統二）年6月22日から連載された。10月に呉趼人が急死し第8回で絶筆となったが、10回分の題目が事前に予告されている。以下に登場人物と粗筋を挙げる。

【登場人物】
　　寇阿男、寇四爺と寇四娘（阿男の父母）、余小棠（阿男の夫）、秦白鳳（幼名秦二官）、秦亢之（白鳳の父）、秦縄之（白鳳の叔父）、何彩鸞（白鳳の妻）

【粗筋】
　　〔 〕内は楔子で呉趼人が予告した題目。第9、10回は題目のみ残る。

［第1回］〔走江湖寇四爺賣武　羨科名二官讀書〕

白蓮教の後裔で揚州の村落の小地主冦四爺は同業の余四娘と結婚するが、飢饉に見舞われたので武芸の見世物興業に出る。文人大地主の秦亢之は息子の二官を抱いて見送る。秦亢之、縄之兄弟は飢饉に備えて数十年蓄えたカボチャを供出し村を救う。やがて八歳になった二官は家庭教師につき学名を白鳳と名のる。

［第2回］〔冠阿男京華呈色相　秦紹祖杯酒議婚姻〕
　苟夫妻には女児が生まれ、男児に擬して阿男と命名し、家伝の武芸と幻術を伝えた。阿男は六歳の時から秦家の塾で白鳳とともに学ぶ。数年のうちに二人に恋心が芽生えるが、苟夫妻は阿男を連れて婿探しの旅に出立する。出発の日、阿男は'私が好き？（哥哥,你到底爱我不爱？）'、'本当に好きなら絶対に待っていて（你如果真爱我，便请你务必等着我）'と白鳳に告白する（第2回 p.222）。苟一家の出立後、白鳳に何彩鸞との縁談が持ち上がる。

［第3回］〔思故郷浩然有帰志　恣玩皮驀地破私情〕
　秦亢之が急死する。白鳳は学問をやめ小作管理に追われ阿男への想いも薄れる。婿選びを妨害して帰郷した阿男は白鳳に結婚を迫る。

［第4回］〔冠四爺遷怒擬尋仇　秦二官渡江圖避禍〕
　何家との縁談を知った阿男は夜半ひそかに供物を携えて白鳳を訪ね、たじろぐ白鳳に'軽率だのなんだのと恐れていては願いがかなう日は来ないわ（处处怕鲁莽，这件事就没有成功的一日了）'と、二人で天地に拝礼し婚儀を断行する。'遅いから帰れ'という白鳳に阿男は'天に誓った私を追い払うの？（天地也拜了，好意思还赶我呢 p.251）'と関係を迫り、以後夜毎の逢瀬を重ねる。連夜の密会が露見し、怒った冦四爺を恐れた叔父の縄之夫妻は白鳳を鎮江の何家に預ける。

［第5回］〔訂因姻縁留住東床客　恋情欲挾走西子湖〕
　阿男はある夜、両親を安眠香で熟睡させ、馬を盗み男装して出奔し、どんな馬も千里を走るという神駿霊符を馬の脚に貼り、山東省沂州から鎮江の何家へと駆け、軒を越え屋根に上り窓から白鳳を攫い、飛び降りて馬に担ぎ上げ杭州まで逃げ去る。

［第6回］〔籌旅費佳人施妙術　怒私奔老父捉嬌娃〕
　　阿男と白鳳は杭州で暮らすうちに路銀が尽きる。途方に暮れる白鳳に、阿男は大道芸で商いの元手を稼ごうと提案し、曲芸興行を行う。寇四爺は光圓の術で行方を突き止め阿男を捕まえるが、白鳳を見失う。

［第7回］〔甘舐犢千金嫁阿男　賦関雎百輛迎淑女〕
　　寇四娘は連れもどした阿男を甥の余小棠と結婚させる。白鳳との再会を望みに鬱々と過ごす阿男は、ある日、白鳳と何彩鸞の婚礼の祝い船を目撃する。白鳳は叔父に連れもどされ、何彩鸞と結婚したのだった。

［第8回］〔何彩鸞含冤依老衲　秦白鳳逐利作行商〕
　　白鳳は彩鸞と円満な家庭を築くが、妊娠中の彩鸞が六ヶ月で男児を出産し叔父の縄之は激怒する。

［第9回］〔感狭義交情訂昆弟　逞淫威変故起夫妻〕

［第10回］〔祭法場秦白鳳殉情　撫遺孤何彩鸞守節〕

　　第9、10回の執筆は実現しなかったが、楔子に題目が予告され、おおよその粗筋を示している。第9回は、白鳳と小棠に友情が芽生え、阿男の'淫威'により阿男と小棠夫妻に異変が起こる。第10回は、(阿男の)処刑場で白鳳が'情に殉じ'、何彩鸞が守節して遺児を育てる―という執筆予定であったと推測される。白鳳に父と妻と遺児の存在が付加され、名前のなかった白鳳の叔父、阿良の父親に名前が付いた点を除けば、登場人物も粗筋も原作「秦二官」とほぼ同じである。呉趼人は五千字の文言短編小説を十倍にもなる白話長篇に引き伸ばし、同じストーリーを描いたことになる。

　　ただ創作方法は異なっている。「情変」は、粗筋を踏襲し長くしただけではなくその過程で事件の蓋然性を高める背景描写に留意して、登場人物の基本設定や人間関係、生活様式、性格、心理描写等、細かな改変を施している。呉趼人は伝奇的色彩が濃く現実味に乏しい「秦二官」を現実色の濃い作品にリメイクしたといえる。

　　ヒロインの恋情や行動力にも好意的方向に修正を施している。原作「秦二官」の阿良は"魔性の妖婦"として描かれている。死霊となって災厄を及ぼす顛末

により、生前の求愛と凶行を人外の存在ならではの所業と仄めかしている。それに対し「情変」は、阿男を情の濃い自我の強い女性として描き、その恋心を一人称の独白で綴っている。呉趼人は、阿男が首尾よく想い人を口説き落とし、拉致、駆け落ちを果たす一部始終を、非難の言辞なしに詳細に描写した。なかんずく、作者として地の文に顔出しして'阿男は女ながら武術興行を売り物に世を渡り知識も豊かで決断力があった（阿男是个女孩子家,却是走过江湖,见多识广,会打主意的人 p.263 第五回）'と、その人となりを称賛した。阿男の求愛行動に対する肯定、容認の表れであるといえよう。

3）「情変」の真価――男女性の逆転

原作「秦二官」もそれを改変した「情変」も、女幻術使いの過激な求愛行動と両性の逆転した男女関係を骨子としている。既述の如く、呉趼人の翻案した「電術奇談」の作中人物像は女性の活躍、男性の献身という中国社会にない男女のあり方を知らしめた。以来、自立を目指す女性と支える男性という、伝統的通念になかった男女関係は、清末民国初の恋愛小説に広く現出することとなった。雑誌『小説月報』に辛亥革命（1911年）以前に発表された短編だけでも以下のような作品が挙げられる。

　　陳景韓「女探偵」『月月小説』第13－15期（1908.2.8－4）
　　包天笑「一縷麻」『小説時報』第2期（1909.11.13）
　　無名氏「明珠宝剣」『小説時報』第4期（1910.11.26）
　　悵盦「泰吉了」『小説月報』第2年臨時増刊（1911.8.19）
　　許指厳「緑窓残涙」『小説月報』第2年臨時増刊（1911.8.19）
　　鳳雛「情天紅線記」『小説月報』第2年8期（1911.10.16）
　　指厳「榜人女」『小説月報』第2年8期（1911.10.16）

ただし、その濫觴を成した呉趼人の創作《写情小説》において、そのような男女像が描かれたのは、「情変」がはじめてである。

これまで論じてきたように、呉趼人は「電術奇談」翻案を契機に、中国女性の恋心を描こうと試み、『恨海』、「劫余灰」を描いた。しかし、儒教の禁忌に阻

まれ成人(十三、四歳)後に男女の接触できない中国において、士大夫階層の子女を素材とする限り、女性側からの直截な愛情表現は描けなかった。「秦二官」を知った呉趼人は、そのヒロイン阿良の社会的属性、奇矯な性格、男勝りの言動に、ようやく'写情'に格好の器を見出したのであろう。呉趼人は「情変」の処々に、冠阿男が曲芸興行を生業とする郷村の武俠の娘であると、念押ししている。'村娘にはもともと束縛はない。ましてや彼女は武芸を見世物にする人間で外を出歩いたとしても何ということもないのだ(乡下姑娘本来也没甚拘束,况且他又是走过江湖的人,在外头逛逛,更不算得甚么了。p.249 第3回)'と、ことさらに地の文で強調している。そのうえ恋愛の成就には白蓮教の秘術が不可欠なので現実感を伴わない。呉趼人は、「秦二官」に天啓を得て、社会的指弾を被る懸念の少ない普遍的でない階層の女性を主人公として、恋心と情動の必然的帰結を描写する、という方策に思い至ったのであろう。

「秦二官」阿良は行商の美少年を見初めて誘拐、曲芸で稼ぎ同棲する。人妻や娘を拐かす役人や無頼漢は旧小説お定まりの悪役像であるが、その女性版である。もともと纏足の女性には無理な設定である上に、幻術なくしては実現不可能である。それ故阿良には、清初蒲松齢『聊斎志異』(1766)や紀昀『閲微草堂筆記』(1800、1807)に登場する妖しの美女の如き怪異の趣が濃い。それに対して「情変」の阿男は、一人で村内を散歩する田舎娘という設定が強調され、神秘性が伴わない。呉趼人は、女主人公の名前自体を阿良から阿男に変え、家伝継承者と行動力、男女の役割逆転という「秦二官」に顕著な特質を取りたてて増幅させている。男児に擬して育てられた阿男は豪胆で軽挙妄動、坊ちゃん育ちの秦白鳳は温和で弱気という、両者の性格の男女逆転を表す描写が随所に加わっている。さらに、白鳳は阿男の強さに、阿男は白鳳の優しさと美しさに魅かれたという設定のもとに、自我を枉げず恋愛を主導し生活力のある阿男、彼女に服従を余儀なくされる美貌の白鳳という相互扶助関係を構築した。

白鳳は男装の阿男の身ごなしに驚嘆し'これほどの技の主が、女子は言うに及ばず男子にもどれだけいることか。彼女と一緒に遊んでいた頃に習っておけばよかった(这等身手,莫说是个女子,就是男子当中,也寻不出几个。及时和他长在一起,

倒要跟他学学。第4回 p.248)' と称賛に堪えない。また阿男は、'杭州にいた時にある日、すねてご飯を食べないでいると、白鳳はベッドまで茶碗をもってきて必死で彼女をなだめ、わざと知らんふりしていると困り果てて涙を流したのを思い出した。今、私が病気でご飯を食べなくても、生みの親の母さんでさえ声をかけただけですませた。本当に親身に心配してくれる人は彼だけなのだ（她想起在杭州时，有一天和白凤赌一口小小的气，开出饭来，不肯去吃，那白凤拿了饭碗，捱到床前，百般的哀求，要她息怒，是她故意装娇不理，白凤急得眼泪也滴了下来。此时我有病不吃饭，便是生我下来，养我长大的母亲，也不过叫一声，不吃就算了。算来止疼止痒，贴心贴肝的人，只有他一个）（第7回 p.283)' と、白鳳との暮らしを回顧し恋情を募らせる。作中にはこのような、阿男の武芸の技と果敢な気性、白鳳の温厚従順な人柄を対比する、原作にない描写が随所に加えられている。このように呉趼人は、阿男が優しい白鳳に魅かれ、白鳳が豪胆な阿男に憧れるという相互扶助の取り合わせを設定し、二人が恋に奔る蓋然性を高めようとしている。

「秦二官」のヒロイン阿良の非凡な能力、直情径行の性格、二官への一途な愛等、その言行は呉趼人の敷衍した「情変」阿男と変わらない。しかし阿良は最期に及んで獄卒を取り殺すという妖異を現わし魔性を強調されている。作者宣鼎は豪気で情の深い女性と怪異を好んで描いた。「秦二官」と同じく『夜雨愁灯録』(1877) に収録された「麻瘋女邱麗玉」のヒロイン邱麗玉も次のような幻想的女性である。

　　癩病を病んだ邱麗玉は、親に騙されて婿入りしてきた男を哀れみ逃がす。後に病が進行し親に捨てられた邱麗玉が不思議な道士の導きで男を訪ねると、男は恩人の邱麗玉を献身的に看病する。瀕死の邱麗玉が匿われている蔵で、酒甕に黒蛇が誤って落ち、薬酒が醸される。彼女は蛇酒の薬効により奇跡的に病が癒える。

黒蛇の功徳や死霊の祟りという怪奇性は、作中の女性に妖異の様相を帯びさせ求愛行動への非難を無効化させた。宣鼎は、女性の恋を異類婚姻譚と同次元の

怪異譚として描いたといえる。

　呉趼人は、怪異譚に擬えられた「秦二官」を、プロットや配役のみ採用し、舞台を清末に変え、地主の息子と武俠の娘の恋として描いた。登場人物に賦与された現実感、人間味は、恋への憧れや理想の伴侶との出会い、意中の相手との結婚を、読者に夢想させる効果を生じさせたのではないだろうか。「情変」には愛情の芽生えから駆け落ち、同棲まであらゆる礼教上の禁忌が描かれている。これほど過激な恋愛衝動が当時の紙誌に掲載できたとは、驚くばかりである。如何に指弾されようとも、創作ではなく昔の作家の著した怪奇譚であるという事実を、切り札として持っていたからであろう。呉趼人には、清末の読者に同時代における恋の可能性を提示しようとする意図があったと考えられる。

4）恋愛成立の絶対要件

　呉趼人はあらかじめ冒頭［楔子］で読者に、'中国人の目で読み、外国人の目で読んではならない（拿中国眼鏡来看, 不要拿外国眼鏡来看）'、'白蓮教の幻術（白蓮教的幻术）' を'出鱈目と罵る（骂小子荒唐）' ことなきように、と断っている。その意図は、白蓮教の秘術を含め、話の同時代性、現実性を強調することにあったと思われる。［楔子］で二人の再会、逃避行成功の決め手である幻術の信憑性に疑念を抱かぬようあらかじめ読者に釘をさしたのは、阿男の駆使する技を現実のものとして描こうとする意図による伏線であろう。あくまで'外国人'の近代文明と対峙する同時代の中国世界を作品の舞台として、求愛行動を敢行する中国人女性を描こうとしたのであろう。

　第4回で白鳳が、幼馴染の阿男と一緒になりたいのはやまやまだが、如何せん、こういうことは長上が決めるもので、自分たちの恋心は空しい夢に終わるだろうと諦める場面で、'みなさん、これこそ白鳳が礼を以て己を持する長所なのです。他の人間が写情小説を描けば、きっと惚れたの捨てたのと艶話を描くでしょう（诸公, 这是秦白凤以礼自守的好处。别人做写情小说, 无非是写些痴男怨女 p.248）' と、地の文に自賛を割りこませている。また第5回では、'情を通じてから娶ったという汚名は終生ついて回る（如果将错就错成了亲, 这个先奸后娶的名气, 是终身赖

不掉的 p.258）'と冠四娘の縁組申し入れを断る秦縄之について、'縄之は田舎の人とはいえ学問をしたことがあるので廉恥を弁えているのです。今どきの自由結婚を云々する人がお構いなしに情を通じ、その後で例の文明の礼とやらをとり行い、疑念も起こさないのとは違います（绳之虽是乡下人家，却还读过两句书，守着点廉耻；不像那些个讲究自由结婚的人，只管实行了交际，然后举行那个甚么文明之礼，不以为奇的 p.258－259）'と、やはり地の文で講釈を施している。

　麦生登美江「呉趼人の「近十年之怪現状」と『情変』について」[14]は、日中両国で最初に「情変」の内容を紹介、論じた。麦生は、作中散見する呉趼人の儒教解釈について、'情に溺れて道徳を踏み外すことを戒めようとする意図が濃厚'、'阿男の不身持が招いた災いであるから、世の娘たちは身を慎しむようにと警告している'（p.68）と解釈している。しかし呉趼人は、作中に阿男の求愛行動に対する非難の言辞を弄せず、逆に白鳳へのひたむきな恋心を一人称で描写し、彼女の知識、経験、決断力に讃嘆を表し、阿男の能力に驚き憧れる白鳳の様子を描いている。儒教道徳面の賛美を阿男の不身持への非難と文字通りに解釈するならば、作者の執筆態度との間に矛盾が生じる。呉趼人は、白鳳に学問があり道義礼節を重んじたこと、恋の進展に男性側の誘惑が介在していないことを特筆しようとする意図から、男性側のみ道徳心の有無を言い募ったと思われる。

　既述の如く、呉趼人は、女性の恋の芽生えとそれに伴う自我の発動、成長の過程を描写することに'写情'の意義を認めていた。逆に男性には道徳面の自制を求め、'痴男怨女'――"惚れた、捨てた"の展開となる男女関係を'写魔'（「恨海」第一回に見える呉趼人の造語）とみなし《写情小説》と認定しなかった。実際に伝統小説では、唐代『西廂記』から明代に大量に通行した恋愛小説まで、社会構造上"女遊び"、"お涙頂戴"の流れが常套となりがちであった。呉趼人は作中随所に阿男の行動力、自活力を称賛し、儒教規範への諦念を訴えつつも求愛を拒まない白鳳の受動的な姿勢を"礼節を知る君子"と称揚している。彼が、女性側の能動的恋愛行動と男性側の受動という両性関係を、恋愛成立の絶対条件と考えていたことがわかる。

第2節　翻案中国《写情小説》「情変」　71

　呉趼人の《写情小説》を描く意図は女性の恋情の描写にあり、あくまで女性側の求愛が絶対要件であったと思われる。最初の「電術奇談」のヒロインは、恋を諦め帰国する男性を追って英国に渡り自立を目指し成長する。呉趼人は［總評］で苦難を乗り超えたヒロインを絶賛している。『恨海』、「劫余灰」も男性側の献身にヒロインの恋心が芽生え、成長する過程を描写の主眼としている。呉趼人は、原作「秦二官」の男女逆転構造に天啓を得て、翻案を手掛けたのであろう。「情変」に、男性側の道徳的自制心の強さを加筆したうえで、女性側が気の弱い恋人を叱咤激励し恋の逃避行を敢行する、という原作の基本的ストーリーを踏襲した。女武芸者阿男の求愛行動は、士人家庭の女性を主人公とする前二作に比して一気に能動性、行動力が高まった。

　以上の考察から、呉趼人の四篇の《写情小説》成立の経緯は以下のように概括することができる。彼は、「電術奇談」翻案により女性を強くする"恋の力"に気付き、中国の社会構造下における'写情'執筆を試みた。設定に苦慮しつつ『恨海』、「劫余灰」を描きながら、恋愛の発生を可能とする環境を模索するうちに「秦二官」を知り、ストーリーとヒロインの個性を活用した。男性側には儒教道徳の制御をかけ、女性側の情動のみ発動させて「情変」に翻案し、会心の'写情'を目指そうとした。

　「情変」では家長世代の人物設定が補強され、伝統価値観、良識との対立が図式化されている。呉趼人は、当時盛んに議論を呼んでいた結婚問題を念頭に置いていたと思われる。自由恋愛、結婚と現実の障壁を描いたことで、「情変」は同時代の読者の普遍的関心に対応した作品となったといえよう。

4．「情変」の意義──夢想の実現
　旧中国社会において婚姻は、概ね運勢や相性、財産、家門の釣り合いによって決められた。'結婚は長上が決めるもの'という白鳳の諦念が通例であった当時の青年にとって、阿男が白鳳の容貌や人柄に癒され、白鳳が阿男の技能や活力に支えられるという当事者の精神的欲求から成立する結婚は、思念の外の人生であったろう。「情変」は当時の読者に、先ずは"家"ではなく自身の精神

面、行動面の支えたる伴侶を求めようとする発想を提示し得たであろう。大多数の中国女性は、実生活においても小説中においても、自活どころか歩行も不自由で、実家や婚家で家長に従って一生を終えるほか生きる術をもたなかった。伝統社会の中国女性の日常においては、阿男の屋根まで駆け上がる身体能力や武術、曲芸で身を立てる生活力、想い人の獲得を計画断行する力技は、神話伝説中の龍女や白蛇の精の神通力と同類のもので、ほとんど異界の婚姻譚と感じられたであろう。

しかし実は、汽船や汽車等近代交通手段が普及し、海外に門戸の開けた清末においては、現実とかけ離れた夢想でもなかった。纏足禁止の声が高まり、女子教育が奨励され、海外留学という選択肢の加わった清末女性にとって、自ら伴侶を決め、同棲し自活する、という選択は夢物語ではなく、可能性の見える人生設計となりつつあった。実際に、黄興の日本亡命を助けて同行し結婚した徐宗漢、孫文に従って革命事業に加わり、中国革命同盟会員と結婚した呉弱男、呉阿男姉妹等先進女性の選択肢ともなった。「情変」は、自身の進路についての可能性に思い至る契機を青年読者に提供したに違いない。纏足を止め、学力、運動能力を高めれば、親の世代と違う人生が開けるという展望を、若年層に与える効用を果たし得たのではないだろうか。

5．呉趼人の恋愛観——'情の原理'と'悟り'

原作「秦二官」のヒロイン阿良は"情人を攫い夫を殺害し獄卒まで取り殺した"妖婦として描かれている。呉趼人は阿良と同じ行動に奔る阿男の恋心と果敢な求愛行動、意志と実力を讃嘆の筆致で描写した。恋愛についての呉趼人自身の考え方はどのようなものであっただろうか。彼は1906年に『恨海』で、情とは忠孝仁義と同種の人の天性であるという見解を述べた。続く「劫余灰」でも同様の記述をしている[15]。ところが1910年に描いた「情変」楔子では、次のように述べ'情の原理を究め得た'と述懐している。

　　痴男怨女情天に墜ち　人間に并蒂の蓮開き出ずる

第 2 節　翻案中国《写情小説》「情変」　73

　　驟雨狂風に双蒂落ち　よき縁は悪縁と変ずる
　　何ぞうだうだ自由を説く　喜びがなければ憂いもなきを
　　今こそ先人の言葉がわかる　仇でなければ出逢わない

皆さん、この八句の拙い詩をどう解き明かすかわかりますか。まさしく私こと戯作者が情の仕掛けを読み切り道理を悟った云いなのです。情の仕掛けを読み切った以上、無情の人であろう。何故に《写情小説》を云々しようとするのか、おかしいではないかと言われます。まこと情の極まるところでようやく情の仕掛けを読み得るものなのでしょうか。情の仕掛けを知ってこそ、情により道理を悟ることができるのです。情により道理を悟ったからには写情小説を云々する、これぞ正しく現身の説法というものです。私の出鱈目ではなく蒲柳泉先生も言っています。'悋は情に行き着く'(『聊斎志異』巻八「花姑子」(16)をご覧あれ)。私はこの'悋'を'情'に敷衍して説くのですから、この書を「情変」と呼ぶのです。およそ情の極まるところ逆に情ではなくなる。そこで異変が起こる。異変がないなら逆に情とはなりません。これが本書の眼目なのです。

　　痴男怨女坠情天　　开出人间并蒂莲
　　雨骤风狂双蒂落　　好姻缘变恶姻缘
　　何苦纷纷说自由　　若无欢喜便无愁
　　而今好悟前人语　　不是冤家不聚头

诸公知道这八句歪诗是甚么解说？　正是我说书的勘破情关悟道之言。有人驳我说,既是勘破情关,便是个无情之人,如何又说起写情小说来,岂不是自相矛盾？　不知正是情到极处,方能勘得破情关;情关破后,便可以因情悟道;既然因情悟道;说起写情小说来,正好现身说法。这句话并不是我杜撰的,蒲柳泉先生曾经说过,他说:「悋者,情之至也。」(见《聊斎志异》卷八《花姑子》) 我就拿这个「悋」字,来演说「情」字,所以这部书叫做《情变》。大抵情到极处,反成了不情,于是乎有变;倘无变,反不成为情,这便是本书的大概。(p.203)

ここで述べている'情の原理'とは、冒頭の詩にいう'仇でなければ出逢わな

い'であろう。呉趼人は、恋心の芽生えを恋愛当事者と本来関わりのない'縁'のなせる技と解するに至ったと思われる。彼は、恋の出逢いが'仇'かもしれない'縁'に導かれる故に、'驟雨狂風'に遭えば'悪縁'と'変'じ妄執と化し、破局を招くと考えた。

「情変」における'変'―異変とは、楔子で予告した第9回"逞淫威変故起夫妻"という題目から見て、(原作の粗筋通りならば)冠阿男が夫殺害に至る行為を指すものであろう。'情の行き着くところ逆に情ではなくなる'とは、第10回の題目にある"祭法場秦白鳳殉情"という結末、自分も処刑され恋人も自害する事態を招いた阿男の妄執を指すのであろう。愛情の変質と破局は、原作にない作者の創作になる阿男の夢―阿男が心変わりした白鳳を斬殺すると、刎ねた白鳳の首がまた生え赤顔虬髯の大男に変じて阿男の首を刎ねる(第3回)―という件りに象徴されている。'情の仕掛けを究めて道理を悟った'とは、'情'に異変はつきもので、破滅に至る事態も原理に適った結末とみなし達観する心境に達したという意味であろう。呉趼人は恋を'縁'ある必然と達観し、内在する負の側面を容認する心境にあったと思われる。

加えて、彼の本意は、恋心を女性の自己発現の発露として称揚するところにあった。その意図から、阿男の夜這い、拉致、同棲の敢行を可能とした知力、身体能力に賛辞を呈し、無謀や道徳性に言及しなかったのであろう。彼は、阿男のような"強さ"と自立心の獲得を女性にとっての当面の課題と見なしていたと思われる。阿男の人物形象は、女性の意志表明、実力行使を最優先課題とする呉趼人の見解を示している。当時の一般女性は、人生設計はおろか、生殺与奪も家長の意のままだった。呉趼人は、女性が恋心により自我を覚醒し、自ら人生決定する意志を発動し得ると考えた。女性の覚醒や解放の緊急性、重要性の前には、恋の結果如何は当面の問題とならなかったのであろう。

呉趼人をその認識に導いたのは、既述の如く「電術奇談」ヒロインの求愛行動である。後述する「上海遊驂録」には、妓楼遊びした交際相手に平手打ちをくらわす"サングラスをした纏足しない女性"が登場する。彼女に対しても非難の言辞はない。作品中では、男性側の放埒に始まる恋愛小説を'痴男怨女'、

'写魔'と否定する一方で、女性側の求愛行動を称えた。妄執から異変を生じ、破綻を招きがちな恋の'道理'に潜む問題点はさておき、先ずは女性の求愛に始まる自我の発現、自立の達成を肝要とする心境に至っていたと考えられる。

「情変」に提示された、意中の男性に自ら求愛し、かつ理想の伴侶とともに家長の拘束を離れて自活するという人生設計は、青年の都会での就学就業、海外への留学が一般化し始めた民国前夜においては、むしろ実現可能な夢に見えたであろう。『輿論時事報』に連載されていた8回分「情変」が未完であるにもかかわらず、呉趼人の死後ただちに単行出版されたらしいこと、出版理由に（連載が始まると）'すこぶる読者に歓迎された。噂は伝わり衆人の話題となり、読む人は皆賞賛した（已备受阅者之欢迎。然则一纸风传，喷喷于众人之口音，洵乎有目共赏「《輿論時事報》編者跋」）'[17]と記されたことからも、連載時の反響が高かった、刊行が望まれた等の背景が窺われる。旧社会の青年男女が自ら結婚相手を決めるには、阿男のように夜這い、駆け落ちを断行するほかなかったであろう。清末は"自由結婚"論が盛んであった。自由恋愛に憧れる世代が「情変」の展開に期待し読者層を成したであろうと察せられる。清末民国時期の青年読者は、阿男の行為から現実打開の可能性に思いを馳せたかもしれない。「情変」は、清末青年男女に自由結婚の条件を示唆する役割を果たしたといえよう。

作品冒頭の楔子で呉趼人は、愛情が'変'じ破綻に至る恋の"道理"の結末、'仇敵でなければ出逢わない'という自由恋愛の困難についての自身の'悟り'を先ず表明している。彼はそれでも、愛情を継続する困難よりも、先ずは女性が恋の自覚により自我を確認し自己実現することの意義を重視したのであろう。

余滴5　女性の革命運動参加と結婚

実際に清末民初には、目覚めたもしくは恵まれた女性が海外に留学し、多くの先進女性や革命女士を輩出した。彼女たちの自立解放への希求は先ずは意思に基づいた結婚の実現という形で表現された。先進女性や革命女士の結婚については、次のような人々が知られている。

［張竹君］生卒年不詳。広東省出身。夏葛女医学堂に就学、1900年卒業。徐宗漢の援助で広州に医院を開き、演説会を開いて維新思想を鼓吹し、馬君武らに求婚されたが独身主義を貫いた。後に伍廷芳夫人、哈同夫人羅伽陵らの援助で上海に数か所の医院を開き、さらに女子に就業の必要性を説き自立手工学校を開いた。（馮自由『革命逸史』二集「女医師張竹君」（民国54年10月台湾商務印書館）。

［秋瑾］（1874－1907）浙江省紹興出身。1904年婚家を出て日本に留学。翌年帰国し光復会に参加、『中国女報』を発刊。1907年、紹興大通学堂督弁の時、光復軍の組織化を謀り、逮捕処刑される（馮自由『革命逸史』二集「鑑湖女俠秋瑾」）。

［徐宗漢］（1876－1944）広東省香山県出身。家塾で学び、一度嫁ぐが死別。1907年中国革命同盟会に参加。黄花崗役で負傷した黄興と夫婦を装い脱出、結婚する。赴仏勤工倹学を援助、貧困児童教育に勉めた（馮自由『革命逸史』三集「徐宗漢女士事略」）。

［李淑卿］（1881－1964）広東省出身。湖北に育ち、19歳で共進会に参加した。指導者の劉公と結婚し革命運動に従事した。

［湯国黎］（1883－1980）浙江省桐郷出身。上海務本女学卒業、1911年女北伐隊を組織、神州女学を設立した。章炳麟と結婚した。

［呉阿男］（1889－1978）安徽省蘆江出身。南洋華僑徐瑞霜と結婚、革命運動に従事した。姉呉弱男は章士釗と結婚した。

［湯修慧］（1890－1986）江蘇省呉県出身。浙江省立女子師範卒業。ジャーナリスト邵飄萍と結婚し、夫とともに『婦女時報』、『婦女雑誌』、『京報』等の発行に尽力した。

［郭隆真］（1894－1931）回族。河北省出身。1913年に天津直隷第一女子師範に入学。17年、親が無理に嫁がせるが挙式の席で婚姻の自由を演説して破談にする。20年、勤工倹学で留仏。23年に中共入党、地下党活動に従事。31年逮捕処刑される（戴偉『中国婚姻性愛史稿』十章　1992.11　東方出版社）。

［向警予］（1895－1928）湖南省出身。湖南第一女子師範などに就学。1918年、南方桂系軍閥周則範の求婚を斥ける。翌年留仏し蔡和森と結婚する。21年に中

共入党、28年、逮捕処刑される（戴緒恭『向警予伝』（1981.5 人民出版社）。

［許宝馴］（1895–1982）浙江省杭州出身。書家、画家。文学者兪平白と結婚した。

［楊之華］（1900–1973）浙江省杭州出身。作家、文筆家。上海大学に学ぶ。社会主義青年団を経て1924年中国共産党入党。労働運動に従事した。作家瞿秋白と結婚した。

［安娥］（1905–1976）河北省獲鹿出身。本名張式儀。作家。1925年中国共産党入党。宣伝活動、文芸運動に従事した。劇作家田漢と結婚した。

第五章 《社会小説》——'暗黒世界'の'魑魅魍魎'

第1節 "悪党"原体験——梁鼎芬と洪述祖

　英仏戦争で曾祖父の敵対した列強軍隊、父を攻撃した英仏連合軍兵士と、呉趼人が幼児から聞かされて育った呉家の体験は、侵略への抵抗と愛国を家訓とするに足るものであったといえよう。そのような環境に生い立った呉趼人は、長じて拒俄救国運動に熱意を注いだ。しかし、呉趼人の救国言論活動は梁鼎芬の言論弾圧に遭い頓挫、"小説による警世を志す"に至った。1903年、彼は『二十年目睹之怪現状』、「電術奇談」、「九命奇冤」を雑誌『新小説』に同時に連載し始めた。

　『二十年目睹之怪現状』は全108回の長篇で呉趼人の代表作とされる。最初に出版された広智書局版には評語と眉注が施されている。呉趼人は、第三回の作者自評に、作中の記述が実話であると記している[1]。'九死一生'の閲歴には、作者呉趼人自身の実人生が、見聞に当時の実在人物の言行が投影され[2]、多くの作中人物にモデル考証が成されている[3]。また呉趼人は人に取材して見聞した話題をノートに描き留め小説の素材としていたとも証言されている[4]。描かれた内容は創作や脚色を加えながらもある程度の事実を下敷きにしていたのであろう。呉趼人は、小説家に転じて後も、ジャーナリストとして報道の姿勢を堅持しようとする意志が固かったと思われる。

　『二十年目睹之怪現状』に呉趼人は、二人の実在人物を特筆している。一人は梁鼎芬で、四方山話の聞き書きという形式を取る『二十年目睹之怪現状』では例外的に、数か所に取り上げ、本名を暗示する注釈や感情移入を交えた批評を施している[5]。さらに『二十年目睹之怪現状』連載を開始した雑誌『新小説』の同じ第8号（1903年10月5日）に発表した諷刺笑話「新笑史」（全11則中の〈梁鼎芬蒙蔽張之洞〉、〈梁鼎芬被窘〉二則）と同10号（1904年9月4日）「新笑林広記」（全7則中の〈排滿党の実行政策〉）でも梁鼎芬を取り上げ、実名で槍玉に挙げてい

る(6)。『新石頭記』(第18回－第20回)にも梁鼎芬を登場させ、'暗黒'、'野蛮' 社会の象徴としている。作中に描かれた梁鼎芬は、すべて権官に媚び名誉欲、金銭欲の強い滑稽で破廉恥な人物である。

　もう一人は、第83回に登場する陸観察である。彼は、日清戦争時に平壌で日本軍と対峙した司令官に、姦計を用いて退却させて五十万銀を詐取し、敗戦を招く。以来、陸観察は大金で難題を請け負う策謀家として名を馳せる。モデルは当時の直隷総督幕僚、民国に入って袁世凱に敵対した革命家宋教仁の暗殺を請け負った洪述祖であるという。呉趼人は例外的に回末の地の文に長い注記を付し、'その国を誤った罪となると、できれば天下の人とともにその肉を食らいたいものだ！(至其误国之罪, 则吾愿率天下人共食其肉矣！p.697)'と怒りを露にしている。両者の共通点は、人の弱みに付け入り姦計を弄する点、権勢財貨に貪欲な点、私利を図り国益を損なった点である。呉趼人は、"栄達と拝金に腐心して人心を籠絡し、'国を誤った"人物を特筆するに足る"悪党"とみなしていたといえる。

　既述の如く呉趼人は、小説家に転じた最初に手掛けた翻案小説「電術奇談」(1903－1905)に登場する、親友の資産を強奪しその恋人を拉致する催眠術師蘇士馬の"悪党像"に興味を示した。作中で呉趼人は彼を'傀儡の糸を操る者'(牽動傀儡之線索 p.463)、ヒロインと周辺人物を'操られる者'と注記している。'傀儡の糸'については、「劫余灰」(1907)[前言]に、"世界は絡繰り人形の舞台であり、それを操る糸は人の本性たる'情'である"と述べている。「劫余灰」より先に発表し《写情小説》の創始となった『恨海』では'情'の主旨を解説し、"孝悌忠信礼義廉恥"を人の本性たる'情'として挙げている。したがって、'情'の糸を操るのは人倫を損なう行為にまで敷衍されるといえる。呉趼人は「電術奇談」の催眠術師蘇士馬に、'情'―人の本性を操り私利を図る悪党像という解釈を施していたといえよう。彼は'傀儡の糸(人の心)を操る者'を、脇役ではなく作品世界を成立させるキーパーソンと捉えていたのである。"人形を動かし自身の欲求に適った世界を作る傀儡使い"、"人を操り自在に操縦する催眠術師"蘇士馬の形象は、呉趼人の心を占める悪党代表たる梁鼎芬や洪

述祖の人物像に合致したのであろう。呉趼人が「電術奇談」悪役像に啓発されて、自身の悪党原体験を、"人心を操作し国益、人倫を破壊する'傀儡'使いとして昇華させたという可能性を念頭に、《社会小説》中の悪党像を検討してみたい。

第2節　清末の社会悪

1．"悪"の形象

　呉趼人は小説執筆について'かぞえてみれば癸卯の年より携わり、今で七年になる（計自癸卯始业，以迄于今，垂七年矣「近十年之怪現状」(1910)〈自序〉p.299)と述べている。癸卯は1903年、『漢口日報』を辞して小説家に転じた年である。《社会小説》『新石頭記』で主人公賈宝玉は、義和団崩れの裏切りや学堂監督の逆恨みに遭い度々謀殺されかける。彼は'(中国が)野蛮国、暗黒世界と言われるのも無理はない（怪不得说是野蛮之国，又怪不得说是黒暗世界。第20回 p.152)'と現実世界に絶望し、理想世界を尋ねる旅に出る。作中で賈宝玉の体験する学堂監督との軋轢は、『漢口日報』事件における呉趼人の実体験である。呉趼人はその次第を世間に周知させる意図を持って、『新石頭記』に再現したのであろう。呉趼人が《社会小説》を執筆した意図は、清末社会を'暗黒世界'たらしめる悪党を描くことにあったといってよいだろう。

　悪党ばかり登場する小説は、管見の限りでは旧小説に例を見ないが、彼はそのような小説を五篇も書いている。『二十年目睹之怪現状』(1903-1910)楔子で語り手の'九死一生'は、'思い起こせば出逢った者は三つだけ、一つ目は'蛇虫鼠蟻'（人に巣くい害なす生き物）、二つ目は'豺狼虎豹'（人を食らう猛獣）、三つ目は'魑魅魍魎'（妖怪変化）だった（'回头想来，所遇见的只有三种东西：第一种是蛇虫鼠蚁；第二种是豺狼虎豹；第三种是魑魅魍魉'『二十年目睹之怪現状』第二回『全集』第1巻 p.17)と慨嘆している。登場人物のほとんどが悪党である「近十年之怪現状」(1909)でも'魑魅魍魎の眼前に満ち溢れ牛鬼蛇神は脳裏に入り乱れる（魑魅魍魎，布满目前，牛鬼蛇神，纷扰脑际'「近十年之怪現状」〈自序〉『全集』第3巻p.300)

と形容した。呉趼人が清末の悪党を人外の存在と見なしていたことがわかる。そのほか、「瞎騙奇聞」(1905)、「糊塗世界」(1906)、「発財秘訣」(1907-1908)は、悪党を主要人物とし、悪党側から社会を描く作品である。登場する悪党に共通した特質は、世人の意表を突き、不安や期待に付け入る独創的奸計を弄して利益追求を図る点である。呉趼人は、定見を持って"悪"の形象を描こうとしていたと思われる。

既述の如く呉趼人は、「電術奇談」に登場する'催眠術'に長けた悪役蘇士馬の行為の、人を操り私利を図るという側面が、梁鼎芬、洪述祖の"人心を操り、奸計を弄して私利を図り結果的に国家社会を損壊する"行為に重なったことから、'傀儡'使いという人物形象を想起して特記したと考えられる。その後の呉趼人の《社会小説》には、非情、非倫理的で奸智に長け、他者を顧みない人心操縦者の登場が特徴となる。呉趼人は《社会小説》を"'情'の糸で操られる傀儡の舞台"という世界認識のもとに描いたといえよう。『電術奇談』の影響によりそのような人物形象が造形されたという想定が可能かと思われるので、奸智に拠って利益誘導を図る非倫理的人心操縦者を、呉趼人の使用した用語を借りて'傀儡'使い型利欲追及者と呼んでおく。本論では呉趼人の《社会小説》に登場する悪党について、人倫たる'情の糸'操縦、付随する人倫破壊現象、拝金主義、国益（公益）損壊という側面に焦点をおいて、考察を試みたい。

2．《社会小説》中の悪党

解説役、舞台回し役、被害者を除いてほとんど悪人しか出てこない「瞎騙奇聞」、「糊塗世界」、「発財秘訣」、半生に遭遇した非道について記すと前置きする『二十年目睹之怪現状』、「近十年之怪現状」、この五篇の《社会小説》に登場する悪党の行状について検討してみたい。悪事の定義は"人の心身地位財産を損傷する行為"としておく。

1）『二十年目睹之怪現状』(108回)(1903-1910)

呉趼人は、『二十年目睹之怪現状』で社会の実態を描写する作業に取り組み、

雑誌連載を第45回で終了した後も、第108回までほぼ生涯にわたって描き続けた。'九死一生'が各地を遊歴し目撃した様々の事象を語るという形式を取る。'九死一生'の見聞した百数十話の短い話が連なり、広範囲にわたる悪の事象を描いている。大量に登場する官界の贈収賄や公務の壟断不正などは日常儀礼と化し、すでに'怪現状'に数えられてすらいない。作中には老若男女あらゆる階層立場の人々の所業が描かれている。既述の如くそれらの話題の多くは呉趼人の実体験を反映している。作品は、上海に十余年生活し世の恐ろしさを知り'死裏逃生'と号して隠棲する人物が、'九死一生'著「二十年目睹之怪現状」という筆記を売っている男（文述農）に出逢うという出だしで始まる。彼がその内容に感動するのを見た男は、筆記を世に広めるよう委ねたので日本横浜『新小説』社に送付した（第1回）。第2回以降が印行された'九死一生'筆記『二十年目睹之怪現状』であるという設定である。

　語り手の'私'は'魑魅魍魎'の世を二十年間無事に切り抜けてきたのを記念して'九死一生'と号した。杭州で商売をしていた父が客死すると遺産の大半を伯父と父の友人に着服された。母は'九死一生'を伯父の赴任先南京に金を取り返しに出向かせた。以来、'九死一生'は南京で再会した同郷の進士呉継之の興した事業の代理人として各地を往来し種々の怪現状を見聞する。最後の第108回で'九死一生'は倒産して債鬼に追われ、強盗に所持品を奪われ、頼った友人文述農の家は火事で焼け、帰郷を余儀なくされる。帰郷に当たり二十年間の見聞を記した筆記に'『二十年目睹之怪現状』九死一生筆記'と題し文述農に託すという形で終り、第一回の出だしにつながる仕組みとなっている。

　登場する悪党の犯行性格は、以下の如く拝金主義者、'傀儡'使い（'情'操作者）に大別される。

（1）拝金主義

　　通常、悪事の多くは財貨と財貨を生み出す権力への志向に根ざしているので、拝金はすべての悪事に抜きがたい要素となる。分けても目的、行為に占める拝金の度合いの強い者は以下の如くである。

第 2 節　清末の社会悪　83

① '九死一生' の伯父
　　○杭州で客死した私の父の遺産の大半を持ち去る（第 2 回）。
　　○返済を求めて伯父の公館を尋ねた私を門前払いにする（第 3 回）。
　　○父の葬礼の際の会計も出鱈目であった（第18回）。
　　○父の番頭だった張鼎臣からも金を借りて返さない（第46回）。
　　○父の遺産で私のために買ったと称して官位鑑札を送ってくる。鑑札は無効のもので問い合わせたがごまかされる（第50、64回）。
　　○亡妻の姪である上海の劉三小姐を妊娠させ愛人として任地に同伴する。生まれた子供を孤児院に入れ嫌がる三小姐を数年留め置く。実家が娘の嫁ぎ先を決めるとようやく上海に送り返し、その足で数年来婚約中の南京陳氏を後添えに娶る（第82回）。
　　○地方官の弟夫妻が疫病で客死する。遺された二人の幼児の救済を拒否する（第107回）。
② 役人を自称する盗賊
　　南京への船中で盗みを働いて捕まった盗賊は役人の身分を言い立て釈放を求める（第 2 回）。彼は役人を名乗る盗賊ではなく盗みを副業とする役人であり、捕まっても司直は同僚なのですぐ釈放される（第 4 回）。
③ 鐘雷渓
　　上海で十数件の銭荘から金を詐取して官位を買い、名を変え南京で候補官となっていたところを見つかり告訴される（第 7 回）。
④ 畢鏡江
　　役人の妾になった妹の口利きで継之の食客となった。妹の夫の任地に随行したくて継之の公館から宝石を盗み、妹への付け届けとする（第11～14回）。撫湖で電報局委員に納まる（第44回）。
⑤ 会党
　　○街に貼り出される張大仙到来の広告は会党の暗号であるという（第15回）。
　　○広告を辿って会党のアジトを探り当てると船中の泥棒兼業役人が出て

きた（第16回）。
⑥盗賊出身の地方官
　　盗賊が盗んだ金で官職を買い地方官になる。息子の官職を買うためにまた盗みを働くが、失敗する（第26回）。追われて逃げる途中に付けられた額の傷が証拠となり免職となる（第27回）。
⑦食い詰めた王族
　　乞食の身形をして通行人と諍いを起こし、服の下に締めた皇族の帯を見せて金を強請る。死んだと偽り宗人府から香奠をせしめる（第27回）。
⑧カンニング受験生
　　'九死一生'が科挙試験の試験官として宿泊中、軒に止まっていた鳩を撃ち落とす（第42回）と脚に試験問題がくくりつけてあった（第43回）。
⑨「五穀虫」大令
　　揚州江都県前任知県の伍大令は「公私にわたり胥吏下僕を煩わせず自ら処理する」と標榜して冷酷吝嗇に搾取し、厠の肥代や料理人の労賃まで懐に収めるので「五穀虫」（＝糞蛆）大令と呼ばれていた（第46回）。
⑩趙姓、朱姓の役人
　　糧台の管理に携わっていた趙姓の役人が文書を偽造し藩庫の金を詐取するが、義兄弟を誓う仲の朱姓に密告され処刑された。朱姓はその功績で田舎の知県に登用されるが、甥が恐喝詐欺を起こし調査の役人を殺害し逃亡する。朱姓も連座して趙姓と同じ場所で処刑された（第54回）。
⑪四川学台
　　四川の茶館で七、八十人もの女を買い船に乗せて離任した。偶々税関委員は以前に彼の讒言により失職し私怨を抱いていた同僚であった。委員は船を通関させず上申して女たちを押収し、四川に返す（第80回）。
⑫四川某観察
　　知識もないのに中体西用を上奏し、抜擢される。石炭から石油を搾る外国製機械があると誤解し、石油搾造会社を設立して株式を募り、石炭を買い占めたので、四川周辺の石炭価格が暴騰する。重慶道は儲けに加

わろうと株を先物買いし価格暴騰を放置する。堪りかねた外国領事が石炭は石油にならないと進言する（第81回）。観察は四川に居られず江南に行き、推薦組の経歴を活用して新たに職を得る（第82回）。

⑬卜子修

　雑貨店の見習いであったが些細な落ち度を咎められ県の高官に打たれる。それを機に、役人になろうと発奮し大官の従者となる。困窮した卜姓の官位を買取り諂いの腕で職に就くと、路上で言いがかりをつけて車夫を打ち据え宿願を果たす（第99回）。

⑭符弥軒

　進士出身の京官。儒教道徳を説くが祖父符最霊に食事も与えず虐待する（第73回）。苟才に就職の伝手を求めて上海に出てくると、苟才の息子龍光をおだてて翻訳書を出すと称して金を吸い上げ、挙句に妓女と出奔する（第106回）。

⑮黎景翼

　弟希銓の財産を狙い醜聞に託け父親を焚き付けて自殺を迫らせ、密かに謀殺する。そのうえ希銓の妻秋菊を妓楼に売るが'九死一生'に阻止される（第32回）。賭場で有り金を摩り杭州へ逃げる（第39回）。不良僧侶となり盗みを働き枷に架けられる（第45回）。

⑯慈善詐欺師

　史紹経という"大善士"が山西救済の寄付を募る二百冊の募金帳を省の各州県知事用に送りつけてくる。これら新手の"大善士"には売名や詐欺目的の者が多く、中には'無名氏'の寄付金を一部のみ公益報告書に載せ残りを生活費に流用し、寄付された衣類を被災地に送らず自宅で雇用人のお仕着せとする者もいる（第15回）。

⑰自称贋金つくり

　銭荘の主古雨山が六銭七八分のコストで七銭三分の銀貨を作れるという触れこみの男を信用し、製造を委託する。男は七千銀の元手を受け取り逐電する（第63回）。

⑱山東の「好漢」

　私は叔父の二人の遺児を連れ帰る途次に、地元で「好漢」と通称される盗賊団に襲われる。彼らは抵抗しなければ財物のみ奪い、人に危害を加えないという。悪党なりに人情があり、私が幼児の衣類だけは残してくれと懇願すると、聞き入れてくれる（第108回）。

(2) '傀儡' 使い型利欲追及者

　人の窮地や欲求に付け入り '情' を操る行為を挙げると以下の如くである。

①苟才

　召使を従え立派な身形で身分の低い兵卒にへりくだり '礼賢下士' の人物を演出している（第4回）。その真相は、貸衣装を着こみ親族を下僕や下婢に仕立てて体裁を繕い、大官の兵卒を接待して口利きを求める就職運動だった（第7回）。役職に就いた苟才は十六歳の長男に美しい嫁を娶らせる。しかし嫁は苟才夫人にいびられ、嫁を庇った長男まで虐められ持病を悪化させて死ぬ。おりしも苟才は御史太夫に弾劾され免職となっていた（第87回）。苟才は気に入りの妾を亡くした総督に、長男の嫁を新しい妾として贈ろうと企む（第88回）。嫁が総督に舅の非道を訴えようとしたので、薬を盛り朦朧状態に陥らせて輿入れさせる（第89回）。その効果でたちまち三つの職を得る（第90回）。

②父の友人尤雲岫

　〇杭州で客死した '九死一生' の父の葬儀に駆けつけ、遺産を着服する（第2回）。

　〇長老と謀って '九死一生' の家産を李家に斡旋して儲けようとする（第19回）。

　〇訴訟を請負って稼ぎ世間に憎まれていたが、息子が強盗を働き処刑され、破産零落する（第65回）。

③一族の長老

○母危篤と偽った電報で'九死一生'を呼び戻し祖廟修復費の名目で遺産を巻き上げようと企む（第18回）。
　○尤雲岫と結託して'九死一生'の家産を李家に斡旋して儲けようと謀る（第19回）。
④宝石店店主
　宝石店店主が、宝くじにあたった店員たちの金を狙い茶番劇をしこむ。宝石店に現れた自称役人が宝石の販売を店に委託し、客を装う共犯が手付金を払う。役人が急に宝石の返還を求め、店が宝石を買い取る。役人も客もそれきり現れず、店員たちは黒幕である店主に店の損害を賠償する羽目に陥る（第5回、第6回）。
⑤密輸業者
　○税関役人が阿片を押収し私物化するので、大量のイナゴと糞尿を詰めた壺を阿片に見せかけ押収させる。開けるとイナゴの群れが飛び出し糞尿が飛び散り大騒動となる。
　○棺桶に遺体の代わりに禁制品を隠していると見せかけ税関を通る。委員が開けさせると本当に遺体であったので葬礼をやり直し五千銀を償い謝罪する羽目となる。その後何日間も続けざまに棺桶が通り査問なしで通関する。実は後の棺桶の中身はすべて禁制品であった（第12回）。
⑥船賃詐欺の母子
　上海の旅館近辺で、蘇州から息子を捜しに来た母親と船賃を払えと責める船員の芝居を演じて同情を引き、通行人から船賃を詐取する（第17回）。
⑦沈経武
　もと四川の質屋の徒弟で、店の女中と出奔する。後に共同経営者の出資金を横領し、女中に金を預けて収監される。女中は上海に薬茶屋を開いて待つ（第28-29回）。出獄すると入獄中も献身した妻を捨て、女中と共に薬屋を営み、北京の老舗同仁堂の看板を掲げる。同仁堂は店員を上海に派遣し訴訟を手配する。彼は店員を饗応して酔い潰し、夜中に看板

の文字を書き換えるという奇策を弄して告訴を免れる（第32回－第35回）。既述の如くこの話は、中国小説史上最初の商業訴訟記事となった。

⑧塩商の妾羅魏氏一族

　家の再興を謀ろうとする現当主を先代当主の妾羅魏氏とその一族が不孝の名目で訴え（第45回）幽閉する（第53回）。西太后と光緒帝を暗喩しているとされる。

⑨斎明如

　洋服の仕立屋だが本業はいかさま賭博を生業とするやくざである。江蘇知府候補柳采卿に外国人を紹介し、息子を洋行買弁として採用するという条件で五千銀を出資させる。外国人は名前も国籍も定かでない破落戸で金を奪って姿を消す（第49～50回）。

⑩塩商の息子

　財産分与に不満を抱き、父親を義和団の残党と訴える（第53回）。

⑪祖武（労佛／COVE）医師

　祖武は孫文を暗喩するとされる。外国帰りの中国人西洋医で、成金荀鶯楼に薬局を開店し新薬を作ると持ちかけ十万銀を投資させる。その後、大量の薬瓶を残して行方をくらます。瓶の中身はただの水だった。荀鶯楼は官界に伝手を得て税の取り立てを請負い搾取していた。彼の悪行を憎む人々は喝采を叫ぶ（第55回）。

⑫李荘

　夏作人は李荘の妻と私通していた。李荘は夏作人を脅し彼の弁髪を奪った後、妻を惨殺し、手に夏作人の弁髪を握らせる。夏作人は李荘の妻殺害の罪で処刑される（第56回）。

⑬下宿人の老婦人

　置屋のやり手婆が資産家を装って間借りし、大家の息子を義子にする。帰郷と称して息子一家を連れ去り、息子を猪仔にその妻と妾と女中二人を妓女に売り飛ばす（第59回）。

第 2 節 清末の社会悪　89

⑭車文琴

　妓楼遊びに耽る京官で、結婚したくないので、婚約を破談にしようと不貞の噂を立てて許婚者を自殺に追いこむ（第77回）。

⑮四川の詐欺師

　四川の大富豪張百万が娘に皇后の気が顕れているという詐欺師の託宣を信じる。詐欺師は夜中に樵の枕頭で松明を焚き、光と煙を演出して皇帝の気が顕れたと言いたてる。張百万は娘と樵に龍衣鳳冠を着けさせて婚礼を挙げさせるが、謀反の罪で捕えられる（第81回）。

⑯陸観察

　陸観察は、日清戦争時に平壌で日本軍と対陣した清軍司令官に、日本軍の強暴さを言い募り怯えさせる。秘かに日本軍に退却を申し出て退路を空けさせるほうが、全滅するよりましである。士卒軍糧を保持できれば、敗戦と報告しても処罰が軽いと、司令官を焚きつける。彼は日本軍営あてに撤退協力を依頼する手紙を書き、文字を知らない司令官に筆写させる。書き損じと偽り'帰順'の意志を示した文言を書き加えてもう一通筆写させ、一通目を日本軍営に送る。退却後、二通目を持参し朝廷に訴えると司令官を脅し、五十万銀を脅し取る（83回）。

⑰苟龍光

　苟才の次男で父の第六夫人と密通していた。義弟承輝と謀り医者の朱博如を一万銀の報酬で抱きこみ苟才を薬殺させる（第103-106回）。

⑱承輝

　苟龍光の妻の弟で苟才の第五夫人と密通していた。医師朱博如に相反する作用を引き起こす二種の薬を同時に処方させ、苟才を殺害する。診察料名目の報酬一万銀の文字を百銀に書き換えたうえ、二通の処方箋を楯に朱博如を脅し泣き寝入りさせる（第103-106回）。

　作中に登場する悪事は、拝金主義者、'傀儡'使い（'情'操作者）いずれの行為も、人道、倫理に背き、国益（公益）を損なう負荷をもたらしている。すべ

ての悪党は動機、立場、性格の如何を問わず、拝金主義者、人道、倫理破壊者、国益（公益）破壊者の要素を兼ね備えているといえる。拝金主義者悪党の職種で最も多いのは役人で、悪党全体の過半数に上る。その大半は下層民出身下級役人である。個々の役人の権益保持は既存社会の維持を意味する。そこで通常、目的と行為が権力財力獲得に終始する拝金主義者の悪事は、国益、公益の根本的損壊にまで至らない。

　それに比し、人の期待や失意や不安に付け入って人心を操縦し、自身の欲望達成を画策する'傀儡'使い型利欲追及者の悪事は、既存の秩序倫理を損壊し社会を混乱に陥れ、国家社会の安定を揺るがす危険性を内包するといえよう。'傀儡'使い型利欲追及者の属性は、密輸人からやり手婆、商人、役人と多岐に渡る。陸観察は私欲に発する奸計で敗戦と国威の失墜を決定づける。苟才親子は利欲を満たすために躊躇なく嫁を売り父を殺害する。苟家の崩壊は、伝統的家族制度を母体とする国体の崩壊を象徴しているといえる。沈経武は私通、駆け落ち、背任、横領、詐欺、店主や妻、友人、番頭等善意の人々への背信、背任により、質屋の徒弟から老舗薬店を名乗るまでにのし上がる。呉趼人の目が捉えた清末社会は、悪徳役人の蔓延に加え、拝金行為に腐心し、奸智奸計で人を陥れ社会を混乱に陥れ、国事を損壊する人心操縦者が階層を問わず現出する、という様相を呈していたということになる。

２）「近十年之怪現状」（20回未完）（1909－1910）

　「近十年之怪現状」は『二十年目睹之怪現状』の続作で、別名を「最近社会齷齪史」といい、急死する前年に発表し、未完のまま翌年刊行された。登場人物のほとんどが官界関係者である。主役は特定できないが、ほぼ全編に登場する魯徹園、伊紫疏の行動が軸となっている。粗筋は以下の如くである。

　職を求めて上海を訪れた'九死一生'は、以前に金を貸していた伊紫疏に返済を求める。伊紫疏は金を返さず、山東高官の子息喬子遷の設立した金鉱局員の職を斡旋する。喬子遷が元手と称する金塊は盗品で、'九死一生'は詐欺と知って連累を避け急遽身を隠す（第1回）。山東撫台は調査委員魯徹園を派遣し、

喬子遷は伊紫疣に金を渡して後事を託し逐電する（第4回）。伊紫疣は被害者を装いつつ新聞社に情報を流し、魯徽園の正体を暴く（第9回）。任務をしくじった魯徽園は調査費を着服し逃走する（第15回）。魯徽園は天津で張佐君と改名し、商人となり、軍服発注を請け負い十万両の公金を預かる。拿離士洋行と折衝するが、洋行関係者は金を受け取ると行方をくらます（第16回）。伊紫疣は許老十の書局を巧妙に買い叩く（第12回）。陳雨堂は伝手を得て山東に赴任するが、実職につくまで、岳母の死を妻の死と届けて香奠を集め、糊口をしのぐ（第14回）。北京に逃げ変装して潜伏していた魯徽園は、彼を上海に派遣した撫台が転出、新撫台が同郷人であったので、済南官界に復帰して魯徽園にもどり銅元局総辦を拝命する。部下の局員柏養芝は贈賄用の骨董を捜す魯徽園に、秦始皇時代の古鏡と偽って贋作を三千両で売りつける（第18回）。魯徽園は骨董の贈賄と漢方の知識で新撫台の信任を得る。新撫台は恋患いに墜ちた令嬢の治療を魯徽園に依頼する（第17～20回）。

　伊紫疣は官界や遊里の面倒事、汚れ仕事の斡旋や後始末を請け負いながら、金と官位、新聞社主と官民双方の権益を獲得していく。魯徽園は、利益に応じて官人から詐欺師、商人、お尋ね者、また官人と地位職責姓名まで自由自在にすり替え各界を渡り歩き、各地で利祿を貪る。申告した姓名職位が本物であることを前提に機能する社会合意を一蹴する行為である。人間関係の基本的約定を無視する彼の処世方式は、社会の成立自体を危うくする。二人とも奸智に長け詭弁で人を操る'傀儡'使い型利欲追及者であり、拝金主義、非倫理性、国益（公益）損壊と、すべての要素を具備している。

3）「瞎騙奇聞」（8回）（1904－1905）

　「瞎騙奇聞」の内容は政治問題に係わらないので、解放後に非難を被ることはなかったが、政治面に問題とならない他の清末作品と同様、研究も論評もされることがなかった。文革終結後、盧叔度はこの作品を以下のように論評している。

92　第五章 《社会小説》

　　芸術面においては凡庸だが、迷信に反対した意義において価値を認めるに足る。盲目占い師のペテン師ぶりには精彩があり、占星学や人相学についての知識も豊かである。故に作中の占い師の言葉もすべて'玄人'はだしである。…芸術面において特筆すべき成就はないが意義面、影響面において見逃せない作品である。

　　《瞎騙奇聞》…艺术上虽然平淡无奇,但从饭迷信的意义上说,还是值得肯定的.但在写瞎子的欺骗上,还是相当生动的.关于星相,他知道得很不少,所以书里瞎子的语言都是'行话'之类.…在艺术上没有特卓的成就,从意义与影响上说,却是一部不能忽视的书。(p.88)

(盧叔度「関与我佛山人後略─長篇小説部分」《中山大学学報 哲学社会科学版 1980.3期 総76期》)

「瞎騙奇聞」が'意義面、影響面において見逃せない作品'という見解は適切な評価であるといえる。その梗概を以下に挙げ、'芸術面においては凡庸'であるかどうか検討してみたい。

【第1回】
　　舞台は山東省済南府歴城県、趙澤長と洪士仁が算命師周鉄口の占いを信じた為に破滅するという一貫したストーリーを描く。周鉄口は、五十歳を過ぎ子供のいない富豪趙澤長と銭氏夫妻に、来年は出世する子が生まれると鑑定する。趙澤長が妾を容れようとしたので、銭氏は周鉄口と謀って妊娠を装う。周鉄口は豆腐屋関老二から生後間もない嬰児をもらって産室に届け、銭氏が自分の子を出産したと偽る。

【第2回〜第5回】
　　周鉄口はもう一人の顧客洪士仁には、零落してはじめて金持ちになれる命運だと鑑定した。洪士仁はそれを信じて働かず乞食に零落する。

【第6回〜第8回】
　　桂森と名付けた趙澤長の息子は、成人すると賭博や妓楼遊びに耽り資産を蕩尽する。銭氏は桂森の不出来を謦蟄する親族と絶縁する。趙澤長は桂森の

出自に気付いて憤死し、周鉄口は洪士仁に殺される。銭氏は病床で後悔し、周鉄口の発案で桂森をもらい実子と偽ったことを告白して死ぬ。

そもそも周鉄口は衣食にも事欠く下層占い師だった。しかし、栄達する継嗣を望む趙澤長夫妻、居食いを好む洪士仁を顧客に得ると、彼ら自身をその望む方向に誘導し信任を得る。彼の発案した偽装出産は、顧客を欺き死に至らしめ、親族間を離反させ、宗祀を絶やすという破壊作用を引き起こした。周鉄口は、自身の利欲のみ追及して顧客への恩義も人情も顧みず、相続制度の秩序を破壊する結果をもたらした'傀儡'使い型利欲追及者に相当する。騙された張夫妻、洪士仁は'絡繰り人形'である。子のできない妻が妊娠を装い他人の嬰児を実子と偽るというトリックは、"家"の存続が必須の課題であった伝統社会において、誰もが想起し得たものであったかもしれない。伝統的宗族社会の根幹を覆す行為であるが、実際にそのような方策が実行された記録もあるという[7]。

この作品の雑誌連載時の角書きは《警世小説》である。呉趼人は作中で随時、周鉄口の占いの信憑性や、訓育を怠り結果的に二つの家を絶やした張夫妻、濡れ手に粟を目論んで身を亡ぼした洪士仁の愚かしさに言及している。呉趼人は当時の社会に普遍的に起こり得た事態と危険性を挙げ、警鐘を鳴らそうとしたものと思われる。周鉄口と銭氏の姦計は、それぞれの個人的打算から出た思案であり、社会の動向を描いているわけではない。この小説は一家庭の継嗣問題に纏わる些細な醜聞を描いて、その社会全体に潜む本質的病巣を摘出するという、斬新な構想に成った作品であるといえる。小さな事態を取り上げながら、社会的普遍性をもつ大問題を読者に想起させる手法は、'芸術的に凡庸である'とは思えない。周鉄口も、'傀儡'使い、（公益）破壊者、人道倫理破壊者、拝金主義者とすべての要素を備えた悪党であるといえる。

4）「糊塗世界」（12回未完）（1906）

「糊塗世界」は2、3回毎に場所、人物、ストーリーの変わっていく短編の集まりである。第1回から第4回前半は湖南省官界の猟官運動と官人家庭のスキャンダル、第4回から第6回前半は貴州から湖北間での公費窃盗事件、第6回後

半から第8回前半は福建、広東での官界人事をめぐるスキャンダル、第8回後半から第9回後半は主に鎮江を舞台にした対外問題、第9回後半から第11回前半は四川総督の失政と罷免後の猟官合戦、第11回後半から第12回は四川での科挙試験場のエピソード、受験生の家庭問題を描いている。粗筋は以下の通りである。[ ]内は当該回目の数字と登場人物。

[第1回－第4回／伍瓊芳とその二度目の妻黎小姐]

　　湖南省官界では喪中の官人たちが役職を得ようと猟官運動に余念がない。その一人で家内工場主出身の伍瓊芳は黄撫台のお気に入りの首府伊昌の門番王福に取り入って職にありつく（第1回）。妻の柏氏から喪に服さず猟官したことを責められた伍瓊芳は、親孝行のために自分の肉を割股したと偽って豚肉を老母に食べさせる。ところが豚肉が病身に障り老母は頓死する（第2回）。

　　老母に続いて柏氏も病で急死し八歳、七歳、五歳、三歳の三男一女が遺される。三日もせずに黎総督家から縁談が持ち掛けられ令嬢が嫁いでくる。婚礼の夜、黎小姐は顔に爛れた傷跡があり総督が強引に伍瓊芳に娶らせたのだとわかる（第2回）。黎小姐は悋気が強く、柏氏の四人の遺児のうち幼い二人を早々に殺害する。伍瓊芳は残った息子と娘を亡母、亡妻の埋葬に託して郷里に連れ帰り、親戚に預ける（第3回）。

　　撫台の人事が弾劾され伊昌知府は伍瓊芳に北京での贈賄工作を委託する。撫台と同僚たちから活動資金を預かった伍瓊芳は天津に赴き、伊昌の手紙と賄賂を各要人に発送する（第3回）。しかし失脚が確実とわかると、"心は痛んだが"裏切ることにし、預かった賄賂を自身の保身に流用する。宦官李蓮英に伝手のきく旧知の曹来蘇に金を渡し、身分の保全と職の斡旋を依頼する（第4回）。

[第4回－第6回前半／曹来蘇と盗賊一味]

　　曹来蘇は伍瓊芳からせしめた斡旋料で知県候補の役職を買い貴州に赴任する。貴州で曹来蘇は湖北看紡紗織布業局視察の職を得て、蚕卵と桑苗の仕入れ費1200銀を預かり湖北へ出張する。湖北への途次、同宿の歌妓一家と親しくなる。曹は女の部屋で饗応され眠りこむが、目覚めると一家も官費も消え

ていた。彼らは宿屋を抱きこんで旅回りの弾子語り一家を装い、同宿の役人に薬を盛って眠らせ公金を奪う盗賊一味だった（第5回）。曹来蘇は従者周升の助言を得て、漢口へ赴く船中で官費を盗まれたと騒ぎたてて既成事実をでっち上げ、上陸後盗難届を出し貴州に打電上申するという手口で、官費を失った窮地を切り抜ける（第6回）。

曹来蘇の従者周升は、福建候補知県佘念祖に仕えている旧知の徐老二と再会し、互いの主人を交換する。

[第6回後半－第8回前半／仕立屋梁裁縫、理髪師施子順と霊媒師宋媒婆]

舞台は福建、広東に移る。福建藩台御用達の仕立屋梁裁縫、撫台が北京から連れてきたお気に入りの理髪師施子順、撫台夫人お気に入りの霊媒師宋媒婆は主人の威光を笠に陰の権力を握っている。佘念祖と共に福州に赴いた周升は実職に就けない佘のために梁裁縫に口利きを頼む。梁は藩台母堂にとりなしを頼み、門番の仇大爺にも佘の窮状を訴える。梁は佘念祖から2000銀の謝礼を受け取り兵站糧台収支の職を斡旋する（第7回）。

梁裁縫の息子梁有信は府知事を買って広東へ赴き、舞台は広東に移る。梁有信は賭場で施子順と揉める。施子順は宋媒婆の義理の息子の候補知県馬廉とも諍いを起こす。宋媒婆は施の悪事を撫台夫人に訴え他の理髪師を推薦する。馬廉は宋媒婆の世話で役職を得て赴任するが、文字を知らないので裁判の被告と原告を取り違えて免官になる。

北京に帰った施子順は、宋媒婆の所業を吹聴して歩いた。首都官がその情報を基に上申書を提出し御史が広東に派遣される。撫台は御史の到着前に宋媒婆の息子の有福に辺防大臣舒春元等あての推薦状を与え母子を広西に追い払う。舒春元の文案虞承沢が知県を買い辞職したので文字を知らない有福が後釜に座る（第8回）。

[第8回後半－第9回前半／虞承沢、占い師呂胡子]

虞承沢が任官手続きのため広西、北京、鎮江、四川を往復する途次に見聞する国威と軍隊の弱体化、買官の実態が描かれる。北京で引見を済ませた虞承沢が、四川に到着し、第九回後半から舞台は四川となる。四川総督は呂胡

子の扶乱に心酔し、蝗害に祈禱で対処したので一揆がおこる。総督は土匪追討軍にも殺生を禁じて弾薬を持たせない。怖がった兵士たちが逃亡し、置き去りになった指揮官たちの醜態が巷説に上る。総督が罷免されると、呂胡子は蓄えた資産とともに蓄電する（第9回）。

[第9回後半－第11回前半／楊謬、駱青耜と黄伯旦]

　　四川では新総督の着任に伴い猟官運動が繰り広げられる。出世術の達人と名高い楊謬の門生駱青耜と黄伯旦との間に交わされた猟官合戦が描かれる。新四川総督は着任早々に楊謬を栄転させる。日頃彼の出世術に心服して師事している門生たちが、秘訣を聞き出そうと芝居を呼んで宴席を設け饗応する。席上、門生たちに請われた楊は上官への取り入り方を講義する（第10回）。

　　駱青耜は総督のお気に入りの道台候補済仁の門番馮二大爺に取り入り、馮を主賓とした宴席を設け偶々訪れた同郷人の首都官李子亭を陪席させる。李子亭は権官の門番を饗応していると知ると'廉恥道喪'と面罵して中座する。駱青耜は馮への三千銀の賄賂が功を奏し巴県知県を拝命する。清廉を装った黄伯旦の告げ口で駱の買官を知った李子亭は、総督に駱青耜を弾劾し黄伯旦を推薦して去る。総督はやむなく駱青耜に任命する予定の巴県知県職を黄伯旦にまわす。

　　黄伯旦の仕業と知った駱青耜は、楊謬に訴え復讐策を練ってもらう。黄伯旦が赴任すると父の病没を知らせる電報が届く。電報局に六百銀の賄賂を使い死んだが蘇生したという偽電報を打たせようとするが不首尾に終わり、やむなく服喪を報告し帰郷する。父は健在で偽電報だったとわかるが、もはや撤回できない（第11回）。

[第11回後半－第12回／秀才岑其身、その兄嫁と妹]

　　舞台は引き続き四川である。楊謬の策に嵌り職を棒に振った黄伯旦の後任凌乃本が県試の試験官となり首席に岑其身を選んだことから、岑の身辺に話題が移る。翌年、岑其身は郷試を受けに省へ赴く。科挙試験場では科挙試験の空しさを嘆く怨霊や、錯乱した合格者の醜態に遭遇する。妻万氏は兄嫁と妹に夫の留守宅を占拠されて屋外に追いやられ、コレラに罹り死ぬ。兄嫁と

第 2 節　清末の社会悪　97

妹は遺品を奪い二人の遺児の衣食も顧みず、供養と称して御馳走三昧の贅沢に明け暮れ岑其身の資産を使いつくす。落第して帰郷し妻の死を知った岑其身は葬儀に費やしたと称する費用の返済を迫られ、やむなく兄嫁に家を抵当として引き渡す（第12回）。

　このように、「糊塗世界」は、登場人物のほとんどが加害者となる悪人ばかりの小説である。純然たる被害者は継母に殺害される二人の幼児（第 2 ～ 3 回）、伝染病死する岑其身の妻万氏と冷遇される二人の遺児、留守宅を騙し取られる岑其身（第12回）など数名のみである。作中に登場する悪党は、弾子語り一家を装った盗賊団（第 5 回）や悋気から先妻の子供たちを謀殺する（第 3 回）黎小姐を除けば、ほとんどすべて官界に巣くう拝金主義者である。四川官人に阿諛追従と出世術の師と仰がれる楊諤は、その奇想の才により官界遊泳術の一門を成す‘傀儡’使いである。彼の奇策を授かった‘弟子’たちは大官雇用人と共謀し、首都官を虚仮にして地方行政を翻弄していく。猟官を巡る四川官界の狂態は、まさしく人心を操る‘傀儡’使いと‘絡繰り人形’の舞台であるといえる。

　登場する悪党はほとんどが下層民、軽輩者出身である。門番、仕立屋、床屋、霊媒、占い師等大官雇用人は、大官に親しく仕え常に接見できる利点を生かし詭弁を弄して主を籠絡し、役職待ちの地方官たちに大金で官職を斡旋している。官位を得て実入りの良い実職を求める地方官候補と、彼らの裏口工作の紐帯として取次や斡旋を引き受ける大官雇用人は、それぞれ官界表裏の一勢力を成し共謀関係にある。官職斡旋により財を成した大官雇用人は自ら官位を買い、役職を得るための口利きを求めて高官使用人に取り入る。高官使用人は猟官者からの口利き料で資産を蓄え、官職を買う、というサイクルを成している。

　この小説は、文字も知らない買官買職者が政治を壟断する官界の実態、社会構造の変質を描いている。地方行政は中央官界の制御が及ばず、科挙を経ずに金で官位を買った役人に壟断されている。ほとんどの買官買職者は拝金主義であり、皆程度の差こそあれ人心操作、非倫理、公益破壊の常習者である。呉趼人は、金と政治が表裏となって循環する‘糊塗世界’に堕した政治社会の変質を訴えようとしたのであろう。

98　第五章 《社会小説》

5）「発財秘訣」（10回）（1907 - 1908）
　『発財秘訣』は、「社会小説 発財秘訣（一名 黄奴外史)」と題して雑誌『月月小説』第11号から14号（1907年11月 - 1908年2月）に連載された。章回体形式を採り全十回で完結している。作中時間は第二次アヘン戦争（1856）[8]敗戦までの数年間、その十数年後から曾国藩、李鴻章の留学章程上奏（1872年2月）まで、場所は香港、広東、上海である。全体構成をまとめると、先ず第一、二回で、広東におけるヨーロッパ人との通商の歴史、アヘン戦争の敗戦（1840）で割譲された香港の発展という社会背景の叙述、以降、第九回まで拝金主義者たちの様態を描く。最後の第十回前半で曾国藩、李鴻章の留学生派遣上奏を称え[9]、欧米列強を崇拝し中国文化を否定する拝金主義者たちに、冷雁士が異論を唱え、知微士が拝金社会についての解釈を述べる、という構成になっている。各回の粗筋は以下の如くである。
［第1回 - 第2回］
　　舞台は香港で、アヘン戦争以後の通商が開けた社会状況を背景に商機を摑んだ区丙が財を成す。
［第3回 - 第5回前半］
　　第二次アヘン戦争が背景となる。区丙は香港に雑貨店を広州に舶来雑貨店を構え、親族食客を養う富豪となっている。ある日、以前に食客として匿った凶状持ちの関阿巨が英軍大元帥額爾金伯爵の間諜となって現れ、軍備や防戦の情報収集と提供を区丙に依頼する。区丙は両広総督葉名琛が扶乩[10]を妄信し役所でも日がな一日神仙を拝んでいるという情報を流す。関阿巨の進言を容れて英軍は広州湾に張子の大砲を投じて沿岸を騒がせ、敵陣を攪乱する。葉名琛は、清軍侵攻の際に江南の住民が、神前の青龍刀を水中に投じ、浮けば抗戦と決めて神託を仰ぐと刀が浮いたので抗戦し、清軍に殲滅されたという故事に鑑み、清軍に吉兆と喜んだ。自身も扶乩に訊ねると'十五日無事（十五日就没事了 p.24）'の託宣を得たので、'十五日間は何事もない'と部下や郷紳の進言を悉く斥け防戦を怠る。区丙がまたその情報を流すと、英軍は十三

第 2 節　清末の社会悪　99

日目に攻撃を開始し十四日目に省都を陥落させ葉名琛を捉える。区丙は突然の英軍侵攻に混乱する広州で、関阿巨の手配により早々に店舗営業証明を得て一人利益を得る（第 3 回）。

　第二次アヘン戦争時の両広総督葉名琛と、英軍を指揮した額爾金伯爵は歴史上の人物であるが、関阿巨、区丙は虚構の人物で、その売国行為及び張子の大砲作戦部分は作者の脚色と思われる。葉名琛と扶乩にまつわる逸話は、広州陥落後に葉名琛を非難して書かれた実在する楽府三篇の内容に拠っている。色々な野史類に収録されている葉名琛の逸話[11]も概ね同じ楽府が典拠となっているようである。作者はその三篇の楽府と葉名琛の詩作二首を'『中国秘史』収録の詞句'と断って延々と引用し、回末の評語に代えている。

　十数年後に、区丙の店に陶慶雲という十八歳の若者が洋行支配人のお供として現れる（第 3 回末）。区丙の意向で外国語を習おうと志した区丙の息子阿牛を繋ぎに、時代と人物は次の世代に移行する。洋行の書記を自称する陶慶雲は実は大部屋住まいでベルに呼ばれて伺候する下男にすぎないが、咸水妹（外国人相手の娼婦）の娼婦宿に居ついて語学力を磨き'洋財'を摑む野心を燃やしている（第 4 回）。陶慶雲を訪ねた阿牛は娼婦宿で陶の兄の秀干、友人の魏又園、花雪畦と知り合う。間もなく陶慶雲兄弟と魏又園は、'洋財'を得る機会により恵まれている上海に出立する（第 5 回前半）。

［第 5 回後半 − 第 6 回前半］
　以後外国語ができず香港に残った花雪畦が中心人物となる。花雪畦は雑役や博打、子豚泥棒で糊口をしのいでいたが、子豚を盗んで市中引き回し、鞭打ちの刑を科せられる。阿牛の助けで香港に行き賣猪仔業への参入に成功すると、広東で賭場を開く。掏った客を香港の猪仔館に送りこんで外国に売り飛ばすという手口で数年間に三千元余りも稼ぐ（第 6 回前半）。ところが県知事の息子を売って手配され、上海に逃れる。

［第 6 回後半 − 第10回前半］
　舞台は上海に移る。花雪畦は上海で旧知や新たに知り合った拝金主義者たちの行状をつぶさに見聞する。陶慶雲は外国人には正直誠実を心掛けて信用

を得、洋行の副買弁に出世している（第6回後半）。折しも彼が花雪畦たちを招待した宴席に正買弁死去の知らせが届き、皆で祝杯を揚げる（第8回前半）。舒雲䎹は陶慶雲の入れ知恵で他人の墓地を勝手に外国人の永代借地に転用し強引な地上げを図る（第6回後半）。彼は酒楼の女将森娘の情夫で、彼女の息子杭阿宝を買弁にするために外国語を習わせている（第8回前半）。

陶慶雲の兄たちは茶業者には品不足と偽って売り惜しみさせ、洋行には品余りと偽って買い控えさせ、相場を操作しながら買い叩き茶業者たちを破産や自殺に追いこむ（第8回前半）。有能な買弁は親戚友人知人の職を奪ってでも複数洋行の買弁を兼任して儲け口を増やそうとする。

かつて花雪畦が豚を盗んだ豚の去勢屋蔡以善は上海に来て洋行の召使になる。店主は彼の倹約ぶりを気に入り、外国語を習わせ買弁に取り立てる（第9回前半）。

腕が悪く仕事のない大工の言能君は、博打で立て続けに当てて外国人御用達の建築屋を開業する。彼は金持ちになると、金を貸すまいと賭場仲間の魏又園を避ける（第9回前半）。魏又園は隣家の咸水妹に通う外国兵船航海士に無給で仕えて取り入り（第7回前半）、兵船の召使に雇われ（第9回前半）、数年後伝手を得て買弁となる（第9回後半）。

端木子鏡は巡防局百長の職の傍ら店を経営し、成金たちに公務上の便宜を図っている（第9回後半）。

彼らの所業に金儲けの奥義を学んだ花雪畦は袁という同郷人と共同経営で米屋を開く。袁が郷里を離れて独居し人付き合いのないのに目をつけ、隙を窺っていると、四、五年後袁が急死する。花雪畦は官界に渡りを付けた成金仲間たちと共謀して袁の息子を脅し、遺産を奪う。（第9回後半）。

買弁になった森娘の息子阿宝は賭場仲間の劇場客席係を金持ちに顔が利くという理由で相棒に抜擢し成功する。阿宝の同級生孫三宝も何故か彼を気に入った洋行店主の養子となって、外国語を習い公職を得る（第10回前半）。

［第10回後半］

このように、第十回前半まで金儲けしか眼中にない拝金主義者の処世術が

第 2 節　清末の社会悪　101

描かれ、最後に花雪畦の店の書記冷雁士と「人品卑しからぬ」八卦見の知微士が登場する。第十回後半は伝統倫理に忠実な落魄知識人冷雁士の半生と、それに対する知微士の所見、冷雁士の脱俗で締め括られる。

作中に登場する成金たちは、いずれも人情道徳の欠如した拝金主義者である。中でも、'料泡で富豪になった区旦那（第4回）'と異例の成功で名声を博した区丙、語学力無しに成功し'十人中一人もいない（第9回）'と一目置かれる花雪畦は、社会倫理、国益の損壊という点において突出している。本来、単純に自己利益を図るだけの目的に発した二人の行為は、成金仲間を結集させ歴史の方向性に影響を及ぼしていく。区丙、花雪畦は、民族国家の滅亡に結びつくほどの破壊行為を成した。区丙の行為は広州官界を踊らせ省都陥落をもたらし中国の植民地化を加速させた。花雪畦は賣猪仔業に参入して多くの人生を葬った。さらに拝金主義者と競合し公権力を巻きこみ上海闇社会の舞台を形成した。区丙、花雪畦は、中国の植民地化、闇社会の形成に関与し、歴史規模の損傷をもたらしたのである[12]。

既述の如く、幼少時から小説家となるに至るまでの体験により、呉趼人の悪党像は"中国の危急存亡"との関連に収斂されていった。彼は原体験に則って、五編の悪党主体の小説を描き、貪官汚吏と列強追随者を指弾の対象とし、警世を図ったのであろう。とりわけ人心を操作する'傀儡'使い型利欲追及者の奸智は、既成社会の慣行を覆し国体の根幹を揺るがす破壊力を有しているといえよう。その力の源は"倫理的禁忌に捉われない"点であろうと考えられる。そこで、作中で倫理道徳について取り立てて語っている「発財秘訣」と『二十年目睹之怪現状』を取り上げ、そこに描かれた呉趼人の価値観に焦点を当てて検討していきたい。

第3節　呉趼人の価値観

1．「発財秘訣」——'道徳心'と'獣心'
1）'道徳心'
　先述したようにこの小説は、アヘン戦争、第二次アヘン戦争の敗北、曾国藩、李鴻章の洋務政策を背景として、区丙と花雪畦二人の中心人物を軸とした拝金主義者たちの暗躍を描く。
　先ず第一回始めに、作者は以下のような口上を述べている。

　　過ぎにし日を思い起こしますと涙がしとどあふれてきます。十人に九人は虚け者ゆえ、同じような大丈夫がどうしてもこの中から主人と下僕を判定しようということになるのです。ああ、皆々様、風気！風気！風気って何だろうということになりますと、皆々様によればもちろん文明だとか学問だとかいうことになるでしょうが、それが違うのだとご存じない。小生の思うにただ'利'という語こそ風気なのです。しかも'利'という語以外にいわゆる風気というのはないのです。皆皆様、嘘だと思うなら私の話をお聞きください。
　　往事追回泪似珠,十人中有九胡涂;致令一様須眉漢,硬要从中判主奴。呵、呵、諸公！　风气,风气,甚么叫做风气？　据諸公说,自然是文明学问了。不知非也,据小子看来,只一个"利"字便是风气。而且除"利"字以外,更无所謂风气者。諸公若不相信,听我道来。

　作者はこの口上で作品が拝金主義の時流を主題としていることを明らかにしている。「発財秘訣」の人物設定上の特徴は、'洋財（外国人絡みの儲け）'を狙う拝金主義者たちの価値観と生き方を描いてストーリーが展開し、最後に彼らへの批判者である'時流に見放された'落魄知識人冷雁士の価値観と生き方が述べられている点にある。

中心人物である区丙と花雪畦は売国と人身売買で成功し一目置かれている。共同経営者の店と資産を奪い大富豪となった花雪畦の開店祝いの宴席で、店の書記冷雁士は、蓄財能力のみで人と社会を値踏みする拝金主義に慨嘆する（第10回前半）。宴席を抜け出し知微士に財運の有無を尋ねると、知微士は冷雁士の生辰八字（生年月日時の干支）を鑑定し、これまで財運は巡っていたはずと答える。冷雁士は潤筆料、月謝などで十六歳から三十六才までに一万金を得たが親の葬儀を行い、兄弟四人の学資と独立を援け、救貧施設に寄付し、貧乏知県のまま死んだ叔父の公私の負債を処理して遺族を救うなどに費やして使い果たし、食い詰めたという人生行路を語る。聞いた知微士は次のように答える。

　　閣下は読書人なのに天に従う者は生き、逆らう者は滅ぶとご存じないのですか。座して二十年間に一万金も得た閣下への天の待遇が厚くないとはいえません。閣下が天の賜を受けなかったのです。その一万金で貴人に諂い仕官の道に財を得ようとせず、商いに勤しみ権謀術策で財を得ようともせず、ましてや高利で人から搾り取ることもなくこのように浪費したのです。兄弟は五人いるのに、どうして一人で葬儀を取り計らったのですか。四人の兄弟は各自に責任があり、それが独立し学問するのに、あなたは何の関係がありましょう。それなのにすべて自分で背負いこむとは。叔父御の事に至っては、まったく無茶苦茶です。山東と広東は行けば千里で済みますまい。勿怪の幸い知らぬふりを決めこめばよろしい。家族が拘禁され、兄嫁どのやお従弟が死んだとしてあなたに何の害が及びましょう。それをそのように世話を焼くとは。善堂の件に至ってはなおさらわけがわかりません。世の中に貧民は数知れず、遍く衆生を救い、堯舜なお病むがごとし。あなたは堯舜を越えようというのですか。あなたのようにしていると餓死の日はもう間近ですよ。

　　閣下是个読书人,岂不闻顺天者存,逆天者亡？　二十年中坐致者已达万金,天之待阁下者,不为不厚,阁下乃天与勿取,既不肯持此万金去巴结贵人,从仕路上发财；又不肯经营商业,从权术上发财,更不肯重利盘剥,向刮削上发财,却如此浪用。兄弟既有五人,

104　第五章　《社会小説》

　　喪葬之事,何必一人担任？　四个兄弟,各有各事,成家読書,与你何干？　却一一都攬在身上,至于令叔一事,更為荒唐。山東与広東,相去何止千里？　楽得佯為不知。押逼家属。試問押死了令姉、令弟,可能伤及你一毛？　却要你如此巴結。説道善堂一層,更是不知所謂了。天下窮人,不知其数,博施済衆,舜堯猶病,你豈欲功邁堯舜么？　若照你之所為，餓死就在目前也。(p.66)

　知微士は冷雁士を窘め、'財を成したければ速やかに閻羅大王と相談して人心を抉り取り獣心に取替えなさい (你若要发财,速与阎罗王商量,把你本有的人心挖去,换上一个兽心 p.67)' と諭す。それを聞いた冷雁士は 'たちまち心の中がすっきり冴え渡り (登時満心透徹通明)' 一礼して鑑定料を置くと山中に隠れ行方も知れず、ここで作品は終わる (第10回後半)。冷雁士は貧窮に陥りながらも世過ぎに勤め、財運の有無を気に懸けていたのに、突如として隠遁を選択する。その急激なストーリーの反転は、処世と道徳は両立し難いと考える呉趼人の感慨を表しているといえる。

２）'獣心'
　区丙と花雪畦の行為及び冷雁士の選択を、呉趼人は如何なる視点から描いているのだろうか。各回の末尾には平均二、三百字の評語が記されている。作者呉趼人は自身を '余'、'吾'、'吾輩'、'著者'、'作者' 等と記し、読者を '閲者'、'読者' と記して、回により異なる用語を用い、同じ回の評でも段落が変わると用語が変わることもある。雑誌連載時には評者が作者と別である場合には作品作者名の次に某某評と記されることが多いが、そのような記載もない。呉趼人周辺の友人、編集者等が原稿に書きこみを加えるケースなどもあり得たと思われるが、基本的に呉趼人自身が評者であったとしてよいだろう。さらに、作中随処 (連載時は紙面の天部即ち地の文より上、単行本では地の文の後ろ) に平均十文字前後で作中人物の発言や行為を揶揄する科白形式の眉語が冠せられている。やはり発言者名の記載はない。それらのほぼすべてが拝金主義者の言動 (第3回末両広総督葉名琛に関連する楽府と詩を除く) を対象としている。例えば、洋行

店員から買弁に出世した陶慶雲は外国人の要求にはすべて従い若い頃はこんなことまでやったのだと、魏又園が花雪畦にその内容を耳打ちする（第7回前半）。その箇所には'結局どんなことだったのか、気がもめることだが想像はできる（到底甚么事,闷热人也,然而可想矣.p.43)'と眉語が冠せられ、さらに回末評語でも'魏又園が陶慶雲について語ったことは金儲けの秘訣の重要機密に違いない、耳元で囁いたのでついにこの秘訣のみ伝わらなかったのは惜しいことだ（魏又園谈陶庆云事,至紧要关头,忽然附耳低声,此必是发财秘诀之最密者。惜乎其附耳而谈,遂致此诀独不得传也 p.48)'と繰り返し取り上げている。眉語評語は各回とも、拝金主義者を傍から眺める観客の立場、揶揄嘲笑の語調を採っている。
　最後の第10回後半で知微士の'人心を抉り取り獣心に取替えなさい（把你本有的人心挖去,换上一个兽心 p.67)'という言葉に、冷雁士は遁世を決意する。作中で'獣心'の語が使われているのはこの一箇所だけであるが、それまでの数箇所に'狼心'という語が使われている。

○ある富豪の言うには"金を儲けたいなら残忍で悪辣でなくてはならない"そうな。
　　聞诸某富翁言,若要发财,非狼心辣手不可。(p.41 第6回評語)
○陶慶雲は言った：…世の中で残忍でない人間は一生かかっても金を儲けることはできない。
　　…须知世界上不狼心的人一辈子也不能发财。(p.50 第8回前半)
○ある成金の言うには"金を儲けるのは実に簡単なことだが愚か者には分からないのだ"そうな。"何で簡単なのです"と聞くと"心が残忍で、目が利き、手が速ければよい"のだと。目が利き、手が速いは才智の問題であり、やればできるかもしれない。心が残忍となると道徳の問題であって、それが我輩のずっと貧乏である所以か？
　　聞诸某暴发家之言曰：'发财是极容易之事,世人自愚而不觉耳。'问：'何谓容易？'则曰：'只须心狠、眼明、手快耳。'眼明、手快关夫才智,或尚可学而致之,至于心狠,则关夫道德,此吾辈之所以终穷也乎？(p.54 第8回評語)

呉趼人はそれまで道徳心の対立概念として用いていた'狼心'を、作中人物最

後の台詞となった知微士の言葉で'獣心'に言い換えたと思われる。冷雁士が命運鑑定を依頼する場面にのみ登場する八卦見知微士の言葉は作品世界に於いて正邪を裁断する役割を担っているといえよう。冷雁士を'獣心'の語により悟らせ隠遁を決意させる結末は、獣心により成り立つ拝金行為を非道徳と否定する呉趼人の価値観を表しているといえる。

さらに第8回評語は次のように続く。

> 天道の説とは志を得ない者のためのつまらぬ言い逃れにすぎない、世の中には人事あるのみ天道などないと常に言ってきたのだが、そうとばかりもいえないのだ。「発財秘訣」で述べた人々を私は皆知っている。その子孫を見てみれば、いわゆる天道とはたしかに存在するかのようである。これもまた不思議なことである。
> 尝谓天道之说, 不过为失意者无聊之谈助;世上惟有人事, 无所谓天道也。然亦有不尽然者, 一部《发财秘诀》, 所叙诸人, 吾皆知之。默察其后嗣, 则所谓天道者, 若隐然得而见之, 是亦一奇也。(p.54)

'天道'とは、この作品中では人心を獣心に換えるよう頼む相手として知微士の挙げた'閻羅大王'(インドのヤマ神、仏教の閻魔大王、中国では人の生前の善悪を判定し地獄を管理する裁判官)の如き、人事を超越した絶対的存在の裁断を指していると思われる。呉趼人は'狼心'から'天道'へと話題を進めることで、残虐な富豪の子孫は天道の差配により志を得ないと読者に訴えているかのようである。小説『瞎騙奇聞』でも、彼は、悪事のもたらした重大な結末として関係者の子孫の杜絶を挙げ連ねている。清末の多くの読者にとり家門の隆盛は最重要課題であったはずである。拝金主義が蔓延する社会に異議を申し立てようとする場合、家系の凋落、断絶はそれなりに有効な警句となり得たであろう。

第9回評語では、客死した同郷人袁の資産を横領し貧しい友人魏又園を避ける花雪畦の所業を挙げて'富豪となる資格を備えている'と評し、'士君子が友人をわが命と考えるようなことは、実に、貧相な乞食のなすことにすぎぬのだ、

悲しいかな！（若士君子之以朋友为性命者, 实穷相乞儿所为耳。悲夫！ p.60)' と述懐している。

　第8回、第9回の評語は、呉趼人が当時の社会情況を、不道徳であれば富豪となれるが次代に続かない、道徳を遵守し士君子であろうとすれば乞食となる、いずれも救われない、と分析していたことを表している。冷雁士は、儒教道徳を行動規範とし、一族を救済し、慈善事業に携って窮迫する。同族の孤児を救済し救国運動や社会事業⁽¹³⁾に挺身した呉趼人も、同様の人生行路を歩んだ。冷雁士像は自身の投影であったといってよいだろう。'悲しいかな'という感想には、道徳心が廃れ狼心、獣心の所業の横行する拝金主義社会を否定する呉趼人の心情が吐露されているといえよう。

　既述の如く「発財秘訣」は中国で初めて資本主義社会の到来に言及した小説である。呉趼人は、倫理的価値観が崩壊し、欲望が制御を失い暴走する、近代社会における非倫理性、人間性の喪失について問題提起した最初の作家であったといえる。

2.『二十年目睹之怪現状』──儒教型行動規範

　『二十年目睹之怪現状』(108回)(1903-1909?)は章回体形式で、二百十二に上る単独の話題により組み立てられている。作中に登場する人物は、通行人や召使い等主体の役割を担わない人物や軍隊、盗賊等集団を除き、四百三十一名に上る。解放後の文学史では、その人物群をただ思想面における肯定的人物（正面人物、被抑圧者）と否定的人物（反面人物、抑圧者）という視点でのみ論じてきた。筆者は、見る（目睹）側と見られる（被目睹）側という、作品世界内の立ち位置により、作中人物群を大きく分けることができると考える。

　魯迅は『中国小説史略』でこの作品を、深い追及も含みもなしに、あれこれ話題を並べ悲憤慷慨して社会事象を'譴責'しただけの小説と評した。その記述が『二十年目睹之怪現状』評価についての民国文壇における定説となった。以来、『二十年目睹之怪現状』研究は、主な話題の概説、正面人物、反面人物の色分けに終始し、作品全体の構造については議論されることがなかった。しか

108　第五章　《社会小説》

し、各'話柄'はただ並べられているだけではない。筆者は、見られる側の言動と、作中でそれを見る側の人物の目、さらに、それらを見る作者の目という三層の視点により描かれていると考えている。その中に自ずと、作者の社会観、人生観が現れることになる。そこで、作中人物の立ち位置による整理を試みてみたい。本論は『呉趼人全集』版第1、2巻を使用した。

１）見られる側

　　見られる側は、二種類にわかれる。一種は社会の'怪現状'を演じる当事者たち、'九死一生'の言う'蛇虫鼠蟻'、'豺狼虎豹'、'魑魅魍魎'の如き人物群である。四百数十名を数えるこの人物群の言動は、清末の情勢を背景に社会のアウトラインを描き、社会史の如き様相を示している。既述の如く、彼らは実在性が高く高官や豪商や文人等に多くのモデルが指摘されている。

　　もう一種は、四人の典型人物―清官の蔡侶生、貪官の苟才、賢婦の従姉、憂国の士王伯述である。彼らは当時の知識人の処世や思想を象徴する人物像といえる。清官蔡侶生は弟や同僚に陥れられ、貪官苟才は息子に殺害される。二人の運命は正義の有無、人格の優劣に関わりなく、いずれも救いのない官界の象徴として描かれているように見える。従姉は経書を再解釈し社会の通念や束縛を'宋儒の毒'と批判する。王伯述は役人を辞め、救国に役立つ実学書を売る。彼らは改革を訴える当時の時論を代弁する存在であるといえよう。

２）見る側――怪現状評者
（１）周辺人物の見解

　　　見る側は'九死一生'と号する語り手の'我'とその兄貴分の呉継之に代表される常連人物である。作品全体が'我'の一人称で語られる。最後に'九死一生'は、'私は十数歳から徒手空拳で世間に出、呉継之との二人三脚で百万銀以上も稼いだ。…が今また倒産した（我从十几岁上, 拿了一双白手空拳出来, 和吴继之两个混, 我们两个向没分家, 挣到了一百多万,…此刻并且倒了 p.932）'と回顧している。この言葉は、'二十年'が'九死一生'と呉継之の半生であっ

第 3 節　呉趼人の価値観　109

たことを表している。二人の周辺には、呉継之の幕僚の文述農、共同経営者の管徳泉、金子安、医者の王瑞甫、発昌機器廠主の方佚盧など、怪現状を話題にし論評し合う‘見る側’の人物が配置されている。彼らの論評には当時の世評や作者の見解が反映されている。方佚盧が作者と同時代の上海に創業した実在人物方逸侶（1856－1930）であること、作中に設定された信頼関係などから、これらの人物像には、作者と近しい友人知人との日常的、心情的交流、その観点、見識などが投影されていると推測される。‘九死一生’と呉継之は、特定の人物ではなく作者自身の過去から執筆当時に至る環境、体験などを織りこんで造形した人物像であろう。そのように推測させる理由は、二人の以下のような境涯や人間性にある。

(2)‘九死一生’──共同体意識

『二十年目睹之怪現状』は第1回で一人の男の宣伝する‘九死一生’の筆記が出版に至る経過を述べている。第2回から第108回が筆記の内容である。父親の死で学業を中断、十六歳の時、伯父の任地南京に来た‘九死一生’が、同郷の役人呉継之の書記となる。やがて呉継之の始めた事業の共同経営者として各地を往来、見聞した怪現状を記録する。最後に‘九死一生’は見聞を記録した筆記を文述農に託す。読者はここではじめて第1回の男が文述農であると知るという設定である。作品全体の語り手である‘九死一生’は自身の見聞を記すとともに文述農はじめ周囲の人間はすすんで見聞を提供する。‘九死一生’は自身の見聞と他の語り手から聞いた伝聞を記述し、すべての話題がそのフィルターを通して‘怪現状’として読者に提供される仕組みとなっている。

　‘九死一生’は、社会の汚濁を否定し、貴賤に捉われない果敢で率直な人物として描かれている。彼は七歳から伝統教育を受けた（第10回）が、官界では‘おべっか（卑污苟钱）’と‘血を見ず人を殺す（放出那杀人不见血的手段）’腕がいるから、‘役人は人のする仕事ではない（这个官竟然不是人做的！ p.408）’（第50回）と、科挙を受けようとしない。彼は信義の有無に価値基準をおき、‘不

公正には私は水火も辞しはしません（这种不平之事,我是赴汤蹈火,都要做的 p.267）'（第34回）と自負している。その視線は権勢を忌避し、庶民の災難を気遣う。例えば、深夜治安巡視兵にタダ食いされる屋台の団子屋や、官兵に作物家畜を強奪される村人に同情し（第53回）、大商人苟鷺楼（第55回）や古雨山（第63回）の損害を'剝ぎとった財貨は失うべくして失った（剝削来的钱,叫他这样失去 p.452）'、'(垄断发财所致么？ p.523)'と喝采する。また叔父が二人の幼児を遺し客死すると、顧みない伯父に慨嘆し、'生前の恩義を思わずにいられましょうか（难道就不念一点恩义么？ p.921）'と遺児を気にかける弓兵に感動する（第107回）。'九死一生'は伝統教育を受けた士人階層に属しながら官界や権門を志向しない庶民意識の強い知識人として描かれている。

　だが'九死一生'の行動規範は、単に無差別広範な正義感や義俠心ではなく、'世交（父の代からの交際）の人（の嫁があわや妓楼に売られるという危機）を救わずにおれようか（岂有世交的妻子被辱也不救之理！ p.267 第34回）'、'祖父の血脈（を引く従弟）を守らずにおれようか（同是祖父一脉,我断不能不招呼的 p.918 第107回）'といった身内意識である。'九死一生'は一族を中心に身内と認める周囲の人間に施される相互扶助の理想を価値基準として、自分を再三欺いた尤雲岫を亡父の友人であったという理由で援助する（第65回）。父の遺産を着服した伯父にも'弟の蓄えた金を兄が使うのは、一家も同様で外の人間に使われるのではありません（这钱不错是我父亲一生勤俭积下来的,然而兄弟积了钱给哥哥用了,还是在家里一般,并不是叫外人用了,这又怕甚么呢？ p.182 第24回）'と鷹揚に構えている。それに対し、単なる隣人にすぎない符最霊が孫の符弥軒に虐待されていても、同情を越える義挙に出ることはない。それどころか虐待が暴力沙汰に及ぶと、巻き添えや商売への支障を慮り急遽転居してしまう（第74回）。'九死一生'が'水火も辞さない'かどうか決定する規範は身内か否かにあるのである。このような規範は、解放以前の社会における史的実態の分析により、中国社会に浸透する伝統理念として、歴史学では'共同体意識'とか'仲間主義'と呼ばれている。はじめ'九死一生'は、この伝統理念に適った良識に照らして行動していたといえる。彼はそのような理念を強圧的

権力や偽善的礼教と対置すべき'俠'、'忠厚'を体現する理想的行動規範と捉えていたようである。

しかし'九死一生'は一族の圧力により共同体の実態が利害関係にあり、同族間の連帯扶助を大義名分とした収奪であると知らされていく。族長は租廟修復費の名目で父の遺産の強奪を謀り、大叔父や尤雲岫は仲介料を目当てに'九死一生'の田地を郷紳の李家に斡旋し売却を迫る。'九死一生'母子は土地管理を大郷紳呉継之一族に託し、高官の身内となって伯父を頼ろうという一族の魂胆を利用し、遺産を伯父の運動資金に使うと騙して離郷する（第18-第20回）。その後、郷里の一族は租廟を破壊し廟内の器物まで売却したことを知り嘆息する（第29回）。後に'九死一生'はさらなる援助を強要する尤雲岫に'(父の葬儀に駆けつけた)恩をきせるならむしろ (遺産をくすね田地まで食い物にしようとした)お前の肉を喰らってやりたい（我巴不得吃你的肉呢 p.540）'と絶交する（第65回）。郷里の身内との決別と共に'九死一生'の伯父への身内意識も変化していく。はじめ彼は亡父の番頭の忠告を他人の言として斥け伯父を身内の者（'自己人'）と信じ、遺産を奪われても容認する。しかし、伯母と伯父の妾たちが相次ぎ変死し'うちの家からこんな醜聞を出し人の噂に上った（自己家中出了这种丑事,叫人家拿着当新闻去传说 p.184）'り（第24回）、伯父が借金を返さず'うちの人間がこんな面目ないまねをした（自己家人做下这等对不住人的事,也觉得难为情,… p.372）'（第46回）のを恥じる。伯父が亡妻の姪を妊娠させるに及び、ついに自分は'ただの同姓にすぎません（同姓罢了 p.686）'と同族関係を否認するに至る（第82回）。

その間、両者の見解の相異は次第に不信感を醸成し決裂へと向かう。伯父は科挙を受けようとしない'九死一生'を'無法者（'野子'）'と罵る。また'家を離れた人間を構うな（不必去找他。家里出来的人,是惹不得的 p.223）'と同族の小七叔を無視する伯父に、'九死一生'は'どういう量見で一族の人間を世話しないのか（我伯父是甚么意思,家里的人,一概不招接,真是莫名其用心之所在,还要叫我不要理他,这才奇怪呢！p.225）'と不信感を募らせる（第29回）。叔父が北方の任地で死ぬと'兄弟三人、遺産を均分した後は互いに交渉を持つ必要

はない'という伯父の指示に従わず、遺された二人の幼児を引き取りに行く。伯父は臨終に当たり遺言で叔父の子を嗣子に指名する。'九死一生'は遺言を容認すれば'冥界で…叔父に合わす顔がない（倘使承継了伯父,叫我将来死了之后見了叔叔,…叫我拿甚么話回答叔叔！ p.932）'と伯父の後祀を叔父の子に継がせない（第108回）。

かくて『二十年目睹之怪現状』は、身内間の相互扶助を行動規範としていた'九死一生'が同族間での祭祀継承の大前提を自ら破るという結末を迎えるのである。共同体についての理解において、'九死一生'は相互扶助の実践を徳行と見て重んじ、伯父は財産を始めとする実利的側面を見る。そのような身内意識のずれに両者の関係の破綻は起因していたといえる。この小説の作中人物には多くのモデルとされる人物の名が挙げられ、伯父や叔父一家についても実在の親族関係との一致が検証されている。伯父の遺産着服、叔父の遺児救済をはじめ、危うく妓楼に売られるところだった亡父の友人の嫁等について、呉趼人は自身の実体験として詩文に記している[14]。'九死一生'の共同体理想が崩れて行く過程を通じ、呉趼人は連帯扶助の名の下に支配収奪を正当化する社会構造への批判を表明したといえよう。

(3) 呉継之——儒教型'善行'

呉継之は名を景曾といい'九死一生'より十歳年長、同郷同門の先輩で、幼少時の'九死一生'に学問を教えた。呉家は'省有数の富豪'（第21回）で大地主としての財力を基盤に、代々商業を営む一方、官人を輩出した。呉継之も進士に合格、江寧知県候補として南京に配属される。やがて江都県知県の実職を得（第44回）'総督巡撫の地位もかたい（将来督抚也是意中事. p.525 第63回）'と、将来を嘱望される。しかし彼は、派閥政治（第14回）、慣行化した収賄（第10回、第24回、第46-47回）、売職（第5回）、科挙の不正（第42-43回）など官界の弊習、政府高官の多くがアヘン中毒に陥る体たらく（第3回）、列強諸国との折衝における責任回避（第14回、第16回、第47回）といった政治の汚らしさ（'齷齪気'）（第60回）を疎んでいた。そこで賄賂の要求を退け解任さ

第 3 節　呉趼人の価値観　113

れた（第59回）のを機に、'（官途について）亡父の期待に応えたから、今後の人生は自分の意志を通したい（寒家世代是出来做官的,所以先人的期望我是如此,我也不得不如此还了先人的期望;已经还过了,我就可告无罪了。以后的日子,我就要自己做主了。p.492）' と退官し、意思に適った人生を模索する（第60－61回）。'上海は開けた地だからしばらく暮していれば時事に通暁する（上海是个开通的地方,在那里多住几天,也好多知点时事 p.492）' と上海に移転するが、'上海に居て数年、官界のあり様をよくよく見れば、外国人の覚えが良ければ出世できるのだ。庶民が苦しもうが冤罪を被ろうがわれ関せずだ（我在上海住了几年,留心看看官场中的举动,大约只要巴结上外国人,就可以升官的。至于民间疾苦,冤枉不冤枉,那个与他有甚么相干。p.558）'（第67回）といよいよ政治への失望を深め、官界復帰の誘いを拒絶する。彼は'九死一生'とともに全国規模の商業活動を展開するが、最後に倒産する（第108回）。

　このような呉継之の人物像は分岐点にある当時の社会を映している。先ず、大地主で科挙に合格、高官となり、商業に進出する経歴は、地方政治を掌握する政治勢力であるいわゆる郷紳の一般像を示している。洋務運動や変法維新運動を担った'改良主義者'の母体の多くは、郷紳階層出身者である。呉継之の政治批判は清朝政権への郷紳階層の不支持という、当時の社会情勢を表しているといえよう。次に、彼は官界から商人に転身する。通常官人と商人は'紳商'という如く出身母体を同じくし、相互扶助の関係にある。ところが呉継之は家系の要請から入った官界と'自分の意志'で選択した商業を対立的に捉えている。その姿勢は、官界での利権に依存しない独立した企業家としての自覚を現しているといえよう。简夷之は「『二十年目睹之怪現状』前言」で

　　『二十年目睹之怪現状』の呉継之は商業資本を活用しているうちに資産階級に転化した地主である。このような社会階層はまさしく改良主義の基礎であり、わが国封建社会における文学作品の中に、はじめて現れたといえる。

114 第五章 《社会小説》

> 『二十目睹之怪現状』正在通过商业资本的途径向资产阶级转化的地主. 这种社会力量, 正是改良主义的基础. …在我国封建社会的文学作品当中, 还是第一次出现:（人民文学出版社 1959.7 p.320）

と指摘している。伝統的に官僚経験者は出身地域において、利権特権を活用し商売をして資産運用を謀り地方勢力を形成してきた。旧小説に登場する有力者の多くは、そのような中国官人の母体となる郷紳、紳商階層であろうと思われる。このいわゆる'紳商'が小説に登場するのはおそらく初めてではない。しかし、それに対し呉継之は、官僚の立場を忌避絶縁し、理想の実現手段として商業を選択した商人である。そのような人物形象が小説に登場するのは、『二十年目睹之怪現状』がはじめてであろう。呉継之は自身の理想について以下のように述べている。

> 私はある人間が善行をなすには先ず身近から始めるべきだと思う。第一に父母に子道を尽くし兄弟に弟道を尽くし同族親戚に血縁縁者としての道を尽くしそれから友人に友道を尽くす。孝養が不足していないか、すべての兄弟、親族、友人が充分に自立できているかどうか問い、余裕ある者はよし、貧しく自立できない者には、適切に世話して餓え凍える心配をなくす。なお余力があってこそ外部に慈善を施せるのだ。
>
> 我以为一个人要做善事, 先要从切近地方做起, 第一件对着父母先要尽了子道, 对着弟兄尽了弟道, 对了亲戚本族要尽了谊之道, 夫然后对了朋友要尽了友道, 果然自问孝养无亏了, 所有兄弟、本族、亲戚、朋友, 那能够自立、绰然有余的自不必说; 那贫乏不能自立的, 我都能够照应得他妥妥贴贴, 无忧冻馁的了。还有余力, 才可以讲究去做外面的好事。(p.112 第15回)

> 亡父は生前五万銀の田地を買い一族を扶養する義田とした。それから商店を何軒か開き、貧しい同族を呼んで才能に応じ仕事を与えた。だからうちの一族に、餓え凍えるものはなくなっていると思いたい。
>
> 先君在生时, 曾经捐了五万银子的田产做赡族义田, 又开了几家店铺, 把那穷本

家都延请了去,量材派事。所以敝族的人,希冀可以免了饥寒。(第15回 p.113)

　呉継之の信条の基調となっているのは、'修身斉家治国平天下'(『礼記』〈大学〉)或いは'主たるの道は近きを治め、遠きを治めず'(『荀子』〈王覇〉)といった儒教型理想主義である。彼の行動規範は儒教精神に則った伝統的士大夫としての価値意識であった。当然、その商業経営の眼目は'親族友人が自立するのを援ける'ことにあった。その概要は以下の如くである。

【総資本】二万銀（呉継之一万五千銀、'九死一生'二千銀、他不詳）
【資本主（'東家'）】呉継之と'九死一生'
【共同出資者（'夥友'）】管徳泉（本店経営者'当事的'）金子安（本店の会計係'管帳的'）
【業種】茶、薬等長江流域の特産物を北京、天津、牛庄、広東等へ出荷する仲買店
【経営形態】上海に本店（'總号'）南京、蘇州、蕪湖、九江、漢口、鎮江、杭州に駐在地（'坐庄'）として支店（'分号'）を置く。各支店に支配人（'経理'）として呉亮臣、呉益臣、呉味辛、呉作猷等、呉継之の一族の人間を派遣、'九死一生'が帳簿の検査に各支店と上海を往来する。

このような同郷の弟分'九死一生'との共同経営、従業員との共同出資制、同族による経営といった特徴を持つ商業形態は、中国商業の伝統的体制とされる。今堀誠二はこの経営形態を'商業資本共同体'と呼び、それが地縁血縁の人事を土台としていた為に'近代的法人'に改変できず'資本主義への過程を進み得なかった'[15]と指摘する。呉継之が各支店に派遣した同族の内、呉作猷は'呉継之の同族の叔父で、…自分の開いた店はすべて身内で経営したいという継之の意志により、漢口支店に派遣され二年余になった'(第82回)が、最後に店の金五万銀を持ち逃げ、その結果、全支店が倒産に至る（第108回）。このように『二十年目睹之怪現状』は、儒教理想に基づく身内主義を商業経営の基軸とした呉継之の挫折を結末としている。

　呉錦潤は'九死一生'と呉継之について、'力量不足'ではなく'時代の悲

116　第五章　《社会小説》

劇'により破産に至った'民族資本家'の形象という見解を示し、'小説中にかつて現れたことのない'斬新な人物類型の造形と評している[16]。確かに、倒産という結末は、新たな社会層の定着の困難さを物語っている。しかし筆者は、その原因は'時代の悲劇'ではなく、資本家意識という基本的問題に根ざしていたと考えている。呉継之は、儒教的価値観から'人脈を支柱とする商業形態'を踏襲して背信に遭い、そのために倒産した。呉継之の人物像は今堀の規定するところの'資本主義型法人経営者としての社会的立場を築くに至らなかった伝統的商人'のあり方を体現している。

3）"見る側の者"を評する作者の目

作者呉趼人は、登場人物の立ち位置を分けて『二十年目睹之怪現状』の作品世界を創出した。彼は、社会情況の実態及び社会構造の本質、両方面の糾明を意図して、そのような創作方法を採ったのであろう。『二十年目睹之怪現状』の粗筋は"見られる側"の人物の言動になる多くの話題を積み重ねて組み立てられている。それらの話題には、政治経済の腐敗矛盾、道徳人情の衰微が反映されている。呉趼人はそれらの事象を通して、体制や意識の変革を必須の課題とする中国社会の現実を訴えた。

呉趼人はさらに、その事象を"見る側"の人物を設定した。それらの人物像には、自身と周辺人物の認識見解を反映させたと思われる。'九死一生'や呉継之たち"見る側"の人物は、儒教理念を理論的支柱とする人的地的結合と相互扶助に価値を見出している。彼らは作中で政治の疲弊、社会の荒廃について論議し、官僚機構の腐敗、村落や宗族、家庭内の抑圧支配といった要因を指摘する。しかし彼らの目は、眼前の悪弊に向けられ、その根幹となる宗族を中心とする伝統社会にまで及ばない。'九死一生'は商売そっちのけで従弟の救出や伯父の葬儀に奔走し、呉継之は、経世済民の理想を実践しようと同族を重用し、裏切られる。'九死一生'と呉継之は、地脈血脈の相互扶助理念を絶対価値として善行を積んだ末に、裏切りに遭い挫折を喫する結末となる。

作中にはさらに、そのような社会の構造、実態の全容を見る"作者の目"が

設定されている。"見られる側"の人物の言動及び"見る側"の人物の信念は、清末社会の人々の普遍的行動様式であったと思われる。多くの実在人物がモデルとして検証されており、'九死一生'の同族についての記載の多くが、呉趼人自身の実体験であることもすでに検証されている。'九死一生'の閲歴には呉趼人自身の閲歴が投影され、描かれた事の多くが呉趼人自身の実体験であるように、身内意識や儒教理想は本来、彼自身の遵守してきた価値観であったと思われる。

『二十年目睹之怪現状』は'九死一生'が第107回で唐突に以下のような感慨を述べ、第108回という中途半端な数で最終回となる。

'ああ、他人の事をこのうえ語る必要もないだろう。私自身の事を記しておこう。私はこれから述べる事を記そうとする時、心中ほんとうにつらい。この事は私の生涯第一の失意であったからだ。それで、筆を持てば先ずつらいばかりなのだ

唉! 他人的事,且不必说他,且记我自己的事罢。我记以后这段事时,心中十分难过,因为这一件事,是我生平第一件失意的事,所以提起笔来,心中先就难过。（第107回 p.918）'

'九死一生'のこの述懐のもとに、山東の叔父の死と遺児たちの救出、宜昌の伯父の死と葬儀の紛糾、事業の倒産、帰郷という'私自身の事'が一気呵成に語られて物語は終わっている。'九死一生'自身の物語と、実際の呉趼人の同族体験について、関連事項も含めて以下に纏めてみる。

【第2回】
'九死一生'：商売を営んでいた'九死一生'の父が杭州で客死する。伯父に相当額の遺産を奪われる。

呉趼人：実際には、父親は下位役人（江蘇補用巡検）で、客死の地は寧波である。わずかな金を遺したが、五叔に奪われた。細部の相違を除いて、作中の記述は概ね事実に即している。

第五章 《社会小説》

【第17－第20回、第29回】

'九死一生'：郷里の一族は'九死一生'の家産を狙う。阻止されると、祖廟を破壊し器物を売り払う。

呉趼人：この記述も概ね事実であろう。後年、李育中により、呉一族が養い手を失い、都市貧民となって離散したことが確認されている（李育中「呉趼人生平及其著作」）。

【第107－108回】

'九死一生'：山東に任官していた叔父が客死し、二人の幼児が残される。伯父に三度指示を仰ぐが無視され、ようやく届いた返信には、関わり合う必要はないと記されていた。'九死一生'は一人で山東に赴き、従弟たちを引き取って帰る。作中では生前の叔父の厚意を恩に着る弓兵が、'九死一生'を従弟たちの養われている外祖母の家に案内してくれる。

呉趼人：実際には、1890年、呉趼人25歳の時、やはり下位役人（直隷巡検）の三叔が天津で死去した。五叔が関わりを拒否する経緯は小説中の記述と同じである。呉趼人は数カ月分の給料を前借りして遺児たちを引き取りに出向いた。二人の幼児は貧民窟に捨てられ乞食になっていた。呉趼人は従弟たちを上海に連れ帰る。（「清明日偕瑞棠弟展君宜大弟墓, 用辛卯『都中尋先兄墓』韻」）（八首）

【第108回】

'九死一生'：叔父に続いて伯父が病死する。伯父は二人の遺児の一人を継嗣に指名していたが'九死一生'は拒否する。葬儀の後、伯母の一族は伯父の借金を'九死一生'に肩代わりさせようとする。'九死一生'は遺児救出に奔走する間に倒産したことを告げて断る。作中で、'九死一生'が同族への不信、失意を抱くのは、世過ぎに出て二十年を経過し、商売に成功し、順調だった半生が倒産により暗転する直前である。

呉趼人：実際には、五叔が死んだのは1896年、三叔の死の6年後で、呉趼人31歳の時である。兄のほうの従弟は、その三年前にすでに病死している。いずれも彼が文筆活動に入る前で、未だ江南製造局に勤め、旅費にも事欠

くほど貧しい時期だった。即ち、'九死一生'一族の顛末は執筆開始以前からの決定事項であった。

興味深いのは、作中の記述のほうが事実よりも美化されている点である。作中では貧しい外祖母一家が従弟たちを養い、義に厚い弓兵が行く末を気遣っている。事実は小説よりも苛酷で、叔父の妾が遺品を持ち去って逃げ、二人の幼児は貧民窟に数カ月放置され衰弱していた。呉趼人は作中に、情義に厚い田舎の人々を造形し、幼児を養う架空の親類との感動的な別れの場面を念入りに描いている。その上、帰途に'好漢'と呼ばれる荷物のみ奪い人に危害を加えない盗賊団に遭遇して荷物と金を奪われるが、幼児の衣類を置いて行くように懇願し、盗賊団が聞き入れるという場面まで付加している。呉趼人は、作中に描いてきた学問や富によって為政者側を目指す士大夫階層、富裕層の無情や破廉恥と、貧しく統治される側にある下層民の厚情、倫理観を対比させようとする意図から、作中最後に田舎の外祖母一家や弓兵、盗賊団の情誼を描く脚色を施したのであろうと思われる。

このように『二十年目睹之怪現状』は、淡々と社会の事象を記してきた後、第107、108回で不意に'生涯第一の失意'である家庭争議を述べるホームドラマに変じ、作品の統一感が失われ唐突に終わる。『二十年目睹之怪現状』は第45回以降を分冊で刊行していた。呉趼人は1910年に急死し最終刊は死後に刊行されたので、最終回をいつ書いたか定かでない。しかし、死の前年の1909年に続編として「近十年之怪現状」を連載し始めていることから、おそらくその前後に『二十年目睹之怪現状』を稿了したものと考えられる。

終幕の唐突感は否めないが、第108回末尾で'『二十年目睹之怪現状』九死一生筆記'を文述農が預かり、第1回で筆記を託された'死里逃生'が出版するという出だしにもどる仕組みは、構成力の巧みさを見せて面目躍如の感がある。その点から見て、最後に構成が破綻したのではなく、連載当初から予定していた結末の付け方であったと推定される。この結末は、百鬼夜行の世を演じる"見られる人々"の非人間性、それを"見る人々"の儒教道徳に則った生き方の挫折を見届けた"作者の目"を表しているといえる。"見る人々"の挫折する終

幕は、呉趼人自身の人生を体現しているといえる。"見る側"の人物と同様の信念を抱いて失意を味わった自身の人生への屈託の表れでもあったのであろう。作者呉趼人は'九死一生'に自身の人生を仮託したといえる。

　自身を仮託した'九死一生'の閲歴の最期に、一族にまつわる回想を叙述して作品を終わっている点で、主人公は作者自身、或いは作者を投影した'九死一生'であるともいえよう。後述するように呉趼人は、郷紳を核とする地方勢力は立憲制度を樹立するにあたっての障碍となるとの見解を表している。失意の末に彼は、地縁血縁を拠り所に連携運営される経済活動、地方政治、官僚体制という、中国社会の基本構造そのものに対する懐疑に行き着いたと思われる。

余滴6　清末の男性像

1．清末男性作家の実生活

1）林紓（1852－1924）

　清末社会の百鬼夜行を捉え描いた作家の実生活はどのようであったのだろうか。夏暁紅『晩清文人婦女観』[17]によると、林紓は十八歳の時、同郷の高名な儒者の娘で同年の劉瓊姿と結婚した。彼女が四十六歳で他界すると、翌年二十四歳の楊郁と結婚し数名の子女を儲けて三十年連れ添った。しかし、"中年にして妻を失うに一妾を置く"古来の礼法に則り、正妻にしなかった。林紓は楊郁を敬愛し、彼女の五十歳の誕生祝いには祝辞を寄せて謝意を表した。この時、先妻の生んだ長男が継母の扶正（正妻に改める）を懇願したので楊郁の意志を確かめた。彼女は林紓の真意を酌み辞退したので、やはり側室のまま留めおいた。亡妻劉瓊姿への愛情も抱き続け、晩年に描いた小説『剣腥録』（1912）の女主人公に劉麗瓊というよく似た名を付けた。

2）劉鶚（1857－1909）

　十七歳で王氏と結婚し二十年連れ添ったが、王氏の生存中から妾二人を娶っていた。王氏の死後も赴任する先々で7年間に三人納妾し、五人の妾がいた。他に日本を遊歴した折にも日本女性を妾としている。それぞれが息子を設け、

孫の代には、『老残遊記』関係者は大人数となった（岡崎俊夫・飯塚朗訳『老残遊記』付「劉鉄雲略年譜」平凡社〈中国古典文学大系〉51 昭和四十四（1969）年）。

3）呉趼人（1866－1910）

　妻馮宝裕（1871－1944）は、広東南海県出身の同郷人女性であったという（李育中「呉趼人生平及其著作」『呉趼人全集』第10巻 p.101）。呉趼人の妹暁蘭は上海で店員をしている蘇州人に嫁いだ。暮らし向きも人柄もよく、母親の意向に従って呉趼人が縁組を決め、母親は娘夫婦と暮らし、後年呉趼人に引き取られたという（李育中「呉趼人生平及其著作」）。任地で急逝した兄妹の父親は娘の婚約を決めていなかった可能性がある。呉趼人の結婚の経緯は明らかでないが、同郷人ならば本来の許婚者であったかもしれない。李葭栄「我佛山人伝」によれば馮氏とは夫婦の情愛深かった。一男一女を儲けたが男児は夭折した。妻に娘の纏足を禁じ、天然の足を奨励する「天足会」に入会させた。『二十年目睹之怪現状』に取り上げた同族の確執や嫁姑の争い、知識人の堕落等について、呉趼人は実生活においても旧弊に捉われず、改革を実践していたように見える。

　六歳で父親を喪った呉趼人の娘呉錚錚（1905.3.28－1971.1.4）は無事に成人し、広東人蘆玉麟と結婚して一男一女に恵まれ解放後も長く上海に健在でいた。彼女は父が'例え嫁に行けなくとも纏足させてはならん'と妻に娘の纏足を禁じた事[18]を覚えていた。2012年ノーベル文学賞を受賞した作家莫言は、「ノーベル賞授賞式講演」で亡き母の凛々しく貧しく苦しい人生について語った。1922年生れという莫言の母は解放後の農村で密かに落ち穂拾いをして見張りに見つかり、纏足のため逃げられず捕まって殴り倒されたという。纏足が平和な時代にも女性の生存を脅かしていたことに驚かされる。一世代上で1905年生れの呉錚錚が日本軍の侵略、国共内戦、文革の動乱を生き延びるのにどれほど天足の恩恵に浴したか想像に難くない。天足と教育（呉錚錚の受け得た教育は明らかでないが、呉趼人は生前に小学校を創設している）は先ずその娘の人生に効用を現したといえる。

4）李伯元（1867－1906）

　李伯元は結核を病み、妻鐘氏との間に子はなかった。孫を望む李伯元の母呉

氏は、姪の侍女であった台湾出身女性王氏を気に入って連れ帰り、息子の姿とした。王氏は忍耐強く勤勉で、相いで病に斃れた鐘氏、李伯元、呉氏を看取った。後事を処理した後、彼女自身も疲労が重なり喀血して死んだ（魏紹昌編『李伯元研究資料』所収李錫奇「李伯元生平事蹟大略」p.37（上海古籍出版社 1980年12月））。

5）連夢青（生卒年不詳）

浙江省銭塘の人。名は文澂、筆名は憂患余生。1903年清露密約を暴いて逮捕、惨殺された国民党員沈藎の友人で、上海に逃れて、李伯元の編集する『繡像小説』に「隣女語」(1903、1904)を連載した。呉趼人「近十年之怪現状」には、馴染みの妓女秦佩金を崇め奉り、彼女に入れあげて金に困る姿がユーモラスに描かれている。彼はこの女性に真剣に恋しているように見える。

彼らはみな、作中で女性の不幸な境遇に同情を寄せ、理不尽な暴力に怒る"人権作家"である。彼らの結婚について詳細は伝わっていないが、一世代近く若いと思われる連夢声を除けば、年齢から見て家長の決定に従う伝統婚であったと思われる。彼らが私生活において強圧的な家長であった形跡は見られない。連夢青に至っては妓女に隷従する様が小説のネタになるほどであった。劉鶚、李伯元は納妾しているが、当時の中国において妾は正式の婚姻関係にあり、売買される女性の立場としては一番格上であった。遊びや使役に留めず正式に娶ったのは誠意や尊重の表れであったのかもしれない。さすがに清末の先進的男性作家の実生活には、女性性への尊重が認められる。彼らは以下のような女性に対する清末男性の蛮行、抑圧を小説中に取り上げた。話題性があったということは、当時の一般男性から見ても破廉恥、下劣と解される部類の所業であったのであろう。一方、男性側の純真な恋も描かれている。

2．清末小説中の男性

1）劉鶚『老残遊記』（［続集］第2回、6回）――尼に夜伽を強要

【泰安県宋知県公子】泰山の尼寺斗姥宮で、十五歳の尼靚雲に懸想し、夜伽を迫る。拒絶されると父親の威光を笠に寺の閉鎖を言い渡す。偶々斗姥宮に宿泊した老残と友人の京官徳慧生夫妻は、義憤に駆られて知県に談判し、

寺を救う。

2）李伯元『官場現形記』（第30回、31回）——娘に妾奉公を強要
　【冒得官】食い詰めた武官の官照を買い、本人に成りすます。猟官運動が功を奏したところで身分詐称がばれる。冒得官は嫌がる娘を統領の妾に差し出し、免官を免れる。

3）　呉趼人『二十年目睹之怪現状』（第76回、77回）——婚約者に不貞の濡れ衣
　【車文琴】洒脱な首都官僚で、先妻の死後、母方の従妹との再婚が決められていたが、故郷揚州に置き去りにし、北京で妓楼遊びに興じていた。婚約者は両親既になく、しっかり者であったので自ら北京に出てきて婚約履行を迫る。車文琴は、休暇を取って故郷で結婚しようと言いくるめ揚州に返す。彼には自分に嫁ぎたがっている馴染みの妓女がおり、親族に婚約者の不貞を言い立て破談にする。婚約者は恥じて自殺し、車文琴は親族に婚約不履行を訴えられる。

4）『二十年目睹之怪現状』（第82回、83回）——娘を大官の男妾に縁組
　【言撫台】表具店の徒弟朱狗は候総督（モデルは張之洞[19]）の男色相手を務め、候虎と改名して武官に取り立てられ、総督の女中を娶った。その妻が急死すると、言撫台は総督におもねて、娘を後添えに娶せようと申し出る。総督は喜び候虎をさらに昇進させる。言夫人は、激怒し唾を吐きかけて夫を罵り、'娘は言の姓を名のっても私の生んだ娘なんです。あなた一人の娘ではないはずです！　あの娘のことは何であれ私に相談しないといけない。しかも人生の大事というのに釣合いも考えず！　私の娘はそりゃ器量は悪いが、それでも馬の骨の男妾の嫁にやるほどじゃない！　ましてや卑しい下女の後添えなどと！　あなたはなぜ娘をそんな人間にくれてやろうとするの？　子供の大事は私にも半分責任があるというのに。こんなに軽々しく決めて、この娘の一生をどうしようというんです！（女儿虽是言姓,却是我生来的,须知不是你一个人的女儿！　是关着女儿的,无论怎么事,也应该和我商量,何况他的终身大事！　你便老贼不拣人家,我的女儿虽是生得十分丑陋,也不至于给兔崽子做老婆！　更不至于去填那臭丫头的房！　你为甚便轻轻的把女儿许了这种

人？ 須知儿女大事,我也要做一半主。你此刻就轻轻许了,我看你怎样对他的一辈子！ p.691）と縁組を拒絶し、娘とともに実家に帰ると宣言する。呉趼人は、回末に長文の評を附し、男子たる言撫台は、'叡智も女子に及ばず志操も女子に及ばず、奇妙なことだ。金と権力にかまけると叡智は呆け志操は崩れるということか（智出女子下,志出女子下,可谓怪事。大抵利祿为之,遂令智昏志坠耳 p.697）'と猛妻の言夫人を持ち上げている。

5）曾樸『孽海花』——皇族の恋

【祝宝廷】（『孽海花』第7回、14回）杭州江山船の娘珠児を見初めて正妻とする。結婚後も才芸豊かな彼女に夢中となり、中傷を意に介さず官途を捨て遊歴生活を楽しむ。しかし珠児が急死したため自暴自棄となり、放埓と不摂生を重ねて病死する。

かつて改革の上奏文を奉った皇族で、妻を亡くした風流な独り者という人物設定だが、モデルは実在の皇族、礼部右侍郎宝廷であるという。政情不安な清末には、出世より恋を選ぶ役人が現れていたことを窺わせる。

6）『官場現形記』——木っ端役人の恋

【趙補蓼】（『官場現形記』第13回、14回、16回）

匪賊討伐軍の胡統領に随行した二十代の幕僚。故郷を離れて寂しい境遇で、気立てのいい妓女蘭仙に惚れる。薄給なのに馴染みとなり、気風のいい同僚文西山から金を借りて蘭仙に与える。不運にも文西山が盗難に遭い、蘭仙は濡れ衣をきせられ自害する。趙補蓼は悲嘆にくれ、彼女のために挽歌や伝記を書いて追悼し、七言絶句を数首作り、三日三晩泣き続け、欝々と過ごす。

小説からは、清末に至っても女性の人生全般が家長や宗族間の取り決めに拘束されていたこと、婚約者に嫁ぐほかに選択肢がなかったことがわかる。婚約者を自害に追いこむ車文琴の行為は無情で卑劣だが、一族の差配に依らず、好きな相手と結婚したいという欲求が根底にあるのも確かであろう。祝宝廷、趙補蓼の恋情には、役人と妓女の酒席の一興や疑似恋愛といった伝統的交情とは異なった、対等の男女関係が表れている。男性の恋慕の思いは、従来の旧小説

にはほとんど描かれてこなかった。祝宝廷が、実在する名門出身の高官であることを考えれば、清末には男性側にも、自ら理想の伴侶を求めようとする意識が高まっていたといってよいのかもしれない。

第六章　〈理想科学小説〉『新石頭記』における'救世'

第1節　'理想科学'世界における'文明'探究

　小説による啓蒙改革を志して三年目に呉趼人は、『石頭記』の主人公賈宝玉が清末社会に現れ理想世界を遊歴する、という構想の小説『新石頭記』（40回）を描き始めた。『南方報』に連載された後に単行出版され[1]、執筆年時はおおよそ1905（光緒31）年8月から1907（同33）年2月の間と特定できる[2]。呉趼人は〈「近十年之怪現状」自序〉で、この作品について'理想、科学、社会、政治'をテーマとしたと述べている[3]。'獣心'、"拝金主義"蔓延する清末社会のあり様を否定し世人に覚醒を求めていた呉趼人は、『新石頭記』の中に自身の理想とする政治社会像を提示した。本来、この小説は呉趼人の精神的、思想的枢軸と見なされるべき作品であるといえる。

　しかし『新石頭記』は、中華民国成立後は再版されず、原載誌も単行本も稀覯本となったと思しい。民国時代にこの作品を論じた楊世驥は、'荒唐無稽の世迷言'を並べた'科学思想'、'わけのわからない救国思想'と、酷評している[4]。中華人民共和国成立後から文革終結まで長らく、「新石頭記」は現物がなく、作品研究はおろか、実在自体も疑われるほどであった。文革終結後に『新石頭記』を論じた盧叔度は、'義和団の栄誉を歪曲し言いがかりをつけた'思想性を問題視し、'失敗作'と全否定している[5]。

　「新石頭記」を否定する論点のうち、義和団を歪曲して描写しているかどうかは小説としての出来映えに関係しない。'荒唐無稽'な'科学思想'、救国思想については、これまで論ずるに十分な研究がなされてこなかった。先ずは作中の'科学思想'と'救国思想'について検討を進め、呉趼人の胸にあったのはどのような社会、理想であったのか確かめておきたい。彼の描いた理想の未来世界は、思いもかけぬ"地球"規模の世界、未来への可能性を、清末の人々の視界に広げたのではないだろうか。先ず、『新石頭記』に描かれた未来世界の風

物、機器を整理し、個々の知識情報の出処について考察したい。さらに、呉趼人の情報のとらえ方から、彼が、どのような価値観に基づいて未来構想を立てたかをみていきたい。

1.『新石頭記』梗概

『新石頭記』は曾雪芹の『石頭記』から賈宝玉、焙茗、薛蟠、甄宝玉の四人の人物と'補天'の石の見聞という枠組みを借りたいわゆる'翻新小説'である。作者と同時代の上海、北京、武漢を背景とする現実社会を描き、泰山近辺の異境を理想社会「文明境」の舞台としている。主な登場人物は以下の通りである。

【賈宝玉】
　俗界を離れ幾世幾劫を経て、女媧氏の最後の石が補天の願を果たしていない事を思い出し、俗界にもどると清末だった。

【焙茗】
　賈宝玉の従僕。宝玉を探すうちに仙童像となり、宝玉が躓くと蘇生する。泰山への途次、盗賊の矢にあたり仙童像にもどる。

【薛蟠】
　酔って眠りこみ目覚めると、汽車ができていたので上海に来て輸入商になる。買弁に騙されたり義和団に入ったり「自由村」に行ったりして、宝玉に見聞を広める機会を与える。

【柏燿廉】（'不要瞼'を暗示[6]）
　梅開洋行の買弁で、外国語はできるが漢字は一字も読み書きできない。外国を崇拝し中国を蔑視している。

【呉伯恵】
　賈宝玉に外国語を教え、江南製造局や拒俄演説会に案内する。改革派の友人を救いに湖北へ行き武昌で逮捕された宝玉を救う。

【学堂監督】
　湖北の実力者。彼の演説を批判した宝玉を逮捕し暗殺させようとする。既述の如く実在の武昌知府梁鼎芬がモデル。

【王威儿】

　　キリスト教徒と争って外国に怨恨を抱き義和団に参加し薛蟠を誘う。連合国軍に鎮圧されると前歴を隠すため宝玉の殺害を謀る。

【劉学笙】（留学生を暗示？）

　　字は茂明（貿名？）薛蟠を'野蛮自由村'へ招く。'文明境'の入境検査の結果が'性質汚濁、野蛮気象'と出て入境拒否された。

【老少年】

　　「文明境」と外部との境界を守る番人。宝玉を境内に案内する。発表当時から、作者の意見を代弁する役柄[7]とみなされていた。呉趼人自身も"老少年"の署名を使っている[8]。

【東方文明】

　　名は強、文明と号する科学者。実は宝玉の姻戚甄宝玉。'真文明国を創造して偽文明国と対抗し、彼らが反省して真文明に学び戦わずして文明世界に導く（38回）'ことを生涯の悲願としている。

これらの人物形象には'偽文明''真文明'という作者の価値観が表れている。ストーリーは前半、後半に大きく分かれている。概要は以下の如くである。

［第１回－21回］

　　大荒山で修養を積む賈宝玉は幾劫を経てふと女媧石補天の願を果たそうと思い立つ。俗界に舞い戻ると1901年の上海[9]だった。従者の焙茗や薛蟠と再会し、外国語に堪能な呉柏恵や外国を崇拝し中国を蔑視する柏耀廉と知り合う。『知新報』、『時務報』、『清議報』等の新聞雑誌や翻訳書を読み感銘を受けた宝玉は、江南製造局を見学して翻訳書を買い、外国語を習い新知識を得る。宝玉は薛蟠の来信に応じて北京に赴き、薛蟠が友人王威儿に誘われ義和団に加わったことを知る。連合軍が入京すると、王威儿は宝玉を殺して口封じしようとする。宝玉は上海に帰り呉伯恵と張園の拒俄議事に出席し、救国を訴える少女を目撃する。

　　宝玉は漢口、武昌に行き、学堂監督を批判して恨まれ、拳匪の残党という

冤罪を被せられ投獄される。看守に暗殺される寸前を呉柏恵に救われるが、幾度も死地に遭って社会の暗黒を痛感し、薛蟠のいるという「自由村」を尋ねて旅立つ。強盗兼業の宿屋や盗賊に遭いながら泰山を目指し東へ向かう途次、祥光を受け牌坊が現れる。

[第22回－40回]

　‘文明境界’と書かれた牌坊内は、‘文明’と号する大科学者‘東方強’の指導する‘文明境’で中に‘文明自由村’があった。‘自由村’には‘文明自由村’と‘野蛮自由村’の二種類あるという。様々の科学技術に驚嘆した賈宝玉は案内人の‘老少年’とともに各地を遊歴し、たまたま、鵬を捕らえたのを機に、鯤魚の捕獲を依頼され、海底猟艇で地球を一周、種々の生物を生け捕りにする。真文明の確立をめざす東方文明父子の指導で社会改革を成し遂げ、平和と自立繁栄を達成した文明境の社会形態、行政理念を知り感服する。

　東方文明を表敬訪問した宝玉は彼に世兄と呼ばれて当惑する。夜半、夢に上海へ帰り立憲政体の採用、治外法権の撤廃などその後の政治情勢の好転を聞く。万国博覧会で中国皇帝を会長とする万国和平会に出かけると皇帝は東方文明であった。その演説に感動し拍手して目覚める。東方文明が実は甄宝玉であり‘文明境’に実現した平和と繁栄で補天の願がすでに果たされていたと悟った宝玉は不要になった石を老少年に与える。老少年は山中に落とした石を探して、洞穴の前にそびえる怪石に刻まれた奇文を発見、それを小説体に改め『新石頭記』と命名する。

このように『新石頭記』は、前半で清末社会の様態を、後半で「自由」、「文明」のユートピアと理想の未来世界を描いている。理想の未来を夢想する心の裏側には現実への失望や憤りがあったはずである。呉趼人がこの小説を書いて望ましい未来像を提示しようと考えた契機は何処にあったのか。前半の最後に武昌で学堂監督に謀殺されかけた事件で、賈宝玉は‘野蛮’、‘暗黒’の清末社会’という認識を決定的にした。既述の如く、この学堂監督は実在の武昌府知

府梁鼎芬がモデルであり、『新石頭記』の設定は作者自身の実体験を反映している。作中では、武昌の体験が賈宝玉の現実社会への憤り、理想社会への憧景を強める契機とされている。この設定は、『漢口日報』事件を契機として、呉趼人が小説中で理想の未来追求を試みるに至った事を表白しているといえる。

2．未知の世界

　賈宝玉の文明境での体験を、そこで見聞した未来世界の風物や機器を中心に整理すると以下のようになる。[　] 内の数字は登場する回である。

1)【科学機器】
　　○水制［23］：'不潔' な銅製からガラス製に改良した水道の蛇口
　　○地火灯［23］：地面を掘って地火を採取、鉄管を配置し、灯火用、工業用に使う
　　○助聴筒［23］：補聴器、耳に詰める小さな筒、遠くの小さな音声も聞き取れる
　　○飛車［25］：飛行機、電気可動のエンジン、機上に昇降機、尾部に進退機、四面に安全用スプリングを装着、車輪と両翼を除去、チャーター制
　　○總部鏡［24］： i ‒ iv の外に、呼吸観察用、知能測定用、知識注入法を開発中
　　　　i 験骨鏡　三脚に立てた鏡、人が立つと全身の骸骨がうつる
　　　　ii 験血鏡　全身の血液の運行が鏡にうつる
　　　　iii 験筋鏡　全身の筋肉が鏡にうつる
　　　　iv 験臓腑鏡　心臓、腸、胃、肝、胆、肺をうつす
　　○分部鏡［24］：脳、眼、耳、鼻、五臓六腑等を個別に観察する部分鏡
　　○海底戦船［25］：軍事用潜水艦、鉄製、楕円形、船室の入り口と窓以外は継ぎ目がなく、マスト、煙突もない、無声電炮、透金鏡等を装備、五十尺長、平時は電気で船内に酸素を製造し、海底に潜行
　　○助明鏡［25］：千里鏡、測遠鏡とも呼び、かけると海上の船が眼前に見える

○無声電炮 [25] [26]：電気大砲、戦船の船体が砲身、船首と船尾が砲口、金属透過鏡で照準を定める、水陸両用、ほかに電気銃もある [30] [34]
○透水鏡 [25]：船の欄干に架けた単筒の測遠鏡から覗くと水底が見える
○無線電話 [26] [29]：携帯電話筒を振るとベルが鳴り話ができる
○猟車 [26]：パイロット無しで自動飛行、収納用檻、電気銃、昇降機を装備、中から外が見え、外からは見えないシールドガラス（'障形软玻璃'）を装備
○照像鏡子 [28]：ポラロイドカラー写真機
○海底猟艇 [29]：狩猟用潜水艦、鯨型で鰭や鱗までついている、鱗は船室の入り口、発光する両眼は電灯、電気で運行、海底用透水鏡、行駛機、燃灯機、製造機、炭素回収機、定南針、発亮機、透金鏡等を装備
○発亮機 [25] [26] [29]：発光放電装置、戦船は探照と号令用、海底猟艇は夜漁用に使用。船体はソーダガラス？（'软玻璃'）の層で電気を遮断する
○透金鏡 [29]：操舵室の大きな圓いガラス製鏡、船縁でもないのに海が見える
○入水衣 [29]：潜水服、軟皮（ゴム？）製
○空調 [32]：船内で人工空気を生成、冷暖二気管により適温を維持
○隧車 [33] [34]：電気自動車で、レールのない地下商店街を走る
○電火蒸気 [35]：蒸気で作動させた機器の運動で電気を得、エネルギーに用いる
○射電筒 [38]：ガラス製、砲弾を使わず電気を放出、当たると感電死する
○蒙汗薬水 [38]：開発中、薬品をまき朦朧とした敵を生捕り、解毒剤で蘇生させる

2)【地理／動植物】

○鵬 [26-28]：五十二尺長、三十尺幅の巨鳥、爪に鱗がある、アフリカまで追い捕獲
○海馬 [29]：虎に似る、凶暴、水陸両生（セイウチ？）

○海鰍［29－30］：『水経注』にいう海鰍魚の数百丈大はなく、五、六十丈程度、黒っぽく鱗がないらしく弾丸を弾くので、放電し電気ショックで捕獲
○人魚［30］：群居して潜水夫に噛みつく
○鱠魚［30］：『山海経』記載のまま鶏に似た姿、鵲に似た声、赤い三尾、六足四目
○浮珊瑚［30－32］：五色珊瑚とも呼ぶ、南極に群生、五色でガラス製の如く透明、水に浮き、冷気を発散
○冰貂［30－32］：狐色の貂鼠（テン？）、南極の氷岩に穴居、水温上昇で死ぬ
○漩渦底［31］：南氷洋の海底から垂直に沸き立つ地球の中心点の水と周辺の渦巻
○寒翠石［31－32］：南氷洋海底にそびえる淡緑色の切り立った大石、冷気を放散
○澳大利亜洲隧道［31］：南極の帰途、洞穴に逃げた海鰍を追って発見した、オーストラリア大陸を貫通する海底トンネル

ちなみにライト兄弟の飛行機が動力飛行に成功したのは1903年、電動式潜水艦の実用化は19c.末－20c.初、X線発見は1895年、世界初の無線電信実験は1905年、電線式の電話局が南京に開設されたのは1900年である。『新石頭記』に描かれた科学技術は、当時、欧米においても最先端技術だった。また、南極大陸初上陸は1895年、以後、各国の南極探検競争は、1911年、スコット隊南極点到達まで続く。

3．情報源
1）古典籍・小説・新聞雑誌
　呉趼人は、これら、ほとんど実物を知らないはずの機器や地理についての知識をどのようにして得たのだろうか。その情報源として確認、或いは作者との関わりがほぼ確認できる出版物は、次のとおりである。

第1節 '理想科学'世界における'文明'探究 133

情報源	記載箇所
『山海経』［海外南経］［北山経］	『新石頭記』第25回、第30回
『鏡花縁』	『新石頭記』第25回、第37回、「説小説」
『荘子』［逍遥遊］	『新石頭記』第27回
『水経注』	『新石頭記』第29回、第31回
『時務報』1896.8－11	『新石頭記』第7回
『知新報』1897.2－1898.12	『新石頭記』第7回
『清議報』1898.12－1901.12	『新石頭記』第7回
『点石斎画報』	『二十年目睹之怪現状』第22回 『新庵訳屑』「世界最長之髭」評語
ジュール・ヴェルヌ「海底旅行」	『新石頭記』第25回～第35回
ジュール・ヴェルヌ「地心旅行」	『新石頭記』第23回

『山海経』『鏡花縁』については、『新石頭記』の中で次のように言及されている。

　○（老少年は言った。）'腹立たしいのは、当世の時事に通達していると自任する人間で、何かといえば五大州世界とやら言い、天文地理知らぬことなしと言っておいて、自らの経験は少しもなく、数冊の翻訳書で見たにすぎないのに、自国の古籍の記述をすべてなきものとし、荒唐無稽の談と片づける。今、鰍魚を捕獲し、『山海経』の濡れぎぬをはらし、時事通達の口を塞いでやれました。'

　　我最恨的一般自命通達时务的人,动不动说什么五洲万国。说的天文地理无所不知,却没有一点是亲身经历的,不过从两部译本书上看了下来,却偏要把自己祖国古籍记载,一概抹煞,只说是荒诞不经之谈。我今日猎得鰍,正好和『山海経』伸冤,堵堵那通达时务的嘴。（第30回 p.236）'

　○（宝玉は言った。）'《鏡花縁》とやらに周饒国とかが、飛車を作ることができると言っています。理想にすぎず、言えるだけで実行はできないと思っていたのに、何と今になって、ほんとうにこんな事があろうとは。

　　当日看了一部小说,叫做什么『鏡花縁』,说什么周绕国,能做飞车。以为不过是个理想,能说不能行的。谁知到了今日,果然实有其事。（第25回 p.190）'

　○（飛車隊について論じていて、宝玉は言った。）'ああいう荒唐無稽の小説はと

もすれば　神怪を説き、雲の際での大戦などと言いますが、図らずも今日、この眼で実物を見ることになりました。

在那里议论飞车队的事。宝玉道：那些无稽的小说，往往说神说怪，说什么云端大战，不图今日我亲眼见了这实事（第37回 p.292）'

『荘子』『水経注』は中州古籍出版社版の注において典拠として詳しい検証がされている。また、『時務報』、『知新報』、『清議報』は『新石頭記』に書名が挙げられている。『時務報』や『清議報』には、気球や潜水艦、南極、北極探検の記事が、当時の最新情報として取り上げられており、呉趼人がそれらの雑誌から知識、情報を得ていたことがわかる[10]。

そのほか『月月小説』、『繍像小説』、『小説林』、『新小説』などの小説雑誌には梁啓超「新中国未来記」をはじめ、ユートピアや月世界探訪をテーマとする小説が掲載され、当時の人々の未知の科学文明への驚嘆や期待、異世界への憧憬を表している。呉趼人の小説雑誌への関心と関わりの深さを考えれば、当然、内容の多くを見ていたと推測される。彼はそれらの雑誌の執筆者でもあり、少なくとも自分の作品の掲載号は見ていたはずである。また呉趼人自身が編集者であった『月月小説』が載せている潜水艦や地下鉄、空中飛艇の写真は、彼の異世界への関心を示しているといえよう。

２）『点石斎画報』

また、異質の文明に対する人々の好奇心をかきたてた情報源として看過できないのが絵入り雑誌『点石斎画報』[11]である。該報の記事や絵は、呉趼人が未知の事物の具体的形状を知るのに役だったと思われる。『点石斎画報』は、1884年から1896年の間、呉趼人が小新聞編集者として活動していた同時期の上海で刊行されていた。その名を彼は、『二十年目睹之怪現状』22回、『新庵訳屑』「世界最長之髭」評語で挙げている[12]。該報の研究には武田雅哉の専著があり[13]、その絵が当時の人の脳裏に斬新な映像を焼き付けたことはすでに指摘されている。呉趼人も例外ではなかったであろう。彼が未知の世界、事物を理解するのに該報の絵は絶大な視覚効果を与えたと思われる。

第 1 節 '理想科学' 世界における '文明' 探究　135

『点石斎画報』の中でも、『新石頭記』に対する視覚イメージによる影響がとりわけ憶測される絵について、そのタイトルと内容を以下に挙げておく。

『点石斎画報』	『新石頭記』
「龍頭走水」（丙3-19） 蛇口が水を垂直に吹き上げる	〈水制〉
「水底行舟」（土6-46） 楕円形の潜水艦、煙突あり	〈海底戦船〉煙突なし
「水中砲弾」（忠8-61） 軍艦が電気を用いて水中に砲弾を発射	〈無声電砲〉
「水底行車」（庚4-26） 水底トンネルを走る汽車、海底トンネルと地下鉄を重ねたイメージ	〈澳大利亜隧道〉 〈隧車〉
「寶鏡新奇」（利3-19） 三脚に立てた鏡に五臓六腑を写す	〈總部鏡〉
「狐入人腹」（木11-87） 病人の腹の内部を大鏡に写す。	〈總部鏡〉
「学究作賊」（庚7-51）	〈洋槍〉宝玉が強盗に使った火薬の銃
「水怪普搏人」（行3-22） 魚首人身、直立する怪物	〈人魚〉
「巨魚駭聞」（土10-77） 五十余丈、鯨に似た巨魚	〈海鰍〉 体長が同じ
「沙魚化虎」（絲3-24） 虎頭魚身の怪物	〈海馬〉 同じ記述
「海狗鳴冤」（文9-70） オットセイらしき海獣。	〈冰貂〉
「海底仙山」（匏11-83） 海底の岩石草木	〈寒翠石〉
「海底清泉」（行4-27） 海底から垂直に沸き上る水流	〈漩渦底〉
「地火明夷」（丁10-73） 火山爆発の様	〈地火〉
「鳥不知名」（午8-58） ダチョウに似た巨鳥	〈鵬〉
「鳴鳳呈詳」（土10-74） 人頭、鵬らしき鳥	〈鵬〉
「飛鳥牽人」（貞11-81） 鷹に似た巨鳥	〈鵬〉

「人鷹相搏」（戌1－3）	〈鵬〉
鷹に似た巨鳥	
「大鳥伏誅」（楽11－81）	〈鵬〉
鷹に似た巨鳥	

　上記の素材により、『新石頭記』に描かれる個別の機器、地理、動植物の記事が、どの程度、以上の書物に依っているか、整理してみると以下のようになる。
（○内の数字は素材として依拠する度合の高い順位、呉は呉趼人の独創または改良）

【機器名】

［機器名］	［情報源］
水制	①『点石斎画報』
地火灯	①呉〈四川煮塩法〉②「海底旅行」〈海底炭坑〉③『点石斎画報』〈火山〉
助聰筒	①呉〈華自立の発明〉
飛車	①『鏡花縁』②『山海経』［海外南経］③呉〈ヘリコプター型〉
"'野蛮'で危険な気球"（名前のみ）	①『点石斎画報』②『清議報』③『時務報』
總部鏡	①『点石斎画報』②『時務報』〈X線〉③呉〈東方徳と華自立の発明〉
分部鏡	①呉〈東方徳と華自立の発明〉
海底戦船	①「海底旅行」②『点石斎画報』③〈旧式戦艦〉『清議報』『時務報』
助明鏡	①『点石斎画報』②「海底旅行」③呉〈東方美の発明―眼鏡型？〉
無声電炮	①「海底旅行」②呉〈華自立の発明〉
透水鏡	①「海底旅行」
無線電話	①呉②『清議報』〈無線電信〉
猟車	①呉〈自動操縦〉②〈華自立の発明〉
照像鏡子	①呉〈ポラロイド・カラー・カメラ〉②『時務報』
海底猟艇	①呉〈鯨型〉
発亮機	①「海底旅行」②『時務報』
透金鏡	①「海底旅行」②『時務報』
入水衣	①「海底旅行」
空調	①「海底旅行」

第1節 '理想科学'世界における'文明'探究　137

隧車	①呉〈地下タクシー〉②『地心旅行』 ③『月月小説』〈地下鉄写真〉
電火蒸気	①「海底旅行」 ②『点石斎画報』〈電気の知識〉
射電筒	①呉〈東方法、多芸士、華自立の発明〉 ②「海底旅行」
蒙汗薬水	①呉

【地理／動植物】

[地名・動植物名]	[素材]
鵬	①『荘子』[逍遥遊] ②『点石斎画報』〈鵬、駄鳥、鷹〉
海馬	①『点石斎画報』②「海底旅行」
海鰍	①『水経注』②『点石斎画報』〈クジラ〉／ (「海底旅行」〈クジラ〉?)
人魚	①『山海経』[北山経] ②『点石斎画報』 ③「海底旅行」〈ジュゴン〉
鯈魚	①『山海経』
浮珊瑚	①「海底旅行」
冰貂	①「海底旅行」〈ラッコ〉 ②『点石斎画報』〈アザラシ〉
南氷洋	①『点石斎画報』 ②『時務報』(「海底旅行」?)
漩渦底	①『点石斎画報』／(「海底旅行」?)
寒翠石	①「海底旅行」②『点石斎画報』
澳大利亜洲隧道	①「海底旅行」〈アラビアントンネル〉 ②『点石斎画報』

このように素材として考えられる出版物を整理してみると、「海底旅行」、『点石斎画報』の際だった比重の高さがめだつ。事実の概要だけを知るニュースや時事文と異なり、具体的かつ鮮明に情景や形状が知覚できイメージが増幅される点で、小説や絵の影響は強力なものであったのであろう。

　呉趼人が『新石頭記』に描いた'科学世界'について、民国期に楊世驥は'荒唐無稽'な空想と評した。しかし、作中の'科学世界'は情報源を上記の如く指摘できることから、実際には清末当時の報刊に記載、紹介された先進技術

であったことが明らかになった。清末に『新石頭記』を読んだ読者にとり、描かれた'科学世界'は絵空事ではなく、憧憬する文明情報の具現化であったといえる。読者は、『新石頭記』の作中世界を現実に目指すべき指標と受け止めていたであろう。

3）漢訳ヴェルヌ「海底旅行」、「地心旅行」

　ジュール・ヴェルヌ『海底旅行』、『地心旅行』の漢訳版は、呉趼人が読んだことが確実と見られ影響の推測される出版物である。『新石頭記』に名は挙がっていないものの、内容に大きく関連すると思われる。漢訳「海底旅行」（21回）の原作は、フランスの作家ジュール・ヴェルヌの小説『Vingt Mille Lieues sous les Mers（邦題『海底二万里』）（1870）である。1866年、海上に出現し、各地で海難事故を引き起こした、鯨より大きく発光する怪物の正体究明を依頼されたアナロックス教授と従僕のコンセイユ、ネッド・ランド親方が海に落ち、その怪物実は謎の潜水艦ノーチラス号に拾われ体験する海底の冒険を描いた作品である。その中国語訳は、雑誌『新小説』第1-6、10、12、13、17、18号（1902年11月-1905年7月？　光緒二十八年十月-三十一年六月？）に21回にわたり連載された。創刊号には英国蕭魯士原著、南海盧籍東訳意、東越紅渓生潤文と署名されているが、樽本照雄によって日本語の抄訳本の重訳であると検証された[14]。しかも原作の約四分の三で中断し、部分的には翻案に近い箇所もある。呉趼人は、『新小説』8号（1903.9）から『二十年目睹之怪現状』、「痛史」、12号から「九命奇冤」の三本の小説を、ほぼ休載なく24号まで連載していた。彼はその間、第10号以降連載分の「海底旅行」は、確実に読んでいたであろう。また、執筆陣に加わる以前から該誌を知り「海底旅行」を読んでいた（小説ではあるが『二十年目睹之怪現状』第1回は、上海から'日本横浜新小説社'に投稿するという設定になっている）、或いは、執筆開始後にバックナンバーを読んだといった前後状況が想定できる。それらの点から、彼は1-6号連載分についても読んでいたであろうと推定するのが妥当ではないかと思われる。

　そこで、『新小説』連載の「海底旅行」と『新石頭記』の内容を照合してみる

第 1 節 '理想科学' 世界における '文明' 探究　139

と、以下の如く対応する描写が見られた。下線部が一致個所。（　）内は訳語、〈　〉内は『新石頭記』に登場する機器、動植物名。《原》は、原作の邦訳版[15]との異同。

「海底旅行」	『新石頭記』
欧露世（アナロックス）教授と高昔魯（コンセイユ）・李蘭操（ネッド・ランド）親方は、怪物が継ぎ目のない鋼鉄の潜水艦であったと知る。（1－6回）	〈戰船〉純是一塊鐵造成的,沒有一條接縫
謎の潜水艦は、李夢（ネモ）船長の指揮する内支士（ノーチラス）号で、操縦から炊事まで電気を動力とし、海水の塩分から電気を製造し、空気の製造もできる（7回）	〈戰船〉 〈四川地火煮塩法〉
ノーチラス号は楕円形で両端が尖った葉巻型、船の外壁の羽目板を開けると広間のガラス窓から海底の光景を見とおせる（第8回）	〈戰船〉橄欖一般 〈透金鏡〉〈透水鏡〉 玻璃窗…只見白茫茫一片汪洋
潜水服を着て、海底の森で、ガラス球に電気を蓄電し銅鉄を被せた電鎗（電気銃）で、水獺（カワウソ？《原》ラッコ）、大鯊魚（サメ）、海豹（アザラシ）、海馬（セイウチ《原》無し）を狩る（9－11回）	〈入水衣〉 〈電槍〉〈貂鼠（海獺か？）〉 〈射電筒〉炮身…玻璃做 〈海馬〉（名前のみ同じ）
船を攻撃する原住民を、電流で撃退する。（12－13回）	〈海鰍〉を放電で倒す
ネモ船長は千里鏡（望遠鏡）で海上に何かを発見する。翌日、仇敵への報復攻撃？により死んだ船員を海底の珊瑚の森に埋葬する。（14－15回）	〈千里鏡〉（レンズだけの眼鏡型？　名前のみ同じ） 〈浮珊瑚〉（浮く点が独創）
紅海で鮫魚（ワニ？《原》人に似たジュゴン）と戦う。 ネモ船長が亜刺伯海隧道（アラビアントンネル）と名付けた蘇彝士河（スエズ河）地底を抜ける海底の通路を、機関室前面の球形のガラス窓（《原》舷窓にはめたレンズ状のガラス）にある照明灯（《原》操舵室後方の電気反射鏡）で航路を照らして通り、紅海から地中海に直行する。（18－19回）	〈人魚〉（何なのか不明） 〈発亮機〉全船発亮,以便照海的. （但し全船に電流を通す形式？） 〈澳大利亜洲隧道〉（オーストラリアとなった理由が不明）

太西洋で海底火山に登り、アトランティス大陸を発見する。翌日、ノーチラス号は、海底死火山の内部に寄港する。そこには、電気を生むナトリウムを得る為に燃やす石炭を採鉱する海底炭坑がある（21回）	〈寒翠石〉 〈電火蒸気〉<u>要焼一回火蒸来気出,運動了機器,生出了電火.</u>

　上述の如く、『新小説』連載の翻訳は原作の四分の三強で中断している。その欠けた後半部分には、鯨との戦闘、南氷洋の航海と南極点への到達、ノルウェー海の大渦巻の場面があり、それぞれ、『新石頭記』の〈海底戦船〉と'大鯨魚'の戦闘［第25回］、〈南氷洋〉［第30回］、南極点の〈漩渦底〉［第30回］の項目への影響が考えられる。とりわけ、潜水艦と鯨の戦闘場面は、楕円形の船体が突進し鯨身を貫通するという独特の発想で、偶然の一致とは考え難い。しかも、『新石頭記』は、鯨らしき生物を'海鰍'の呼称で通しており、この戦闘場面のみ'大鯨魚'の呼称が使われているのである。また、南氷洋で、ネモ船長と賈宝玉の、氷の下の凍っていない海を航行しようと言う特殊な台詞が一致している。しかし、これらの場面の影響関係については、『新小説』版「海底旅行」が連載終了後に、翻訳を完成して出版された可能性や（『新小説』は作品毎に通しページ番号を打ち、連載終了後の単行出版に対応している）、呉趼人が『新小説』版以外の翻訳の存在も知っていた、或いは友人の翻訳家周桂笙から続きを聞いていたといった仮説が確認されてはじめて論じ得る問題なので、現段階では留保せざるを得ない。

　漢訳「地心旅行」は、呉趼人の友人で『月月小説』の共同編集者、周桂笙が訳している。ほかに呉趼人は、魯迅の訳が載った雑誌『浙江潮』の名も筆記に記している[16]。さらに呉趼人は「『賈鳧西鼓詞』序」に'南北氷洋は、このうえない冷たさだが、氷をうがちトンネルにし地球の中心にいけば、その熱度は地球表面の赤道下より百千万倍になるのがわかる（南北冰洋冷极矣。然使凿冰洋为隧而探地球之中点吾知其热度将十百千万倍於地球外之赤道下者。）'と記しており、これは「地心旅行」の記述に一致する[17]。これらの点から彼は「地心旅行」を読んでいたであろうと推察される。この小説は、地底の状況や通行の可能性という

第1節 '理想科学'世界における'文明'探究　141

点で、『新石頭記』に幾分かの影響を与えたと考えられる。『月月小説』のグラビアに載せられた実際のニューヨーク地下鉄の写真を編集者である呉趼人は当然見ていたであろう。『新石頭記』で老少年が'レールを敷き定刻に発車する地下鉄道より安全で無駄がない'と自負する'レールのない地下を走る電気自動車'は、「地心旅行」をヒントに考え出されたのかもしれない。

4．ヴェルヌ思想への共感——被抑圧国支援

　呉趼人がこのように科学機器や生物地理を熱心に描いた意図は何だったのだろうか。'東方強'率いる'文明境'の独自開発になる発明品は、『鏡花縁』の飛車を発展させたヘリコ型自動運転飛行機、伝統的製塩法を発展させた地火エネルギーの活用、西洋の科学製品を'仁'の思想に基づき改良したポラロイド・カラー写真機や無線電話や地下タクシー、敵を殺さずに戦闘不能にする爆弾'蒙汗薬水'など、中国思想や伝統産業と西欧科学との融合を特徴とする。清末の洋務政策は現行の礼教支配体制下に西洋の科学技術のみ導入しようとした。呉趼人は発明品自体の製造法、運用法に中国の地場産業を取り入れ中国人の感性を勘案した改変を施している。その点で洋務派官僚の中体西用論とは異なっている。

　また賈宝玉は東方一族が'仁'の精神に則って開発した"ヴェルヌ型"最新飛行機や潜水艦に試乗し地球を一周、伝説の'鵬'や'海鰍'を捕殺し、未知の生物や地理を発見し、『荘子』や『山海経』以来数千年に及ぶ神秘的世界観を検証、克服する。'文明境'の創建者である科学者は名を'東方強'、'東方文明'と号している。その命名には"反侵略精神"に基づく科学技術により自立自強を果たし、'東方'を'強'く'文明'化して新たな発展を目指すという方向性が表れている。

　呉趼人はさらに、'東方文明'の念願を'野蛮'国の文明を超克する'真文明'の創造にある、と設定している。清末時期、'文明'と'野蛮'については様々に論議された[18]。西欧化の立ち遅れを'野蛮'、'非文明'とする声も高かったが、呉趼人のいう'野蛮'国とは現世界の列強諸国にほかならない[19]。彼の

価値観は実在の潜水艦を「野蛮人の兵船」と呼び、それに対抗する文明境の海底戦船として'楕円形のマストも煙突も継ぎ目も無い'「海底旅行」ノーチラス号と同形の潜水艦を選択した点に象徴されている。ジュール・ヴェルヌ「海底二万里」は清末に数種翻訳された。先に述べたように『新小説』連載の「海底旅行」には改作に近い部分がある。以下に挙げるのは字句に大きな改変加筆の見られる場面である。

第17回　ネモ船長はインド洋で、サメに襲われた水夫を救出、真珠を与える。

第19回　トルコに反乱をおこしたクレタ島付近で、ネモ船長は連絡員に金塊をわたす。

第20回　ノーチラス号はビーゴ湾で、1702年の海戦で金銀財宝を積んで沈没したスペイン船の金塊を積み込む。

改変加筆された理由は、一見して明らかであろう。第17回など、原作の邦訳では'あのインド人は圧迫された国の人間です。私はまだ、いや最後の息を引きとるまで、そういう国の味方であるつもりです！'という短い台詞にすぎない部分が、インド民衆の悲惨と英国の圧政を憤る百数十字を費やした演説に変わっている。海底の財宝を被圧迫民族に提供し、仇敵国の戦艦を報復攻撃しながら海底探検をするというこの小説は、列強の侵略に憤る中国の訳者や読者には単なる空想読み物に留まらない意味をもって受けとめられたと思われる。

「海底旅行」の思想は呉趼人の世界認識にも強く訴えるところがあったのであろう。前項に概要を挙げたように『新石頭記』は現実の中国社会を描く前半から異境の理想社会を描く後半へと展開していく。'文明境'は'補天'を達成していたので、賈宝玉が持っていた石は、最後に不要となる。作者は、第40回の末尾で'補天'の石に次のような結末をつけ作品の由来譚としている。

　　これより、女媧氏の使い残したあの一個の石は、大荒山青埂峰から、文明境界霊台平方寸山の斜月三星洞に移ったのです。みなさん、信じないのなら自分で行ってみてごらんなさい。しかし、至誠熱情あふれる愛国愛種の君子、気力を傾け国粋の保全に勉める偉丈夫であればこそ、たどりつ

第 1 節 '理想科学' 世界における '文明' 探究　143

て見ることができるのです。もし糞くらえの外国かぶれだったら霊台平方寸山斜月三星洞に行かせてもその奇文は絶対に見ることができません。何故だと思いますか？実はその奇文は偉丈夫が読むためにあるのであって、小人が読むためにあるのではないのです。だから糞くらえの外国かぶれの奴隷、小人はそこへ行っても石の上には架空のくねくねした横文字が数行出ていて、こう書いてあるのです：

　从此, 女媧氏用剰的那一块石就从大荒山青埂峰下, 搬到文明境界灵台方寸山, 斜月三星洞去了。看官如果不信, 且请亲到那里去一看, 便知在下的并非说谎。然而, 必要热心血诚爱种爱国之君子, 萃精荟神, 保全国粹之丈夫, 方能走得到, 看得见。若是吃粪媚外的人, 纵使让他走到了灵台方寸山斜月三星洞, 也全然看不见那篇奇文。你道为何？原来那篇奇文是预备丈夫读不预备奴隶读；预备君子读, 不预备小人读。所以那吃粪媚外的奴隶, 小人, 到了那里, 那石面上便幻出几行蟹行斜上的字, 写的是：

　　All Foreigners thou shalt Worship. Bealways in sincere friendship.

　　Tis the way to get bread to eat and money to spend;

　　　And upon this thy family's living will depend;

　　There's one thing nobody Can guess:

　　Thy Countrymen thou canst oppress. （p.319－320）

　'石'には、作中で柏燿廉や劉学笙の名で登場する '吃粪媚外的'、'小人' の徹底拒否を明言している。呉趼人は作中で、老少年の言葉を通じて、列強の 'oppress―抑圧' 文明の否定と、'愛国愛種'、'国粋の保全' という価値観に基づいた国家構想を開陳している。

　老少年は、作中で薛蟠の向かった '野蛮自由村' を現世界列強諸国の '文明' 社会であると匂わせ、列強諸国の行為を '強盗' や '虎' の '横暴' と例えている。

　　　二人の人がいて、一人は勇猛な武人、もう一人は結核を患っているとする。勇猛な武人が結核患者を散々脅した挙句殴る蹴るで半殺しにしたなら、

道理があるといえますか？　文明人の行いと言えましょうか？　司法は彼を捕え裁くでしょう。それでも彼自身は"私のこういうやり方はとても文明なのだ"と言います。いま文明と称する国でこうでないものはない。皆、よその国の弱点につけこみ侮蔑し放題、果ては人の土地を分割し政権を侵犯したうえ、保護だというのです。

　　譬如有两个人,在路上行走。起起武夫,一个是生痨病的。那起起武夫对这生痨病的百般威吓,甚至拳脚交下把他打个半死。你说这起起武夫有理么？　是文明人的举动么？　只怕刑政衙门还要捉他去问罪呢。然而他却自己说"我这样办法文明得很呢"。你服不服？　此刻动不动讲文明的国,那一国不如此？　看着人家国度弱点,更任意欺凌,甚至割人土地,侵人政权,还说是保护他呢（28回 p.221）。

この'野蛮'文明国の行為についての表現は特定の事例を意識しているかのように具体的である。これは実際に'散々脅された挙句に半殺しにあった'呉趼人の父の体験を指しているのであろう。呉趼人は列強兵士の暴挙を幼いころから聞かされ、長じて父の遺文を発見しその詳細を知る。彼は父の体験を記した『趼廛筆記』〈紀痛〉の一文に次のような評を付記し、列強の国力は'文明'ではなく'野蛮'であると断じている。

　　趼人氏いわく：西洋人に聞けばそれぞれ自国を教化された国であると自負し我が国を教化半ばの国であるという。教化されたものを文明というならばかえって野蛮ということなのだ。ここに記した一文は我が家の私事に過ぎない。私はこれを心に記すべきで筆で記さねばならぬわけではない。ぜひともこれを記そうとするのはまさしくその文明を讃えようとするからである。願わくは外族を尊び神聖とし崇拝するものとともにその是非を論じたいものだ。

　　趼人氏曰：闻诸西人,每自负其国为被教化之国,指吾国为半教化之国；被教化者谓之文明,反是则野蛮矣。右纪一则,我家之私事耳,吾记之,当记之以心,不必记之以笔；其所以必记之者,正所以颂其文明也。愿与尊外族为神圣而崇拜之者共商之。

'文明'諸国への不信を家訓として育った呉趼人には、武力を背景とする列強諸国の近代文明が'野蛮文明'であることは、自明の理であったろう。'文明'自由国家の建設と'野蛮'自由国家への抵抗という構想にたつ『新石頭記』の機器の多くが原形を「海底旅行」の中に見つけることができるのも当然のことであるかも知れない。

第2節 『新石頭記』における"ユートピア"追求

　呉趼人は小説による啓蒙改革を志し（1903～）、《社会小説》や《写情小説》を発表しながら'理想、科学、社会、政治'をテーマとした小説『新石頭記』（40回）（1905～1907）を描いていた。彼は現実政治や社会形態、生活様式の実態を検討するのに並行して理想社会の構想を進めていたことになる。既に論じたように呉趼人は'文明境'を現実の'野蛮文明'国家と異なる'補天'の命題を達成したユートピアとして描き、独自の科学技術を運用して自立発展し得た理想社会と設定している。彼はそこにどのような政治制度、社会形態を構想していたのだろうか。

１．理想の政治体制と社会生活
１）【行政区画】
　文明境は全二百万区に区切り、東、西、南、北、中央の各部に分けている。各部は、中央を礼、楽、文、章、東方を仁、義、礼、智、南方を友、慈、恭、信、西方を剛、強、勇、毅、北方を忠、孝、廉、節と、各字に分かれる。村は字の下の単位。

２）【政治体制】
　老少年は、世界の政体を'専制'（文明／野蛮）、'立憲'、'共和'の三種に分け次のように分析する。

［共和制］
　各党派が対立しあい政府は党派の抗争に左右され、政治方針が一貫しないから'最も野蛮な方法'である。

［立憲］
　党派の争いは避けがたく、選挙被選挙権の枠により'富豪政体'に転換しやすい。かつ住民を食い物にしてきた地方の郷紳が議員になれば、専制よりもひどい'悪紳政体'になる。

［野蛮専制］
　中央政府が地方官を威圧し暴官汚吏がはびこる。教育が普及せず'文明'に達していない国家では'野蛮専制'よりは立憲制のほうがましである。

［文明専制］
　'民の好むところを好み、民の憎むところを憎む'を皇帝や官僚が実践する最も望ましい政治体制である。はじめ文明境では立憲政体をとり、'徳育'を普及させた段階で、専制政体に切り替えた。実態は責任者間の合議政治である。

［党派］
　党派はなく外国を競争の対象としている。同胞の中で無数の党派に分かれ攻撃しあうような'野蛮で凶悪な暴挙'はない。意見が違えば討論しあい解決する。（35回）

3）【教育】
　'強制教育'の法令を定め教育偏重の政治を行い、特に'徳育'を重んじている。無料では依頼心を養い独立精神が培われないという理由で義塾は廃止された。全国の学校に行けない貧家の子弟は半日学堂に学び公的機関が貧家の子弟を半日雇用する。

4）【宗教】
　文明境には廟、教会がない。'教'は'無知な愚民'には必要で、迷信を打破

し大義を知った民衆には無用である。'無教の野蛮国' も '有教の文明国' もあり得ない、と老少年は解説する。

5）【産業】
［工業］
　　衣料工場では、人手を要せずに、綿花が紡績機、染物機、織機等へ自動的に運ばれ、衣服になり、箱詰めされる。（34回）
［農業］
　　各地主が田畑を持ち寄って会社組織とし、共同で機械を使って農作業を行うので、田畑には畦道がない。（35回）

6）【軍備治安】
　　沿岸防衛の海軍、国境警備の陸軍が飛行隊や電力潜水艦などを装備、専守防衛に徹する。毒ガス弾など '不仁' な兵器を排除し、無害の麻酔ガス '蒙汗薬水' の開発に努めている。国内に兵士、警官は無用で、字典は '賊' '盗' '奸' '偸竊' の文字を削除した。（26回）

7）【生活】
［造園］
　　賈宝玉は、空間だけで凝った造形のない洋式花園を茶館と見誤り（10回）、'文明境' の花園で楼閣や四阿の精緻な造形技術を賛美する。
［食生活］
　　米麦、肉食は体内に残留し、煮炊きで食品中に「火毒」が含まれ病を誘発するという考えから、食品を蒸気で蒸しエキスだけを液化して飲む方法が発明された。地域毎に炊事センターを設け食糧パイプで各家庭に食事を配給する。（23回）
［医療］
　　体内を鏡に映し治療する '総部鏡'、'部分鏡' が発明される。死んだ器官

の解剖は無意味である、手足を切断する西洋医の外科治療は'野蛮残忍'、'不仁'と否定されている。十二経絡を見、接筋接骨止痛の処方をする中国古代医の技術が再評価されている。

［エネルギー］

　四川の地火で塩を煮る方法を応用し地火エネルギーを取り、鉄管を敷いて灯火用、炊事用、工業用に使う。炭鉱は使わず外国に輸出し境内は清潔である。(23回)

［交通］

　運行時間で出発が決まるのは'野蛮'なので飛車を必要に応じて雇う。地下道はレールを敷かず随時電気自動車を雇う。地上の車両通行を禁止し歩行者は安全である。(25回)

［性差］

　私徳を区別し学堂を別置するほかは女子が男子を避ける決まりや男女間の境界はない。手をつなぎ抱き合い接吻する'悪習'もない。辞典は'娼妓嫖伶'の文字を削除した。(36回)

呉趼人は、性差を意識しない男女関係の構築をも模索していたと思われる。作中に二人の女性が登場し、いずれも"理想の中国女性像"として描かれていると思われる。一人は既に言及した救国を訴え公共の場で演説した実在女性薛錦琴をモデルとする少女である。もう一人は女科学者東方美である。登場場面は以下のようにわずかであるが、鮮烈な印象を残す。彼女は、公共の場に姿を現し、男性と同席対座し、応接する。士大夫階層の女性が親族以外の初対面の男性を交えて歓談する情景は、動乱や災害等非常時の場面を除けば中国小説に描かれた例を知らない。

　東方美は温厚で穏やかに泰然としていた。(中略)。鷹揚で風格があり浮わついた態度ではないのに、恥じらいや怯えはなく、普通に皆と言葉をやり取りしていた。彼女自身が女性を意識していないばかりか、対座する相手も彼女が女性であることを忘れているかのようであった。

东方美温厚和平，自然庄重。(中略)。东方美也是落落大方，固然没有那轻浮样子，却也毫不羞缩，一样的应酬说话。非但她自己不像以女子自居，就是同她对坐的人，也忘了她是个女子。(第39回 p.312)

　黄錦珠は『晩清小説中の「新女性」研究』(〈文史哲大系186〉文津出版社有限公司2005年1月)において、当時の作家の限界として、女性の公共の場における'空間自由'を描くのに苦慮したこと、女性の情欲を描写できなかったことを挙げている。男女同席の嫌疑を気にせず自然体で社交し、学問を修め科学者として国家建設に貢献する東方美は、まさしく'新女性'の条件を満たした女性であるといえる。呉趼人の四編の《写情小説》と『新石頭記』に登場する女性の特徴は、女性が自立に踏み出す足掛かりとして恋を称揚したこと、性差を意識しない男女関係を描き得たことであるといえよう。'新女性'を描こうとする意図をもたなかった呉趼人の《写情小説》が、かえってそのどちらも描き得ているのは興味深い事態である。
［飲酒］
　　老少年は、中国人は開化が早く先天的に規則礼法を守る自制心が備わり酔っても乱れない。自称'文明人'は開化が遅かったので一たび酔えば抑えが利かなくなり事件を起こす、と分析する。(32回)

　このような制度政策の下に、'民衆は男女を問わず自立し、救貧院も善堂も無用の長物'(28回)という社会が達成された。'文明境'の特質である専守防衛の軍事システム、民意に従う君主制、生活健康を優先した交通や衣食システム、個々の自制心に任せた異性関係などについては材料がみつからない。おそらく呉趼人の独創であろう。

2．'文明'と'野蛮'
　作中で賈宝玉の到達した'真文明国'を運営するのは、'民生に尽す君主、官僚'で、国家の基幹方針は'教育偏重'と'徳育'である。'文明'自由国家の

建設と'野蛮'自由国家への抵抗を国是とする。呉趼人は賈宝玉の閲歴を通して自身の理想及び清末に論議を呼んでいた'文明'という問題を探究しようとしたと思われる。

老少年は'孝悌忠信礼義廉恥を各人が肝に銘じていてこそ文明の文字を地名とできるのだ（28回）'と宝玉に解説する。先述したように老少年は呉趼人の分身とみなされている人物像である。'文明'の本質は儒教思想の'孝悌忠信礼義廉恥'という理想にあるというその解説には、作者自身の'文明'解釈が表れているといえよう。作中で宝玉の得た'文明'体験と感想を順次追ってみると以下のようになる。

1）現実の'偽'文明世界

賈宝玉は清末の上海で'何かというと"文明"とか"野蛮"とか口にする（22回）'社会風潮を見聞する。

（1）外国製品、新思想との接触

俗界に来た賈宝玉は外来の科学機器や生活様式と接触し新思想に触れる。彼は『事務報』『知新報』、『清議報』を読み漁り、江南製造局で翻訳書を買い、呉伯恵に外国語を習う。宝玉のこの体験は十七歳で上海に出て江南製造局に奉職し編集者、執筆者として諸雑誌に関った作者呉趼人の実体験そのものであるといえよう。

（2）外国崇拝と中国蔑視の風潮

近代科学、技術革新に接した賈宝玉は、中国人が技術習得に努めなければ、外国製品と国産品の貿易は量、質ともに不均衡になる一方だという懸念を抱く（5－6回）。また外国人の勢力をかさに中国人を抑圧する人間（8回）、キリスト教徒や外国人の威勢で裁判に負けた王威儿（12回）王本（13回）と知合う。怨恨から義和団に加わる彼らの妄動的排外思想を批判する。同時に中国人に汽船の製造運転は無理だという汽船の買弁（4回）や'中国人の仕事は一つも信用できない'と公言する洋行買弁柏燿廉が盲目的に

外国を崇拝し中国を蔑視する態度にも怒る。先に論じた「発財秘訣」はじめ著述の随所に'外国崇拝と中国蔑視'に対する批判を展開している呉趼人の主張がここにも貫かれている。

(3) 国内問題
　①纏足
　　　賈宝玉は「不纏足会」や「天足会（纏足しない天然の足を奨励する会）」で"女性側に一方的な不纏足を勧めても片手落ちで、女子を玩具とみなす男子の考え方を改めなければ纏足の風習を根絶することはできない"と主張する（8回）。これは娘に纏足を禁じ「天足会」に入会させた呉趼人自身の信念であろう。
　②治安悪化
　　　清朝は義和団を黙認していたが連合国軍が義和団を鎮圧すると禁圧に転じる。王威儿ら義和団員も一転して外国兵に恭順の態度を示す（15回）。その戦乱で北方は盗賊が横行、疫病が蔓延する（21回）。
　③役人の横暴
　　　学堂監督に濡れ衣を着せられた賈宝玉は、改革派弾圧が激しく'民衆の難儀はこのうえもない'政治に失望する（第18回）。この話題は、『新石頭記』執筆の二年前に『漢口日報』編集者として梁鼎芬を批判し言論弾圧を被った体験に依拠している。小説の素材とした際、賈宝玉の逮捕収監謀殺計画という脚色を施した。
　④列強の植民地政策
　　　賈宝玉は、清朝がロシアと結んだ東三省割譲の密約に反対する張園議事に出席、少女の愛国演説に驚く。張園議事は呉趼人自身が演説し、愛国少女薛錦琴を目撃した集会である。作中の記述は議事の情景についての貴重な史的資料といえる。彼は作中地の文で演説する少女の存在そのものへの驚嘆を表明している。その後の彼の社会認識や創作姿勢への影響の大きさを窺わせる。

152　第六章　〈理想科学小説〉『新石頭記』における'救世'

このように混沌たる様相を呈した1901年の中国社会を閲歴した賈宝玉は、義和団や学堂監督に殺害されかけたことを思い'野蛮国と言われるのは無理もないし暗黒世界と言われるのも無理もない。どうやら私の補天の志はかないそうもないようだ(怪不得説是野蛮之国,又怪不得説是黒暗世界。想我这个志愿,只怕始終难酬的了),'（第20回 p.152）と結論するに至る。呉趼人が賈宝玉に体験させた列強の侵略行為、官界の言論弾圧、雑誌や江南製造局への接触と新知識の吸収、纏足に対する反対表明、反帝国主義愛国運動などはすべて自身の実体験であった。清末中国を'暗黒世界'と述懐する賈宝玉の見解も、呉趼人自身の認識であったといえる。彼は'理想小説'として描いた『新石頭記』で'補天'し得た'文明世界'をどのように夢想していたのだろうか。

2）理想の'真'文明世界

'暗黒'、'野蛮'の中国に失望した賈宝玉は'私は近頃、自由がどんなにすばらしいかと人が言うのを耳にするので、'自由村'の自由を見に行ってみたい(因为我近来听人家说的那自由有多少好处,要去看看那自由村的自由。)'と'自由村'にいる薛蟠を訪ねて行く（第21回 p.158）。文明境に辿り着くと案内人の老少年から自由村に'文明自由村'と'野蛮自由村'の二種類あると知らされる。老少年はその違いを'秩序'の有無に帰し次のように解説する。

　　　　文明自由であるほど秩序は整然とし、野蛮自由であるほど秩序を破壊します。文明野蛮の中間にある者はひとたび自由を得るとまるで天国だという。真に自由な国民たるや、各自みな自治能力を持ち、社会の規則を守り、法律の境界を明確にできる、そうでなければ、自由を言ってはならないのだと御存じない。あの野蛮自由はことごとに家庭革命と言い、倫常をすっぱり投げ捨て先賢先哲の遺訓を野蛮の筆頭だと罵ります。
　　　大抵越是文明自由,越是秩序整饬;越是野蛮自由,越是破坏秩序。界乎文野之间的人,一经得了自由,便如同天堂。不知真正能自由的国民,必要人人能有了自治的能力,能守社会上的规则,能明法律上的界线,才可以说的自由。那野蛮自由,动不动说家庭革

命,首先把伦常捐弃个干净,更把先贤先哲的遗训,叱为野蛮.'(第23回 p.174-175)。

　ここにいう'先賢先哲'とは孔子を指す。第28回で、老少年は'孝悌忠信礼義廉恥を各人が心に刻みこんでこそ文明の二文字を地名とすることができる(那孝悌忠信礼仪廉耻,人人烂熟胸中。这才敢把"文明"两个字做了地名。p.220)'と、文明境が孔子の教えを規範としていることを言明する。'無知な愚民'に'教'が必要であるなら、儒教を奉じる中国は'有教の野蛮国'ではないかという疑問に、彼は

　　中国が文明でないなどということはありません！　中国には今まで孔子だけがいて何たら教などはなかった。孔子も教主と自称したことなどなかった。惜しいことに後世の人が孔子の道徳を伝授し広く伝えることができなかったので、中国は文明になれなかったのです。
　　　中国何尝不文明！　中国向来也只有一个孔子,没什么教。孔子也不曾自命为教主。只惜后人传授孔子的道德未能普及,所以未能就算文明罢了。(p.221)

と主張している。ここで'孔子の道徳'は'文明'の成立に必須の要件と意義付けられている。'孔子の道徳'という表現を取っているのは朱子学と区別するためであろう。呉趼人は、道徳を'教'とした'宋儒'――'中古の賤儒'が経典に付会し'専制の毒'を増幅させた害悪について、処所で述べている[20]。
　さらに老少年は'太古'の社会こそ'文明'社会であり'堯舜以前の人間なら崇拝するに足る'と主張する。その理由として、

　　衣服を造り、家屋を造り、文字を定め、百草を試し、農事を教え、火きりをもんで火を取り、干支を造り、暦を定めていた頃、すべて無から有を生み創造したのです。崇拝せずにおれましょうか？　太古の人々はすべてしっかりやってのけ、堯舜の代に至ると何もせずとも天下は治まったのです。天下が治まったのは、古人がうまく治めさせてやっていたのだと知ら

154　第六章　〈理想科学小説〉『新石頭記』における'救世'

ねばなりません。何故、堯舜三代を崇拝し太古の人を忘れるのでしょうか？

<blockquote>
那时候制衣服,制宮室,制文字,尝百草,教稼穡,钻燧取火,作甲子,定岁时,都是无中生有创造出来的,还不可崇拜么？　太古的人,一切都做好了,到了尧舜就垂拱而天下平,需知他那个天下平,是古人同他平好了的。何以要崇拜唐虞三代,倒把太古的人忘了呢？　（36回　p.284）
</blockquote>

と'太古の人'の知恵を称揚する。文字や干支を発明したのは伝説の三皇の一人伏羲、農業、医薬を伝えたのはやはり三皇の神農であるとされる。現在、火の使用を確認されている'太古の人'は、清末にはまだ発見されていなかった五十万年前の北京原人であるという。賈宝玉がやはり三皇である女媧のやり残した'補天'完成に思い至る『新石頭記』は、その出だしから、呉趼人の理想世界像の一端を表明していたといえる。呉趼人の理想とする'堯舜以前'の'太古の人'とは神話上では、伏羲、女媧、神農三皇時代、考古学的には旧石器時代の農耕集団から古代王朝成立までの民ということになる。

老少年の解説を総括すると、三皇時代の古代中国社会は、文化遺産と自治能力により平和を維持し得た理想的文明社会であった。治世理念は'孔子の道徳'、'先賢先哲の遺訓'である。それは、為政者が'古人'の創造性を活かし'無為にして天下を統治'する集団維持、秩序形成のノウハウであったようである。'孔子の道徳'とは古代人の開発した生活技術や共存方法の総称であるとする点に呉趼人の独創性が見られる。

3．'救世'への展望

'文明境'という架空世界に描いた'民の望むところを欲する'皇帝に'統治させてやる'民衆の合議により運営される形式的専制体制こそ、呉趼人の理想とする国家像であった。第40回に賈宝玉が夢に次のような東方文明の演説を聞き拍手して目覚める場面がある。

この平和会議は地球全人類の平和を求めねばならず各国政府はその保護

と平和の責任を負わねばならない。赤色、黒色、褐色等あらゆる人種を平等に待遇し、その政府、国民を圧迫してはならない。人類たるもの、保護するとしても断じて強圧してはならない。相手の水準に劣る点があっても、我ら文明各国は個人であれ社会であれ、無知識の人を援助し教育する責任を均しく負う。相手を異民族、異人種として、おのれの隆盛をたのみ侮蔑するにまかせてはならない。故にこの開会から強権主義を撲滅し平和主義を実行せねばならない。

此和平会当为全球人类求和平，而各国政府，当担负其保护和平之责任。如红色种，黑色种，棕色种，各种人均当平等相待，不得凌虐其政府及其国民。此为人类自为保护，永免苛虐。如彼族程度或有不及，凡我文明国，无论个人，社会，对于此等无知识之人，均有诱掖教育之责任。…不得以彼为异族，异种，恃我强盛，任意欺凌！　故自此次开会之后，当消灭强权主义，实行和平主义。(p.316)

この演説は呉趼人の"理想世界"像を表している。賈宝玉は夢に以下のような中国政治情勢の進展をみる。
① 庚子事変以後、徐々に戊戌の新政に似た新政が実施され始める。
② 反米華工禁約運動が上海に起り政府は改革の気運を悟る。
③ 政府は立憲を検討し五人の大臣を海外視察に派遣する。
④ 立憲政治が施行され治外法権が撤廃される。
⑤ 上海の城壁が壊され市内や周辺地域、長江流域に市場が開ける。
⑥ 「万国博覧会」および「万国和平会」が開催される。
⑦ 東方文明が中国皇帝となり万国和平会会長を務める。

庚子事変の後、1901年清廷は「変法上諭」を発布し維新を宣言する。1905年5月の反米華工禁約運動には呉趼人自身が熱心に参加した。五大臣外遊は6月で、9月に清廷は、科挙の廃止と、準備期間をおいての立憲制実施を宣布した。①から③までは『新石頭記』連載を始める1905年9月までの史実である。④以後の夢想は作者自身が実現を願う未来の中国像であろう。『新石頭記』連載は第十

一回で中断した。その後三年間に第四十回まで続けて完結させ1908年単行本を刊行した。その間に④から⑥の「万国博覧会」開催に至る方向性が期待され議論に上ったであろう。⑦の'中国皇帝'である「東方文明」の「万国和平会」会長就任の項目は、当時の維新派にも守旧派にも問題外の"絵空事"であったろう。1907年オランダで開かれたハーグ和平会議は中国でも話題にされたが、交戦前提で各種の取り決めが協議され、軍縮や平和とは程遠い内容だった。また、清廷は将来の立憲君主制実施を宣言していたが、既述の如く'真文明境'では、立憲制をへて君主専政制に移行したとされている。しかも'東方'姓の皇帝に代わっている。賈宝玉の夢という設定であっても、反逆罪に問われかねない。作者呉趼人の文字通り夢見る理想世界であったのだろう。

　第26回で老少年は'文明境'のたどった政治体制の経緯を以下のように紹介している。

① '文明境'の政体は、はじめ専制を廃止し立憲政体をとった。貪官汚吏蔓延する'徳育'のない国柄では、立憲しか方法がない。立憲しても民を食い物にする地方の土豪劣紳が議員となる'悪紳政体'であるが、議員が互いに牽制しあうので、中央政府が全国に圧制を布く'野蛮専制'よりましであるからだ。

② '文明境'内には、'万慮'、字を'周詳'という英雄が表れ強制教育制度を敷いた。五十年後に万は、'徳育'が普及すれば立憲を廃止せよと遺言した。

③ 国民は外国を賑わす'均貧富党'について検討し、'富家'を政治の禍根と見なし、議員に政権を皇帝に返上させ'専制政体'に切り替えた。

呉趼人は、老少年の言葉を通して、自身の政治理念を次のように開陳している。'共和制'は無数の党派が林立して争い、勢力に拠って互いに付和雷同し、政治方針が定まらないので最も野蛮な政体である。'立憲制'も、選挙権被選挙権に制限があり'貴族政体'が'富家政体'に変わっただけである。そこで'均貧富党'とか'社会主義'が現れた。それも長い目で見れば四分五裂する時が来るに違いなく長期にわたる安定は望めない。したがって最良の政治体制は'文明専制'である。'文明専制'の施政方針は、'民の好むところを好み、民の憎

むところを憎む'という『大学』の教えである。ただし、'徳育'の普及しない国情では皇帝、官僚が民の為の政治を実践しないので'野蛮専制'に陥るだけである。'徳育'の普及した国では、皇帝や官僚に徳性が備わり悪逆非道を成さないので、'文明専制'は最も望ましい政治体制である。
　呉趼人は維新派積年の目標であった立憲政策を'野蛮専制'を回避する緊急避難と考えていたようである。彼は富裕郷紳層の国政壟断を避けるには、徳性優れた為政者による専制政体がむしろ望ましいと考えた。その実現のために国民の教育、徳育の強化による政治家の質の向上を第一義とした。手本は、古代文明を築いた古人の創造性、組織運営術である。目標は、欧米列強諸国の近代科学を吸収し中国の伝統技術、地場産業を応用した技術開発による近代化、'仁'の理念に則り専守防衛に徹した防衛力の強化と自立である。呉趼人の選挙不要論は、清廷の立憲制実施上諭に官民沸く時勢に逆行するかのようである。しかし彼は、中国社会体制の実態を冷静に熟察しているといえよう。'文明専制'政体の為政者も皇帝は科学者、官僚の母体に徳性優れた'百姓'を想定しているので、実質は民主政治に近い。当時としては極めて独自性に富んだ、民衆中心の発想に立った見解であったといえよう。
　呉趼人の抱く理想の未来世界像は、東方文明を長とする科学者一族の名に具象化されている。東方文明の本名は強、長男は東方英、二男は東方徳、三男は東方法、娘は東方美、娘婿は華自立と設定されている。それらの名には、'東方'の'強'い'真文明'の主導により、英国、ドイツ、フランス、アメリカの列強諸国、自立した中国が集い平和世界を実現する、という世界像が明示されている。注目されるのは、帝国主義列強を訓導するのが、強国となった中国ではない点であろう。世界平和を実現し自立した中国を含めた西欧世界を主導するのは、古代人の伝えた'東方'の理念である。
　呉趼人は'仁'という東洋思想を"古代人の創造"に変る平和統治のノウハウとして帝国主義列強に対峙するという構想の下に、'野蛮文明'を超克する'真文明'世界という理想世界を描いた。すでに王制を転覆して共和国を樹立し西洋文明化をすすめる民国時期の人々にとり、'堯舜以前の人間'の運営した

'太古の社会'とは、'わけのわからない'珍妙な主張でしかなかったろう。『新石頭記』に描かれた'万国和平'の理想社会も、植民地化に瀕する当面の危機的情況を前にしては夢想というほかはない。しかし呉趼人の、'文明'概念についての分析や民衆政治という選択肢は当時においては斬新な正論であった。歴史上思想上に何らかの影響力を持ち得たのではないかと考えられる。

余滴7　理想世界と"演説少女"薛錦琴

1．薛錦琴との邂逅

「新石頭記」は文革終結後はじめて単行本が出版され、日の目を見た作品である。作中、「張園拒俄演説会」（1902）の場面が再現されている。その演説情景は、歴史研究書『拒俄運動』に収録されている進行状況と一致した。該書に記録されている演者の姓名と照合した結果、僧侶のモデルを清末の革命僧として知られた黄宗仰、少女のモデルを清末に脚光を浴びた実在女性薛錦琴と特定し得た。また、呉趼人自身も同日、彼らと前後して演説していたことがわかった（『拒俄運動』）。この発見は、呉趼人と革命派との接点を表している。また、薛錦琴と同座した事実の判明により、呉趼人が救国の一環としての女性性を意識する契機や、その《写情小説》創始との関連についての考察が導かれた。

薛錦琴の演説は日本でもニュースとなった。1901（明治34）年4月4日の『時事新報』[21]は'南清の志士悲憤慷慨一堂に会し露国々旗を寸断々々に蹂躙　十六才の少女李鴻章を斬れと絶叫'という見出しで、薛錦琴をメインに張園拒俄集会を紹介した。週刊『婦女新聞』も薛錦琴の記事をたびたび取り上げている。先ず、4月15日に「少女の慷慨演説」と題して彼女の演説が翻訳登載された[22]。二か月後には薛錦琴の父と懇意という天津在住の日本人が彼女の写真と略歴を寄稿し、その一文が「清国の少女傑」と題して掲載された[23]。さらに8月、渡米の途路に日本に立ち寄った彼女を取材した記事「薛錦琴女に與へたる書」は、彼女の'秀麗なる容姿と快活なる挙止'や'慷慨の血'を賛美した[24]。

何よりも興味深いのは、当時、女権運動家として名高かった福田英子[25]の公

開書状「薛錦琴女に與ふるの書」で、該誌に二号にわたって連載された。激烈な性格の福田は、薛錦琴の果敢な行動に共感したようで'天我東亜の国に降すに義烈なる貴女を以てす。妾等何ぞ欣喜に堪えんや'と絶賛している[26]。この書状は中国の各誌も翻訳転載した[27]。薛錦琴は1911年にはまだアメリカにいたと思われる[28]。その後、帰国して、1913年に教育部で要職に就き[29]、翻訳なども発表している[30]。その後の彼女の消息は長らく見つけられずにいたが、近年薛錦琴は、"初めて公式の席で演説した女性"として、再び脚光を浴びている。孫元が米国在住の遺族に取材した成果を纏めインターネット上に登載した論考「南洋中学最早的女生」[31]は、その後半生を伝えている。孫元によると、彼女は1915年広東出身の林天木と結婚し一女を得た。彼は留学後革命軍の武昌起義に共鳴して帰国、辛亥革命後は中国公學や復旦大学で教鞭をとった。公務の傍ら夫妻で自宅に小学堂を起こし十数名の生徒を指導した。

しかし、日中戦争の際に桂林に逃れ資産を奪われ夫も病死する災禍に遭う。戦後は香港で国家銀行に勤め一族を養ったという。日本軍の侵略、国共内戦までずは意に適った順調な人生であり、中年に国難と不幸に遭いながらも自立し穏やかな晩年を迎えたようである。

福田英子も薛錦琴と同様、政府批判演説で一躍脚光を浴びたのが社会運動家としての出発点である。しかし、福田はその後夫を亡くし、投獄履歴により教師もできず、当時の知識人女性としては珍しく自ら呉服を行商して生活を支え、貧窮の中に女手一つで子供たちを養育した。その生涯は、官憲の弾圧のみならず、苛烈な性格が上流婦人活動家に敬遠され孤立気味だった。不遇に終わった福田と社会の絶賛を受けて迎えられた薛錦琴の人生の差は、階層や政治状況の違いだけでは説明のつかない問題を孕んでいる。社会の受容態勢、人々の反応が女性の生き方を如何にあらしめるかを決定する鍵であるということがわかる。

呉趼人は救国への助勢という観点から、行動力と学識定見ある女性を作品中で称揚した。呉趼人のみならず、薛錦琴の演説を見聞した人々の救亡を希求する意識は、女性性の認知に直結したのではないだろうか。

第七章 「上海遊驂録」における'厭世'

第1節 '厭世主義'と'恨み'について

1. "思想的反動化"評定

「上海遊驂録」(10回)は、雑誌『月月小説』第6号から第8号に、《社会小説》と銘打って1907(光緒三十三)年2月から4月にかけて連載された[1]。阿英は『晩清小説史』でこの小説を詳しく紹介し、呉趼人の思想に'反動的'との評価を下している。以降の中国文学史において「上海遊驂録」は一貫して批判され、長らく出版も研究もされずに忌避されてきた。文学史の多くは、この小説を例に挙げ'1907年以降、呉趼人の思想は反動に転じた'という見解を示している[2]。その理由として、呉趼人の分身とされている作中人物李若愚が革命派、立憲派への反対と'旧道徳'恢復の必要性を表明し、'厭世'思想を吐露した点が挙げられている。

文革前に『二十年目睹之怪現状』に関連して「上海遊驂録」に触れた簡夷之は、"もはや怪現状どころではなく、'固有の道徳'による'不道徳'な革命党人連中の討伐に専心した"[3]と皮肉っている。北京大学中文系一九五五級『中国小説史稿』は、'1907年以降、資産階級民主革命の声は日増しに高まり、呉趼人の思想も完全に反動に転じた。彼は革命に反対し、反清に反対し、本来あった反封建色も色褪せた'[4]と全否定している。阿英自身は、1960年『晩清文学叢鈔』(小説二巻)〈敘例〉(中華書局 1960 p.2)で「上海遊驂録」の思想内容究明の必要性を提起したが、実現する余地はなかった。文革終結後に「上海遊驂録」を論じた盧叔度も'旧道徳の恢復を図る'主張は'時局に疎い唯心主義'で、'相当に落伍した思想内容'[5]であると批判している。近年、多くの論者が従来の文学史上の評価に異を唱え始めた。高国藩は文学史上における「上海遊驂録」に対する評価は、'作品の実際にそぐわない(这也与作品实际不符.…)'と論じ、'「上海遊驂録」に対して中正な評価が成され'[6]る必要性を説いた。現在、高国

第1節 '厭世主義' と '恨み' について　161

藩をはじめ中国人研究者の論評は、「上海遊驂録」の作品完成度の高さを相殺する思想面の '守旧' 性に戸惑い、解釈に苦慮するという様相を示している。

　筆者は偶々『胡適之日記』を捲っていて、彼が1910年に生前の呉趼人を訪問し面談した、との記述を見つけた[7]。この発見により当時、呉趼人が胡適らと交流をもち、その周辺にいる上海の革命派青年と接触していたことが明らかになった。呉趼人の '革命党人' 誹謗には根拠があり、描写に実事性が高いという発見は、'時局に疎い' 観点という従来の論評の出発点を改めることになるのではないか。新事実に拠って検討することで、"呉趼人の失意に伴う '厭世' から陥った思想的 '落伍' の表れ" と批判されてきた「上海遊驂録」についての検討が可能となったといえよう。先ず、作品と作中に述べられた呉趼人の政治的見解を概観しておきたい。

２. "改革派投機分子" の描写
１) '革命派' 俄か '名士'
【第1回～第3回】
　湖南の寒村を官兵が襲い村人を '革命党' に仕立てあげて殺戮する。学問三昧の生活を送っていた才子辜望延は '革命党' の冤罪をきせられ家を焼かれ忠僕を殺される。辜望延は報復のためにその '革命党' になろうと決意し、上海に逃れる。従兄辜望延の営む陶磁器店に身をひそめながら、民族産業や社会の現況に触れ、新書に接して外来の新思想を学び、時事に通じていく。
【第4回～第7回】
　'革命党' 員を探す辜望延が '頑固派' 李若愚の紹介で '革命志士' や留学生と知り合う。辜望延は彼らの醜態を具に見聞し '革命党' に失望する。
【第8回～第10回】
　李若愚と自称 '革命派' との間に論戦が交わされる。上海まで指名手配が回り、逃亡を余儀なくされた辜望延が、学問見識を深め救国事業に尽くそうと決意し、日本へ渡るところで終る。

　阿英は『晩清小説史』に、革命運動の是非について分析した李若愚の言葉

を紹介している。李若愚は、'革命派'を批判し'道徳'恢復により自立を図ろうと提案しているが、阿英はその意見を、'唯心的な世情に昧い主張（唯心的迂腐主張 p.40）'と断じた。李若愚は革命への反対理由を二点挙げている。'現状からみれば、断断乎として革命を論じてはならない理由が二つある。一つには時勢が悪い（以現在而論,有断断乎不能講革命的両个道理;第一是时勢不対）'のだ。'一旦国内に事が起これば、外国人は教会の保護だの産業の保護だのに名を借り干渉してくる。（一旦我国内有事,外人便要以保护教堂,保护产业为名起而干预）'、'これは"漁夫の利"ではないか（这不是"鹬蚌相持,渔人得利"么?）'、'貿易通商（通商互市）'したら安心といって実質は'領土を割譲（割地）'しているのもお笑い草だ、これは'革命成らずして先に分割されてしまっているのじゃないか（这不是未曾革命先瓜分了吗? 第6回 p.466）'。二つには自称'志士'の人格である。中国には昔から'少しばかり詩詞や賦を作れるの、古文を作れるの金石が分かるの（会作些诗词歌赋,或能作两篇古文,会懂点金石）'といっては'名士と自任する（是自以为名士的）'手合いがいた。今、'数冊の訳書を読んで種族の説とやらを知るや、奇を衒って革命逐満の説を唱える（看了两部译本书,见有些甚么种族之说,于是异想天开,倡为革命逐满之说）'連中も'やはり名士の変型にすぎない（还是名士的变相罢了 第7回 p.473-474）'。この李若愚の述べる理由は、'時局に疎い'ものとはいえない。むしろ呉趼人は現実的側面から革命の是非を論じているといえる。

2）俄か仕立ての'立憲'政体

李若愚は立憲運動についても、現状についての考察から反対との結論に至っている。

'現在の地球上の国々の政体により論ずれば立憲政体が最も良いというだけにすぎない。将来進歩してくればもっと良いものが出るだろう（不过以现在环球各国政体而论,是立宪政体最好罢了,将来进化起来,总有比这个还好的 第10回 p.488）'、'たとえ立憲でも治国は覚束ない。専制よりもひどいことになる（就是立宪也未见得能治国,还怕比专制更甚呢? p.488）'と主張し、以下のような事態を予測する。

第 1 節 '厭世主義' と '恨み' について　163

　地方自治から論ずればどうせ何人かの郷紳が取り仕切ることになる。…専制の時でさえあれほど悪徳郷紳が横行していたのだ。連中に全面的にまかせて処理させるなど、虎に翼をつけるようなものではないか。専制の時ならまだ地方官が審査して処罰できたが、今や彼は一方の代表であって処罰もできない。専制の時なら官吏が悪くても離任していく日があった。郷紳というのは永久にその地に居る。正しく骨肉の腫瘍だ。議院開設、議員選挙に至っては人格まで云々というわけにいかず、推して知るべしだ。

　　就以地方自治而论, 无非几个绅董出来办事。你想专制的时候, 还有那横行乡里的恶绅, 何况全盘交给他办理, 不是如虎添翼么？　专制的时候, 地方官还可以详革惩办他, 此时他是一方之代表, 奈何他不得。专制得时候, 官吏不好, 还有去任之一日。这绅董是终久在一处的, 那才是跗骨之疽呢。推而至于开设议院, 选举议员, 都未曾论到人格如何。据我看起来, 以此昏天黑地的人才去办事, 终不会好的。(p.488)

　呉趼人は、『二十年目睹之怪現状』で、自身の経験に照らして同族共同体の悪弊を述べている。同族共同体に依拠する度合の高い地方政治における立憲君主政体の展開については、とりわけ危惧を抱いたのであろう。

　折しも「上海遊驂録」執筆の前年 (1906)、清朝は予備立憲を宣布し中央官制を改革しており、さらに翌年には憲法大綱と議院法、選挙法要領を作成し九年後の国会開設を予告する。この小説の書かれた1907年はまさに立憲準備の声喧しい時だった。呉趼人はその動きを「予備立憲」(1906)「立憲万歳」(1907)「光緒万年」(1908) 等の短編小説に書いている。そこには、身内から議員を選出するための資金作りに宝くじを買い '立憲準備' する人間、阿片を禁煙用の '滋補薬' と呼び、妓女を '奥方'、妓館を '公館' と呼ばせ、遊蕩をやめて生活を一新し '大改革' したと喜ぶ '立憲鏡'、立憲とは名目が変わるだけで実質の変化はないと知り、身分は安泰だと万歳を叫ぶ役人などが描かれている。呉趼人が立憲、革命いずれの政治運動にも顕在化している投機分子の存在を懸念していたことが分る。

3．1910年上海——胡適と呉趼人
1）作中の遊蕩'革命'志士

　第二回で辜望延は上海に逃れる船中で留学生の屠牖民、屠辛高と知合う。彼らは、科挙が廃止になったお陰で出世の近道が開けたと喜んでいる。彼らによれば科挙は幼時から十数年も費やして秀才となり、郷試に合格しても会試、殿試がある。順風満帆に全部合格しても相当の年月を要するのが、留学ならたった三年で済む。しかも適当に遊んで新名詞を覚えて来れば、新しい学問など身に付けなくとも充分事足りるのだという。彼らは'今の時勢を論ずれば革命をやらないわけにはいかない（若论现在的时势,实在不能不革命　第2回 p.446）'と'革命派'を自任している。屠牖民は日本に発たずに上海で色ごとに耽っている。化粧せずサングラスをかけた天足の女友達に、妓館に行ったことがばれて殴られ、'文明国のルールに則って彼女と付き合い交際相手としたのに、相手が私の自由に干渉してくるとは思いもよらなかった（我依着文明国之规矩和他结交,认他作一个女朋友,不料他倒干预我的自由起来了．第8回 p.475）'とぼやく。また第4回で辜望延がようやく捜し当てた'革命志士'王及源は、生業を持たずペテンやいかさま博打で暮らし、阿片窟にいりびたり、妓女に軽侮されている。彼は「革命軍」、「黄帝魂」、『民報』を紹介する'革命派'で、'こんな腐敗した政府の禁令など問題でなかろう（这种腐败政府的命令,靠得住的吗？）'、'政府が禁ずるから無理に吸って反政府の意志を表明しているのだ（正惟政府要禁,我偏要吃,以示反对之意 p.455）'と阿片吸引を正当化している。鄒容『革命軍』を読んだ辜望延は、譚嗣同の著書の焼き直しだと一笑に付して、彼らと論争する。

　第7回で王及源や譚味辛たち'革命志士'は李若愚を'あ奴は保守野郎で奴隷根性の塊だ（这个人是守旧的鬼,而且还是生就的奴隶性质）'とこき下ろす。李若愚は試に彼らを宴席に招き、兩江総督の肝煎りで出版社を開業すると偽り、協力を仰ぐ。はじめ彼らは'腐敗腐敗'、'奴隷奴隷'と合唱していたが、'月50金'の報酬を提示されると、'これに宗旨などあるものですか。金になりさえすれば私は立憲だって論じますよ（这有甚么宗旨不宗旨,只有有了钱,立宪我们也会讲

第 1 節 '厭世主義' と '恨み' について　165

的 p.471)'、'立憲どころか専制だってかまわない。金さえたっぷりくれるなら (莫说立宪,要我讲专制也使得,只要给的钱够我化 p.471)' とその場で宗旨替えに応じる。さらに、阿片を吸うものは職に就けないと聞いた王及源は 'こんなものは政府が禁じなくとも吸ってはならないものだ。況や煌々たる聖旨を承ったのだ。我らが阿片を吸えば帝の御心を患わすとは、聖恩のいかほどに尊きことか。それでも止めないなら生れついての非道の輩ではないか (其实这东西就是政府不叫戒,也不应该吃,何况奉了煌煌的上谕呢? 平心而论,为了我们吃烟,却累皇上费心,只这一层便是天恩高厚;倘再不戒,就未免自外生成了 p.472)' と、直ちに禁煙を誓う。しかも、翌日、給料三か月分の前払いを求めて来る。

　李若愚は、'彼らを革命党の代表とするわけにはいかないが、こういう人間が多数いるのだ (这几个人虽不能算是革命党的代表,然而此等人也居多数了 p.486)' と、自称 '志士' たちの資質を問題としている。彼は '革命党' の基盤の弱さを危ぶみ、以下のような根拠を挙げる。革命派は '海外でも付和雷同している者が多く、能力があるとは限らないだろう (总是随声附和的多,未必势有能力的 p.474)'、'ホノルルから帰ってきたという商人にあったことがある。興中会とやらに入ったと言って、人に会えば熱心に勧めていた。革命の語について質してみるとさっぱりわかっていない。彼はこの会は革命党の首領の設立になるとも知らず、会の主旨も知らないのだ (前年我遇见一个商人,是从檀香山回来的,说是曾经入了甚么兴中会,逢人津津乐道,及至问起他 "革命" 二字,他却茫然不解。他也不知道这个会是革命党首领设立的,又不知道会中宗旨 p.486)'、'おおよそ海外に行った者はたいてい出稼ぎに出たのであって、小銭がたまると商売を始めて商人になる。文字も碌に知らないというのに、主旨なぞ理解できるものか (凡到海外的人,多半都是去做工的,积攒了几个钱便做点生意,于是成了商人,你想这种人,字都不多识一个,那里懂得甚么宗旨 p.486)'、'革命党は海外で今の政府はあてにならない、新政府に変えてこそ僑民が保護されるのだと言って入党を勧める (革命党在海外诱了入党,总说此时政府靠不住,必要换过新政府方能保护侨民)' が '代わりの新政府とは革命政府であり、革命党とは謀反であり、大逆無道で一族誅滅に遭うのだとわかるものだろうか (他那里知道,换过新政府便是革命,政府指革命党是造反,造反是大逆无道,要灭族呢. 第10

回 p.487)'。これらの指摘は、呉趼人が「中国革命同盟会」についてある程度通じていたことを窺わせる。

呉趼人が面識を得ていたと確認、或いは人脈地脈を持ち得たと想像される著名な文人論客として、陳习之（悦庵）、梁鼎芬、鄭孝胥[8]、汪康年、梁啓超、于右任[9]、蔣維喬[10]、黄宗仰、章炳麟、蔡元培、王雲五[11]、阿東破佛[12]等の名が挙げられる。そのほとんどはいわゆる改良派、革命派に属する人物である。彼と最も親交の深かった周桂笙と李葭榮はどちらも'革命党'だった。李葭榮[13]は「中国革命同盟会」（以下「同盟会」）会員で、呉趼人の死後「我佛山人伝」を書き、「同盟会」機関誌『天鐸報』に載せた。呉趼人は死の前年の作「近十年之怪現状」を『中外日報』に連載していた。同誌も「同盟会」の機関誌的性格を持っていた。李葭榮も一時期その編集に携わっていた。「我仏山人伝」の記述によれば、李葭榮の『二十年目睹之怪現状』評を聞いた呉趼人は、彼を"己の理解者"と呼んだという。周桂笙も「同盟会」会員で、呉趼人は彼を'肝胆相照らす仲、当今に志ある人（肝胆照人, 今之有心人也）'（「五臓俱全」『滑稽談』(1910)『呉趼人全集』第7巻 p.427）と評し、'周桂笙は私の愛友、畏友である。…私は始め愛し、次いで敬い、遂には畏れた、…（周子桂笙, 余之愛友, 亦余之畏友也。…余始爱之, 継敬之, 終且畏之, …）'彼の文章は美しく調い、なお完璧を期して討議を求めてやまない。私は彼の文章学問に敬服し畏れをなしているのだ（『新庵諧訳初編』〈序〉『呉趼人全集』第9巻 p.301）と語っている。周桂笙も、自分と呉趼人とは'莫逆の仲'である。呉趼人もかつて人に'周某と知りあい、上海に二十年流離した甲斐があった（得识周某, 不负我旅沪二十年矣）'（『新庵諧訳　初編』〈自序〉『呉趼人全集』第9巻 p.303）と述懐したことがあると記している。両者は小新聞編集時代から『新小説』誌上への執筆投稿、『月月小説』の共同編集まで、二十年にわたり公私をともにした盟友だった。周桂笙は、民国初期には李葭榮と共に『天鐸報』編集に携わった。

呉趼人の'革命党'批判は、文字通りのものではなく、政府への韜晦や志士を自称する投機分子への諧謔、「同盟会」に内在する不安要素への憂慮等、多様で複雑な意味合いを帯びていたと思われる。彼には、信頼する「同盟会」会員

第 1 節 '厭世主義' と '恨み' について　167

の知友がいたにもかかわらず、'革命党' に危惧を抱く理由があったといえる。

２）呉趼人と '革命党' 胡適の接触

　既述の如く筆者は、呉趼人が1901年拒俄演説会や1903年『漢口日報』事件報道を通じて、『蘇報』や「愛国学社」、「中国教育界」に関わった '革命党人' を見知っていたものと推測している。さらに、呉趼人が作中に描いたような妓楼遊びに耽る自称 '革命志士' と実際に接触していたことを示す証言を見つけることができた。呉趼人側の記録はないが、胡適（1891－1162）は『藏暉室日記』庚戌正月十三日（1910年 2 月23日）の項で、以下のように呉趼人を訪ねて面談した旨を記している[14]。

　　午後は大雪で、徳安里に李懷湘を訪ねて行った。しばらく居てから、一緒に王雲五を訪ね、会えなかったので、呉趼人を訪ねたが彼にも会えなかった。そこで広志小学校に行き、しばらく居ると折よく趼人先生が来てようやく会え、長いこと話しこんだ。私と懷湘は一緒に出て日本料理屋で食事した。食事がすんでまた王雲五のところへ行くと雲五は帰っていた。楽しく語り合い、十時になって私はようやく帰った。雲五は私に毎日暇な時に小説を訳すようにするとよい。一日千字訳せば五、六十元になり、勉強にもなるだろうと勧めた。私はこの考えに賛同し実行するようになった。
　　下午大雪, 出訪李懷湘于德安里, 小坐, 同出訪雲五不遇, 乃訪吳趼人, 亦不遇。遂至廣志小學小坐, 適趼人先生來, 乃得相見, 坐談良久。余與懷湘同出就餐於一日本料理館。餐已, 復同至雲五許, 時雲五已歸, 暢談至十時余始歸。雲五勸余每日以課餘之暇多譯小說, 限日譯千字, 則每月可得五六十元, 且可以增進學識。此意餘極贊成, 後此當實行之。

　呉趼人はこの時、四十六歳、「情変」や「我佛山人札記小説」を連載しながら「広志小学校」を運営していた。後世、中華民国の言論文芸界に重きを成した胡適は、この時十九歳、1904年に十三歳で郷里を離れて以来、上海に遊学していた[15]。後年書いた自伝によれば、当時、彼と友人たちは '思想上の一種激烈な

変動を経(吉川幸次郎訳。以下引用の訳文同じ)'て'新人物'を自任し、'梁啓超さん一派'の著作を読み、厳復「天演論」を読み耽り、趨容『革命軍』を筆写し合った。彼は主に思想上の理由から「梅渓学堂」、「澄衷学堂」、「中国公学」と三つの学校を転々とした。1910年当時十九歳の胡適は、家計逼迫し、「華東公学」で小学教師を務めながら、「競業旬報社」に居候しつつ編集費を得て糊口をしのいでいた。彼は、'憂鬱煩悶の時期に一群のずぼらな友人にめぐりあわせたので、私はそのまゝ彼等について堕落して行った'と懐古している。胡適は飲酒や妓楼遊びに耽る生活を送り、ついに警察沙汰に及ぶ。彼は自らの堕落を痛恨し、起死回生を図って官費留学生試験を受け合格、8月渡米する。二か月後、10月21日、呉趼人は喘息の発作で急死する。生死の狭間の交流であったといえる。胡適の「日記」には、'一群のずぼらな友人'たちの名が記されている[16]が、大半はその事跡が知れない。字か号しか記されず、本名のわからない者も多い。呉趼人の友人李葭栄は号を李懐霜または李懐湘というが、胡適の友人李懐湘は安徽出身と日記中にある。李葭栄は広東出身なので、別人であろう。胡適は連日のように彼らと芝居や酒楼、妓楼に通う日を過ごしている。彼がそのような体たらくに陥ったのは前年に「中国公学」が内紛を起こして分裂し、分かれた「新中国公学」も潰れ'意気消沈し、やるせない気分に陥った(心緒灰冷,百無聊頼)'(『藏暉室日記』p.1)からであった。「中国公学」は留日中国人学生が日本政府の「取締規則」に抗議して帰国、創設運営していた学校で、教職員と学生の多くが革命派だった。教員には王雲五や于右任、馬君武[17]など著名な革命家もいたが、学生は玉石混交であったらしい。胡適も後年、該校の'レベルは高くなかった'と言っている。胡適は1906年から中国公学に学びながら、編集、文筆活動を行っていた。胡適が泥酔して巡査を殴り留置所に拘置されたのは、呉趼人と面談したひと月後の3月23日で、彼の清末時期の記述はそこで終っている。

　この訪問は情況から見て、初めての対面ではなかったと思われる。胡適、李懐湘のどちらか、或いは両者とも呉趼人と既知の間柄であったとみてよいだろう。王雲五(1888-1979)は胡適と呉趼人の共通の知人であったと思われる。彼

第 1 節 '厭世主義' と '恨み' について　169

は胡適より三歳年長、広東香山県出身で呉趼人と同郷である。上海に生れ一時帰郷したが、1902年から上海に戻り、五金店や洋行で働きながら学校に行き、1906年に中国公学の英語教師となった。民国成立後は『天鐸報』で呉趼人の友人李葭榮、周桂笙とともに革命宣伝活動を行った。また、王雲五は、1905年ごろから『南方日報』副刊で訳述作業を行っていた。呉趼人は1905年9月19日から12月25日まで該報に小説『新石頭記』を連載していた。王雲五は呉趼人とは李葭榮らを通じて知り合うか、『南方日報』で接触があったと思われる。彼らが、これらの報刊を共通の活動の場とする同郷人として日常往来していた可能性も考えられる。さらに、中国公学の教官の一人で、呉趼人が投稿したこともある『民吁日報』の創刊編集人、于右任の介在もあり得る。呉趼人は李葭榮、蔣維喬、周桂笙、于右任など革命派の友人知人を通じ、胡適ら '新人物' を知り得たであろう。その中にいた 'ずぼらな' 遊蕩志士が「上海遊驂録」に描かれた王及言ら俄か '革命党' のモデルであると考えられる。

　後年、胡適は『五十年来中国之文学』で、清末小説を視界に入れ文学史上に率先して位置づけた。当時においては卓見といえる見識である。彼は該書で、呉趼人小説について、'呉沃堯は西洋小説の影響を受けたので構成のない寄せ集めの小説を作ろうとしなかった。彼の小説はすべて構成があり組み立てがある。そこが同時期の作家仲間に勝るところである（呉沃堯曾經受過西洋小說的影響, 故不甘心做那沒有結構的雜湊小說。他的小說都有點布局, 都有點組織。這是他勝過同時一班作家之處。新民國書局　中華民國十八年一月　香港神州圖書公司影印版 p.79）'、と断言している。そのように、胡適は根拠を挙げずに、西洋小説の影響を前提として呉趼人の作品を論じている。周桂笙も先に挙げた『新庵諧訳　初編』〈自序〉で、呉趼人の求めに応じて西洋小説を訳してきたが、その原稿が溜まったのでこの訳書をだせる（『呉趼人全集』第9巻 p.303）と述べている。彼らの編集する『月月小説』には、多くの翻訳小説が掲載されており、呉趼人が西洋小説に通じていたのは確かであったと思われる。しかし、その当時から現在まで、胡適の述べる影響関係について傍証も反証も挙がっていない。百年余を経た現在となっては、胡適の個人的体験に基づく証言であると考えるほかはないだろう。彼は

幼少時に旧小説を読み漁ったと自伝に述べている。また、日記に述べているように、趣味と実益を兼ねて当時の小説を翻訳していた。関心の一致から、胡適と呉趼人が面談の際に小説を話題としていた可能性は高い。胡適の見解は、呉趼人自身からの聞き取りに基づいた証言であるという憶測が可能であろう。

胡適の清末時代の日記に示されるように、呉趼人が実際に"堕落した自称革命党人"の行状を見聞していた以上、「上海遊驂録」に描いた革命派への不信感、危惧は単なる謂われない中傷ではなく、実体験に即した見解であったと見なさなければならない。「上海遊驂録」を読むにあたって先ずは、"'古臭く時局に疎い'守旧派、改良派や革命派への根拠のない誹謗中傷"という先入観を廃するべきであろう。

第2節 '救世の想い'の行方

1．'厭世主義'の原因

小説界革命を先導した清末小説家呉趼人と文学革命の先陣を切った民国文壇の巨匠胡適は、1910年を境として幽明を分かった。両者は同時期の上海に'頑固派'、'革命派'と思想信条を違えて接触していた。しかし暴政の否定、救亡を共通認識とする点において両者に相通ずるところはあったであろう。その心情が"絶望"という方向性に向かった点も同様で、胡適は遊蕩に耽り、呉趼人は'救世の想い尽き'て'厭世'に陥った。呉趼人は、「上海遊驂録」第一回の冒頭に次のように執筆の口上を述べている。政治の腐敗堕落に民衆蜂起の頻発する社会情況と、当時の呉趼人の心境が現れている。

　　ドカーン、ドカーン。萍郷に乱、醴陵に乱。世論に質せば"これは飢民である。訴えるところのない窮民である"と言う。役所に問えば"これは乱民である。革命党である"と言う。さらに批評をもっぱらとする名士たちに問えば"これは官が民を暴動に追いやったのだ"と言う。この三説には各々道理があり、その是非を判別することはできない。いわんや私は近

頃、厭世主義なるものを抱いており、その是非を判別する余裕もない。ただこのたびの乱のためにその地から一人の頑固守旧の秀才が追求されて登場し、多くの笑い話をこしらえ、私が小説を書く材料を提供してくれた。その上、これらの材料は私の厭世主義を助長するに充分であったので、私はこれを書き記しておいた方がよいだろう。皆さん、そもそも厭世主義とは心熱き人が抱くものであるのか、それとも心冷たき人が抱くものであるのか？　私はあれこれと言うまい。それでも古人の詩に云うのを覚えている。"科頭して箕踞す、長松の下。冷眼して見る、世上の人。"後に金匱金聖嘆先生の評して謂うに"これは冷極まる語にあらずして熱極まる語なり。"古人の心を掘り起こしたと云うべきであろう。これに拠って見れば凡そ厭世主義を抱くものは皆心熱き人で厭世の語を口にし、折にふれ厭世の振る舞いを成そうとも、その熱い涙は注ぐところもなく己の腹中にボタボタと流れ落ちているのだ。わが小説の読者諸氏には、厭世の語を弄するを見ることなく、熱き涙のみ見ることを願わん。

　　　轰！轰！轰！萍乡乱，礼陵乱。考诸舆论，曰："此乱民，此无告穷民。"闻诸官府，曰："此乱民，此革命党！"闻诸主持清议者，曰："此官逼民变。"此三说者，各持一义，我不能辨其谁是谁非。况且，我近来胞了一个厌世主义，也不暇辨其谁是谁非。只因这一番乱事，在这乱地之内，逼出一个顽固守旧的寒俊秀才来，闹出了多少笑话，足以供我作小说的材料；并且这些材料，又足以助起我的厌世主义，所以，我乐得记它出来。咳！看官，这厌世主义，究竟是热心人抱的，还是冷心人抱的呢？　看官！　我也不必多辩。我还记得古人有两句诗，说道："科头箕踞长松下，冷眼看他世上人。"后来金匮金圣叹先生批评道："此非冷极语，是热极语也。"可谓把古人心事直抉出来。照此看去，可见凡抱厌世主义的人都是极热心的人，也嘴里说的是厌世话，一举一动行的是厌世派，须知他那一副热泪，没有地方去洒，都阁落落阁落落流到自家肚子里去呢。我愿看我这部小说诸君，勿作厌世话看，只作一把热眼泪看。(p.437)

まさに'官が暴動に追いやった'形で'革命党'を目指した主人公の辜望延は、作品最後の第10回で、暗然と想いにふける。

辜望延は一人になると歯噛みして憤慨した。恨みは尽きない。あの役人の無道に真剣に革命党に身を投じようとしたのを思い、革命を高談するあの連中の行為を思った。その一派に与すれば己を汚すことになる。あちらも良くない、こちらも良くない。日本へ着いてあちらの中国人の人格を見てみてからまた考えを決めることにしよう。

 望延独自一个,咬牙切齿的,恨恨不已.想到那官吏无道,便想认真投入革命党;想到那几个谈革命的行为,倘与他同了一党,未免沾污了自己.左想也不是,右想也不是,且待到了日本,看看那边中国人的人格,再定主意. (p.491)

李若愚も第6回で、自身の'恨み'について語っている。

 "私も以前は公益事業に極めて熱心で終日奔走して已まなかった。後になって具に見れば社会の鬼気千万の様相は言葉に尽くせぬ。誰であろうと結局うまくやれるものではないのだ。だいたい一つの公益事業を提議すれば必ずそこに無数の妨害が起こってきて、後は中途半端な解決のまま落着したことになってしまうのだ。私はこの種の事実をたくさん見たために、にわかに厭世思想が生じてしまった。もともと山野に隠遁したかったが耕す田地とてなく、打って変わって酒と女主義に転じることになったのだ。"望延は言った。"だいたい厭世主義を奉じる人は冷淡極まりないか逆に熱心極まりないのです。"若愚は言った。"冷たさ極まるの熱さ極まるのと、ただ恨み極まったにすぎない。"

 "…我从前也极热心公益之事,终日奔走不遑,后来仔细一看,社会中千奇百怪的形状,说之不尽;凭你甚么人,终是弄不好的。凡创议办一件公益事的,内中必生出无数的阻力弄到后来,不痛不痒的就算完结了。我看得这种事多了,所以顿然生了个厌世的思想,本来要遁入山林,争奈无田可耕,所以就一变而为醇酒妇人主义了。"望延道:"大抵抱厌世主义的人,不是冷极,倒是热极。"若愚道:"甚么热极冷极,不过恨极罢了"。(p.467)

第 2 節 '救世の想い'の行方　173

　これらの記述は、当時の呉趼人が、政情と'公益事業'を阻む'無数の力'への'恨み'から、'厭世'の'熱い思い'を抱くという心境にあったことを示している。

　そこで、作中の処々に作者の配した眉語を手掛かりに、'厭世'、'恨み'の要因について検討を進めたい。

【第1回】辜望延の村に官兵が乱入し民衆を乱民や革命党に仕立てあげて殺戮する。呉趼人は'この勇猛さを甲申と甲午の年（甲申は1884年の中法戦争、甲午は1894年の日清戦争を指す）に発揮しておれば中国は早々に文明開化していただろう（他那勇往直前之概若移在甲申、甲午兩年去用了, 只怕中國早已文明了 p.437）'と述べ、以下の眉註を付している。
　○このようであれば文明開化できる。どうして世を厭わずにおれようか。
　　　　必如此乃得文明, 焉得不厭世。(p.438)

【第1回】辜望延に言い掛かりをつけて革命党に仕立てあげた官兵は、'人を殺して血を見るというやり方は出世したとはいっても骨の折れることだ。やはり人を殺して血を見ないという才覚を身につけてこそ出世も早く骨も折らずにすむのだ（大凡殺人見血的, 雖然升了官是費氣費力的, 總要學到殺人不見血的本事, 升官才得快, 又不費氣力呢 p.440）'と言う。その言葉に以下の眉註を付している。
　○人心がこのようでどうして世を厭わずにおれようか？
　　　　人心如此, 焉得不厭世（p.441）

【第1回】官兵の暴虐を省官に訴えるという辜望延を'坊ちゃんや、勉強はたくさんしなさったが見聞がおありでない。今は道理を言う世の中ではありません。総督はじめ高官が道理を言っていたら地位を保てはしません。…お偉方に道理を説きに行くくらいなら豺狼虎豹に説いた方がましです。(少爺啊!你讀的書雖多, 閱歷卻少, 你須知, 現在不是講道理的世界, 那督撫大吏倘使他講了道理, 他的功名就不保了;…你若要對大人先生講道理, 還不如去對豺狼虎豹講呢, 還是快點走吧 p.462）'と諭す老僕の言葉に、以下の眉註を付している。
　○嘆きと共に語る、見聞がここに及ぶとは、世を厭わずにおれようか。

174　第七章　「上海遊驂録」における'厭世'

慨乎言之,閲历及此,焉得不厌世（p462）。

【第1回】辜望延を探し出して官兵に引き渡そうとする村人の'今の世の中で道理を言って良い人間になろうとすれば一寸も歩めまい。まして彼一人のためにお役人が怒ってあそこの下僕を殺し家を焼き、近隣まで災難に遭った。やはり彼をひっ捕えてお役人にわたし、仇を討ってもらわなくては（现今世界上,你若要论理,要做好人,只怕寸步难移呢.况且为了他一个,激的老爷脑了,杀他家人,烧他房子,累的隔壁人家也遭殃,还不应该拿他,送给老爷替我们报仇么？ p.443）'という言葉に以下の眉註を付している。

○世相人情がこのようでどうして世を厭わずにおれようか？　これが田舎の人の台詞なのだ。

　　世道人心如此,那得厌世,是乡下人口吻（p.443－444）

【第2回】留学を出世の近道だと喜ぶ留学生たちの発言に、以下の眉註を付している。

○留学生の行動、抱負、見識のこんな有様を見てどうして世を厭わずにおれようか。

　　…观以上一大篇留学生之行径如是,期望如是,见解如是,那得不厌世（p.445）

【第2回】従兄の辜望延は、'正直で愚鈍な田舎者だが、誠実で友情に篤かった（虽是乡下愚蠢老实人,却是天性极厚,友于甚笃）（p.471）'。彼がふさぎこむ辜望延を心配し新書を買ってきて慰めようとする場面に、以下の眉註を付している。

○この言葉は嘆きとともに語るのである。わずかに愚鈍な田舎者にのみこのような人がいる。ほかに見たことはない。世を厭わずにおれようか。

　　此语是慨乎言之言,仅于乡下愚蠢人见之,此外未之或睹也,那得不厌世（p.471）

【第8回】妓楼に行ったのがばれて、交際相手から罵られ殴られると、'自由に干渉された'と愚痴る留学生の所業に以下の眉註を付している。

○志士がこんなではどうして世を厭わずにおれようか。

　　志士入如此,那得不厌世（p.475）

【第10回】'望延は故郷にいた時から立憲準備の上諭を見ており、上海に来ると数種の憲政書を読み、心の中でわくわくしていた。今、若愚のこれまでの議

第 2 節 '救世の想い'の行方　175

論を聞けば革命もダメ、立憲もダメで、一片の熱き思いは氷点下まで下がっていった（望延在乡时,早见了预备立宪的上谕,到了上海,看了几种宪政书,心中正在那里喁喁望治,今听了若愚前后的议论,革命又不好,立宪又不好,不觉把一片热心冷到冰点度上去 p.488)'という結論に至る場面に、以下の眉註を付している。

　〇どうして世を厭わずにおれようか、世を厭わずにおれようか。慟哭する。
　　　那得不厌世,那得不厌世。一哭（p.488)

【第10回】日本へ行く望延に、従兄の望廷はそのまま日本人になれと勧めて言う。'各国の人民はみな政府の保護を受けているのだ。我ら中国の人民だけが政府の餌食だ、向こうの恣に剝ぎ放題、食い放題なのだ（各国的人民都是受官府保护的,只有我们中国百姓是官府的肥肉,他要割就割,要吃就吃。p.490)'。その眉註には次のように述べている。

　〇暴君が人民を敵側に追いやる。世を厭わずにおれようか。
　　　为渊驱鱼,为丛驱雀,世事如此,那得不厌世（p.490)

これらの記述は、'恨み'の原因が、官の暴虐と似非志士の所業にあること、厭世感の原因となる'社会の鬼気千万の様相'とは、官兵から村民、自称志士たちまであらゆる階層に見られる'世道人心'の荒廃であることを示している。

呉趼人の厭世感については、李葭栄「我佛山人伝」[18]に以下の記述が見られる。

　　　『怪現状』はおそらく人生を振り返った作品であろう。根拠が明らかで読む者は感じ入り、嘆息する。ありのままを描いて、まるで目に映ったもの、経験したことがある情景のようだ。君の厭世の想いはおそらくここに萌したのであろう。私は以前にこのことを君に質したが、君はこのように語った。あなたは私の理解者だ。救世の想いは尽きたけれども後に厭世の心が生じた。あながち口から出まかせでもない。
　　　《怪现状》盖低徊身世之作,根据昭然,读者滋感喟,描画情伪,犹鉴之于物,所过着景。君厌世之思,大率萌蘖于是。余,尝持此质君,君曰:子知我,虽然,救世之情竭,而后厌世之念生,殆非苟然。

さらに、彼は急死した年の春宵、己の最期を予見するかの如き言葉を李葭榮に語ったという。

> 以前に星士の術を学んだことがあり、それに従って自制して来た。今年の十二晦朔（旧暦各月の最後の日と翌月最初の日）は、定めに拠れば逃れられまい。
> 尝肄星士之术, 举以自律, 今岁十二晦朔, 于法不免。（「我佛山人伝」）

また、呉趼人が街で遇った友人に、身体の不具合と死の予感を訴えたことも証言されている。

> 私は死にかけているのだ。以前は高粱酒を飲むと美味かった。今朝飲むと喉を突きさし舌が痺れるのは何故だ？　私の天祿は永くないのだろう。
> 我殆将死乎？　吾向饮高粱, 潭潭有味, 今晨饮, 顿觉棘喉刺舌何也？　吾祿其不永矣！[19]

このように、呉趼人は死期を悟っていたかのような言辞を残していた。

　李葭榮の記述によれば、呉趼人の'厭世'の思いは『二十年目睹之怪現状』に描いた彼自身の人生体験に萌しているという。彼は死の前年『二十年目睹之怪現状』を第108回という中途半端な回数で慌ただしく終わらせている。先述の如く、『二十年目睹之怪現状』は、第1回〈楔子〉が'九死一生筆記'なる手記の出版に至る経緯、第2回から第108回までがその内容という構成である。各回に'九死一生'の伝聞見聞として珍妙奇怪な社会事象を並べる形式で第106回まで続き、第107回と第108回で突如'九死一生'が'わが生涯最大の失意（我生平第一件失意的事）'を述べる。'九死一生'の述べた'わが生涯最大の失意'とは、三叔の死に五叔が関りを拒否し、若年の呉趼人が路頭に迷った従弟たちの救出に奔走した自身の体験である。作者の願望を反映したか体面上体裁を取り

第 2 節 '救世の想い' の行方　177

繕ったか、作中 '九死一生' の体験は、事実を美化した設定となっている。それでも、作中随所で '自己家' の体面を慮っていた '九死一生' が最後に自身の '失意' を吐露するという終幕は、呉趼人が自身の人生体験を社会の '怪現状' と同一視する心情にあったことを表している。

　呉趼人の閲歴からは一族の問題以外にも、『漢口日報』事件、『蘇報』の分裂と『蘇報』事件、拒俄運動や反米華工禁約運動等 '公益事業' の頓挫、商務印書館への屈託、李伯元や欧陽鉅源ら作家仲間の死、'怪現状' を見る仲間として『二十年目睹之怪現状』に登場する方佚盧（モデルは方逸侶）の発昌機器工廠の破綻[20]等、失意の体験が散見される。そうした事態は呉趼人の目には、おしなべて '世道人心' の荒廃に帰結するところと映っていたのであろう。呉趼人は、政治の腐敗のみならず世人と同族の非道、非情に失意した人生体験を、清末の社会情景の縮図と捉えていたものと思われる。それ故に、"『二十年目睹之怪現状』は己の人生を振り返った作で、その為に厭世感を萌したのだ" と指摘した李葭栄を、知己と呼んだのであろう。

２．旧道徳の恢復

　近年、中国における呉趼人研究において、呉趼人の後期作品に価値を認め、その '国粋' '旧道徳' 推奨の思想を解釈しようと努める研究者が現れている。張強は、"旧道徳恢復の主張" は '呉趼人の小説創作における原動力であり、救世の術であり、その創作の根幹となる主張であった' と解釈している。'彼は、呉趼人の '恢復旧道徳主張の核心' は雑文中に取り上げている孟子 "民为贵，社稷次之，君为轻" の '民権思想' にある、呉趼人の基幹思想は '資産階級維新派思想' 及び '洋務思想' であるとの観点により、呉趼人の後期作品を詳細に考察分析した。その姿勢は、全否定していた従来の論評からは隔世の感がある。しかし孟子に言及しながら、結論が洋務思想や '時代の反映' に落ち着いているのは残念である[21]。時萌も、呉趼人の後期作品に意義を認め、その '国粋'、'旧道徳' を推奨する思想の解釈に取り組んでいる。彼は、その朱子学批判を理由に、"呉趼人は実際には旧道徳を克服していた" という解釈を示している[22]。

しかしそれでは、呉趼人が作中人物を通して力説した'旧道徳'恢復の主張が無駄な言辞となり、作品の意義が失われてしまう。

筆者は「上海遊驂録」における李若愚の'旧道徳'恢復の主張は、『新石頭記』における老少年の'太古の思想'談義を抜きにしては解釈し得ないと考えている。しかし現段階では、両作品を並行して解析した論評は見られない。「上海遊驂録」で'公益事業'に尽して不本意に終り、'厭世'に陥ったという李若愚が、最終的に問題の焦点と見たのは、'世道人心'——道徳人情の衰微という世情の実態であった。呉趼人は、「上海遊驂録」末尾で'著者附識'として'旧道徳の恢復'を訴えている。

> 各人の考え方が異なれば、各人の見方も異なる。各人の見方が異なれば、各人の期待する相手が異なる。各人の期待する相手が異なれば、各人の考える期待を実現する道が異なるのである。私から見れば今日の社会はまことに汲々として危うい。故に急ぎわが固有の旧道徳を恢復しなければ、維持することはできまい。いたずらに文明を輸入すれば改良改革できるというわけではないのだ。言いたいところを小説体で存分に述べた。とはいえ、これは私の個人的見解で、どうしても偏りは免れない。海内の小説家にはやはり社会に関心を抱き、私と見方を異にする者がいるのではないか？各々見解を述べて国事に意見し、社会の情況を討議しあってはどうだろうか。著者附識
>
> 各人之眼光不同, 即各人之見地不同；各人之見地不同. 即各人所期望于所見者不同；各人期望于所見者不同, 即各人之思所以达其期望之法不同, 以仆之眼观于今日之社会, 诚岌岌可危, 因非急图恢复我固有之道德, 不足以维持之, 非徒言输入文明, 即可以改良革新者也. 意見所及, 因以小説体, 一畅言之. 虽然, 此特仆一人之见, 必不能免于, 海内小说, 亦有关心社会而所见于仆不同者乎？盍亦各出其见解, 演为裨官, 而相与讨论社会之状况欤？　著者附识. (p.491)

呉趼人が'小説体で存分に述べた'見解は、李若愚の以下のような言葉に示さ

れている。

> （中国に）もし望みがあるとすれば、何とか方法を講じて四億個の道徳心を造り上げ一人一人に一つの希望を配分する以外にない。
> 若要有望,除非设法制造出四万万个道德心,每人派他一个（第10回 p.488）

呉趼人の言う'旧道徳'とは従来通りの礼教支配体制を指すのではない。彼は朱子学を'宋儒'と嫌い、儒教解釈においても自身の見解を唱えていた。「上海遊驂録」第8回で李若愚は、中国人に'公徳'、'社会上的道徳'、'愛群愛国的道徳'がないという非難に、

> …古代には社会という名詞はなかったかもしれない。しかし『大学』に'人の交友は信頼第一だ'と言っているのは何でしょう？ 古人の'民は同胞、物は同類'の説はこの'群'よりさらに大きいものではないかな？ 孔子が魯へ行って'祖国を去る時は、歩みを遅くしなければならない'と言ったのが愛国ではないというなら、お教え願いたいものだ。ほかにも'泛く衆を愛する'、'忠信を主とする'など、いくらもある。
> …古人的时候,或者不曾有社会的名词,是说不定的。然而『大学』上"与国人交,止与信"不知说的是甚么？ 古人"民胞物与"之说,不知再有比这个"群"大的没有？
> 孔子去鲁曰:"其迟吾行也,去父母国之道也"不知爱国不算,倒要请教。其余如"泛爱众"、"主忠信"等,不胜枚举。(p.479)

と反論する。第10回で徳育を提唱する李若愚は、中国人で'中級以下の階層の者に道徳のないのは教育のない為、中級以上の階層の者に道徳のないのは、(宋学の) 教育を受けた為 (中人以下,没有道德,是没有教育之过;中人以上,没有道德,是受了教育之过。p.488)'として、その理由を'宋儒が世に出てより、士大夫の道徳は地に墜ちた (自宋儒出世以后,士大夫道德早已丧尽 p.489)'、何故ならば、

宋儒は人を厳しく責めすぎる。何かといえば"天の理"、"人の欲"を言い募る。"天の理"を信ずる者はわずかな"人の欲"もあってはならない。わずかの"人の欲"があっては"天の理"はなくなる。"天の理"がなくなれば小人である。人間に無欲ということがあるわけはなかろう。名誉、女色、財物、利欲にまったく興味がないとしても衣食は必要だ。この衣食が"人の欲"なのだ。それなのに餓えて死ぬは小事、節を失うは大事と言い、婦女子に対してまでも責め続ける。人は責められるのを恐れ、その説によれば、どのみち君子になれそうもないとなると、易きに流れて小人の方へ行く方がましということになる。これは宋儒の解釈の誤りではないか？
　聖人は、人の道、日々の要り用、人との接し方、己の成すべき責任を全うすれば、そこに道徳があると教えている。何がそんなに厳しいものであろうか。

　　宋儒责人太甚,动不动要讲"天理""人欲"：讲天理的,不准有一点人欲。有了一点人欲,便全没了"天理"；没了天理,便是小人。你想一个人岂有无欲之理？　声色货利,纵然全不嗜好,饱暖是要图的,这饱暖便是人欲。他却说饿死是小,失节是大,对于妇人女子,尚且责备无己时,人家被他责备的怕了,依了他的话,左右不能称君子的了,便乐得往小人一边走了。你想,这不是宋儒的谬妄么？　圣人教人,伦常日用,待人接物,只要尽我当然之职,便处处有道德,何尝这等严厉？(p.489)'

と論じている。李若愚の提唱する徳育とは、朱子学の儒教解釈を廃し儒教経典を再解釈して得た、"本来の儒教道徳"であることが分かる。
　先に述べたように、この'旧道徳恢復'の主張については、呉趼人が『新石頭記』で'老少年'の言葉を借りて語った政治的展望を抜きにしては、表面的解釈に留まる恐れがある。'老少年'は'孔子の道徳'を、古代農業共同体の民の創出した生存、共存の技や生活術という'太古の文明'を維持する技術、と定義している。そして、その真髄は（宋学の為に）正しく後世に伝わらなかった。そのため中国は'秩序ある文明'社会を形成できなかった、という儒教解釈を提示している。呉趼人はそのように、朱子学に体系化される以前の古代草

創期儒教に独自の解釈を施し、社会改革の基幹思想とすることを提議した。古代精神文明全般を称揚する彼の思想の基底には、人の自治能力を信頼する人間中心の発想があるといえよう。彼はその発想に基づき、『新石頭記』で理想の政体として'文明専制'を提議した。徳性優れた'百姓'が官僚となり'民の欲する'政治を行うという'文明専制'は、教育とりわけ'徳育'の普及を絶対要件とする。'旧道徳恢復'という呉趼人の一貫した主張には、紳商、科挙合格者、買官買職者等愚劣な富裕層が為政者となる現状の打開、学徳優れた民衆の主導する政体というビジョンが表れている。単に'時代遅れ'、'反動'とする非難は適切とはいえない。民衆を主体とする政治体制を模索しようとする姿勢は、清末時期に稀有のものであったといえよう。むしろその斬新さに目を向けるべきであろう。

　"教育のない事"、"宋儒の教育しか受けていないこと"を問題視する李若愚の言葉は、旧道徳の普及と教育事業とは不可分の関係にあると、呉趼人が考えていたことを示している。1907年冬、呉趼人は、同郷人士の連帯互助と同郷子弟の教育を訴え、有志の人々と「両広同郷会」及び「広志小学堂」の創設を協議した。「広志小学堂」は翌年正月に開学し、呉趼人は学舎に泊りこみ運営に尽力した。当学堂は呉趼人の没後もしばらく存続したようである[23]。広告[24]によれば、学費は年三十元、八歳から十八歳の学生を対象に定員八十名を募集している。漢文と英語担当正教員各1名、指導担当志願学生？（'担任義務講学員'）3名、軍事教連担当教員1名、国語担当正教員1名、さらに、西洋医、漢方内科医と外科医3名の校医を置き、随時衛生学の講演を行うという。国語担当正教員は呉趼人である。さらに呉趼人が教員を務める夜学も開校した[25]。

　以後、1910年の急死まで、「発財秘訣」、「劫余灰」、「近十年之怪現状」、「情変」等の長編小説や多くの短編小説、笑話や随筆を雑誌に連載しながら、教育事業に従事していたことになる。おそらく、身体、精神、経済面に相当の負担を強いられていたであろう。それだけの情熱を、かねてより主張してきた女子教育、徳育の普及の実現に傾けていたといえる。彼は「上海遊驂録」で'公益事業'への絶望や'厭世感'を吐露する言辞を弄している。しかし彼は"徳性

ある為政者を育成する"ための教育事業に挺身していたのであり、実際には未だ'救世の心尽き'てはいなかったことが分かる。

余滴8　公益事業

1．拒俄運動──『漢口日報』事件

「上海遊驂録」(1907)の登場人物李若愚は'公益事業'についての苦衷を述懐している(p.467)。呉趼人自身の参加した'公益事業'として知られるのは拒俄運動と反米華工禁約運動である。

呉趼人は、「近十年之怪現状」(1910)〈自序〉で'癸卯の年'に'章回小説のまねごとを始め'たと自身の執筆活動を懐古している。'癸卯の年'即ち1903年の初春まで呉趼人は『漢口日報』主筆の職にあり、拒俄運動支援に絡む軋轢により辞職、初秋より雑誌『新小説』に《社会小説》『二十年目睹之怪現状』の連載を開始した。呉趼人がジャーナリストから小説家に転じた出発点はまさしく'公益事業'であった。

既述の如く郭長海の発見により、「近十年之怪現状」(1909)第5回に登場する秦夢連が清露密約をスクープして逮捕虐殺された新聞記者沈藎の友人で「隣女語」(1903)[26]の作者連夢青[27]であることが分かった。連夢青は第8、10、11回にも登場している。連夢青の度々の登場は、呉趼人の連夢青や清露密約への関心を象徴しているように見える。汪康年は、1901年、清露密約に反対して張園拒俄集会を数度招集し、二度目の集会で呉趼人も演説した。汪はロシアが東北撤退の約定を破った1903年にも拒俄集会を主催し、この時には章炳麟、蔡元培等が演説している[28]。折しもその年、呉趼人は『漢口日報』主筆として漢口にいた。全国的な拒俄の趨勢は湖北においても例外ではなく、梁鼎芬が学生の行動を禁圧したという記事が、『蘇報』をはじめ当時の新聞雑誌記事の随所に見られる[29]。拒俄大会に当初から参加していた呉趼人は当然、湖北における拒俄の言論を支持して梁鼎芬と対立した。

『蘇報』は、1903年6月12日〈光緒二十九年五月十七日〉2488号の記事「詳記

漢報改帰官弁事」で"日ごろから『漢口日報』主筆呉趼人は'清議を主張し'憎まれていた。各学堂の拒俄集会を妨害した武昌府知府梁鼎芬を罵倒するに及び、梁鼎芬は、社主に圧力をかけて該報を官弁に売却させた"と『漢口日報』買収と呉趼人辞職の経緯を報道している。呉趼人は6月21日『蘇報』2497号〈光緒二十九年五月二十六日〉に載せた書信「已亡漢口日報之主筆呉沃堯致武昌府知府梁鼎芬書」で、梁鼎芬が当時両江総督であった張之洞に'諂って'『漢口日報』を買収したのだと言明している。当時、張之洞を筆頭とする洋務派官僚は改革派の刊行する出版物を買収や発禁の圧力によって停刊に追いこみ、変法維新や種族革命の主張を根絶しようとする言論政策を取っていた。新聞雑誌弾圧事件が続き、多くの新聞雑誌が、執筆者の逮捕や廃刊の憂き目に遭っていた。1896年に黄遵憲[30]、汪康年等の刊行する『時務報』[31]を官報に接収、1899年に上海日本総領事に梁啓超の刊行する『清議報』[32]の発禁を要請し、1908年には、汪康年の刊行する『中外日報』[33]を委譲させる等、言論機関や知識人を官弁の系列に取りこむのは張之洞の常套手段であった[34]。洋務改革派として、新聞雑誌に改革の議論を喚起して、洋務に敵対する頑固派官僚を牽制し、同時に、配下の文人に言論機関を監督させて改革の論調を調整するという張之洞の既定路線は、拒俄運動への対応に鮮明に表われた。張之洞は、駐露公使楊儒に署名拒否を指令し、関係各国に調停を求めるなど、李鴻章に反対して密約締結阻止に務めた。その一方で彼は、張園の拒俄集会を阻止するよう指令を発している[35]。『漢口日報』買収は、立憲維新や廃満革命等、政治制度改革派に対する、王朝官僚体制護持の立場を取る洋務派のとった言論弾圧政策の一環であった。

2．反米華工禁約運動

　樽本照雄によれば、商務印書館創設者夏瑞芳は、'反美華工禁約運動'の中心人物である曾少卿が投資し設立に参画（1906年）した中国図書公司を株価操作により強引に買収合併したという[36]。呉趼人は、『二十年目睹之怪現状』や「劫余灰」、「発財秘訣」で売猪仔を取り上げており、在外中国人の境遇に関心が深かったと思われる。必然的に'反美華工禁約運動'にも熱心に携り、運動の方針を

提議した書簡を曾少卿に送っている[37]。在外同胞を迫害する米国政府への憤慨は、列強諸国の攻勢と自国の劣勢への危機感、救亡愛国意識に収斂したであろう。

そうでなくても呉趼人は、外国資本の進出に国内産業が駆逐される現況を憂慮していた。「劫余灰」にはヒロインの婚約者の叔父の経営する宝飾店が舶来宝石の流行に押されて閉店を余儀なくされる話題が挿入されている。呉趼人は'宝石に限られようか（豈但玩好已哉）'と地の文に註を付している（第9回 p.141）。また『二十年目睹之怪現状』に実名で登場する民族機械工業「発昌機器廠」は、ドックや販路を外資系造船会社に占有され経営を維持できず、1900年外資に売却、廃業に至った。呉趼人は第28回で、発昌機器廠の所在地や工場の様子を詳しく紹介している。工廠主方佚蘆は'九死一生'の心やすい知人としてしばしば作中に登場する。方佚蘆のモデルである発昌工廠主方逸侶（1856-1930）は広東人で後年、江南製造局委員を勤めた[38]。おそらく呉趼人の該局奉職中から旧知の間柄であったろう。呉趼人は当然、親しい同郷人の創業した国内産業を失墜させた外資や買弁、日本出版社の資本とノウハウに拠って成長し[39]、かつ愛国運動に挺身する曾少卿の民族資本を陥れた商務印書館に反感と危機感を抱いていたであろう。国難をよそに大官の意向に取り入る梁鼎芬、公益より社運を優先する夏瑞芳の対応は、愛国、救亡を最優先の課題とみなす呉趼人の価値観に照らせば'奇奇怪怪の様相'に類する所業であったと思われる。

第八章　梁啓超との関係

　2003年、夏暁虹は「呉趼人与梁啓超関係鈎沉」[1]に呉趼人についての二点の発見を公表し、呉趼人のみならず清末小説研究全体に関する新たな論題を提起した。一点は、霍儷白《梁任公先生印象記》―為先生逝世二十周年紀念作―[2]に見られる証言である。その記述によれば、呉趼人は戊戌政変後、日本に亡命する途次の梁啓超を上海で招宴しており、呉趼人と梁啓超は戊戌以前から知悉する関係にあったことがわかった。

　呉趼人と梁啓超は、民国以降における政治的名声、社会地位、歴史的重要性等の側面において雲泥の隔たりにあり、従来その関係は想起されることすらなかった。しかし、両者は清廷の追捕の最中に饗宴を催すほどの交誼を結んでいたという事実が明らかになった。実際、1898年当時の政界において非主流の改革派官人梁啓超と、新聞界において社会悪批判で鳴らす新進ジャーナリスト呉趼人の立つ局面は意外に近い。かつ両者とも広東出身で同じ佛山書院に学んでいる。呉趼人は、やはり広東出身で梁啓超と『時務報』発刊編集に携わった汪康年とも長年の親交があった。彼らが同郷の有為の士として誼を深める機会は多かったであろう。呉趼人は「上海遊驂録」で、梁啓超の著述を話題に取り上げている。

　　数年前、『新民叢報』で梁卓如の言った'皇帝は忠を尽くさねばならない'という言に人々は新しさも極まった言葉だと訝り、先人の言っていないことを言ったと思いこんだものだ。'忠信を主とす'の'忠'は主君に対して言うのだろうか。'教人以善謂之忠'のこの'人'は、主君のことを言うのだろうか。『左伝』の〈齊師伐我篇〉については、曹劌が'何故に戦します'と訊ねると、公は'大小さまざまな裁きは、分からないことがあれば事実に基づいて慎重に審理した'と言った。劌は言った。'責務を果たし

たことになるので、戦するがよろしい.' 数千年前に早くも皇帝には責務を尽くす義務があるという言葉があった。しかも皇帝が責務を果たさなければ民衆を出征させることができなかったのだ。責務を果たすということを何と重視していることか。後世の人は文字面しか見えず読書する時に真髄を理解しようとせず、中古のああいう料簡の狭い儒者に完全に欺かれ、死ぬまで真髄をわからず、かえって祖国の儒教道徳の規律が完全でないと非難するのだ。まことに憐れだ、恨めしい、可笑しい、腹立たしい！

…前两年『新民丛报』上, 梁卓如说了一句皇帝要尽忠的话, 于是大众诧为新到极处的说话, 以为发前人所未发, 不知"主忠信"的"忠"字, 何尝是对于人君而言？ "教人以善谓之忠"这个"人"字, 何尝是指人君而言？ 至于『左转』"齐师伐我"一篇, 曹刿问"何以战", 公曰："大小之狱, 虽不能察, 必以情。"刿曰："忠之属也, 可以一战。"可见数千年前, 早有了皇帝要尽忠的话, 并且皇帝必要尽忠, 方可叫百姓去出战。看得何等重要, 后世的人, 鼠目寸光, 读书不求甚解, 被中古时代那一孔之儒欺骗到底, 到了死的那天, 还堕在五里雾中, 反要怪自己宗国的道德不完全。我看着实在可怜、可恨、可笑、可恼！ (p.480)

呉趼人が、戊戌政変以前から梁啓超の言論に接していたことがわかる。また彼が儒教経典解釈をめぐって、康有為、梁啓超らの新興理論に着目していたことが窺われる。

　もう一点は、『新民叢報』の広告記事「新小説社徴文啓」[1]の発見である。その内容は《写情小説》を募集し、かつ『儒林外史』流の描写を奨励するものである。この二点の発見を端緒として、清末小説全体に関わる新たな研究の方向性が提示された。

　それらの新事実について夏暁虹は、『新小説』発行前に登載された広告文は発行人の梁啓超の手になるものに違いなく、《写情小説》募集広告は呉趼人に対する梁啓超の影響の証左であり、'『儒林外史』流'募集広告は"譴責小説"問題発生の経緯を示していると述べている。したがって、《写情小説》の着想及び『二十年目睹之怪現状』、『官場現形記』の作風は梁啓超の意向に由来すると解釈

している。夏暁虹により、《写情小説》、《社会小説》の起源という基本的課題が提示されたといえる。

　しかし、"譴責小説問題"については、梁啓超が'『儒林外史』流'の作品を求めていたが、登載された《社会小説》は魯迅により『儒林外史』に及ばない"譴責小説"と査定された、という文学史上の流れ以外の事実関係を示し得てはいない。魯迅や李伯元が募集広告を見ていたと確認できたしても、梁との関係が確認できるのは呉趼人だけである。『二十年目睹之怪現状』『官場現形記』はほぼ同時に別雑誌に登載されたので影響関係はない。"譴責小説"執筆を梁啓超の意向を受けたとするには、梁啓超と李伯元の交流や両著発表以前の呉趼人と李伯元の交流等、ほかにも証左が必要となる。またすでに、『二十年目睹之怪現状』、『官場現形記』への『儒林外史』の影響は、胡適『五十年来中国之文学』での指摘に始まり、王俊年「晩清社会的照妖鏡重読晩清二大譴責小説」[4]等の多くの論者によっても指摘されている。

　『儒林外史』については、梁啓超を含め清末社会の悪弊に憤る社会派知識人は、誰もがその風刺手法を意識したであろう。どの作家であろうと、誰の影響も示唆も要せず、自主的に『儒林外史』の作風による執筆を試みたのではないだろうか。また、魯迅を含めどの読者も無意識に清末《社会小説》を『儒林外史』と比較して読んだであろう。《写情小説》の着想については、最初の《写情小説》「電術奇談」漢訳者方慶周や評点者周桂笙等他の関係者の意図も含めて考えなければならない。「電術奇談」の翻案者であり、清末小説最初の創作《写情小説》執筆者であり、かつ当初から一貫して独自の写情小説論を展開し、以降も"○情小説"の盛行を慨嘆しつつ持論の普及に努めていた呉趼人の創作が、雑誌主宰者の方針への対応であったと見るには、無理がある。むしろ、呉趼人の意向が雑誌の発行方針に反映されたと考える方が自然であろう。

　さらに、夏暁虹は梁啓超の影響について作品上の類似を指摘している。

　　呉趼人の著した『二十年目睹之怪現状』は梁啓超の唱導した"小説界革命"の代表作と見なされてきた。呉氏の多くの小説も梁啓超の主宰した雑

誌『新小説』に連載を始めた。関係する資料によれば、呉趼人は1904年に日本で梁啓超をもてなしたことがあるばかりか、彼の小説「胡宝玉」は題名、構想から章立てと構成まで、梁啓超の「李鴻章」と極めてよく似ており、明らかに梁の影響を受けている。両人は歩んだ道程から心の軌跡まで一致している。それは、呉趼人の小説創作が梁啓超の維新理想への呼応であったことを表している。

　　呉趼人撰《二十年目睹之怪現状》,一向被視為由梁启超倡导的"小説界革命"代表作. 吴氏的不少小説, 也是在梁启超主办的《新小説》杂志上开始连载. 从有关史料看, 吴趼人不仅于1904年在日本招待过梁启超, 而且他的小説《胡宝玉》从题目, 构思以至章节设计与梁启超的《李鴻章》均有相似之处, 明显受到梁的影响, 二人从行迹到心迹遇和説明吴趼人的小説創作是对梁启超维新理想的呼応。（夏暁虹「呉趼人与梁啓超関係鈎沉」p.142《中国古代近代文学研究》2003年第 4 期　原2002年于安徽師範大学）

　しかし『胡宝玉』（別名『三十年上海北里之怪歴史』、改題改編後『上海三十年艷跡』）の原本は、呉趼人が1898年に石印版で刊行した『海上名妓四大金剛奇書』であると想定されている(5)。その場合、影響関係は逆となる。『胡宝玉』と『李鴻章』両作品の類似という指摘は波紋を呼んでいるが、今後の検討を俟たねばならない。

　夏暁虹の発見は、梁啓超と呉趼人の間に、少なくとも"小説界革命"の唱導、《写情小説》の構想において意見交換する機会があった可能性を示唆している。《写情小説》のネーミング及び《社会小説》の作風が梁啓超の主唱によったものであるか、或いは呉趼人を含めたほかの『新小説』関係者の意向に沿ったものであるかは今後の検証を要する大きな課題である。

　さらに、今まで真偽の定かでなかった呉趼人の渡日、未だ検討されたことのない「電術奇談」翻案に至る経緯についての検証が重要な懸案となった。それらの懸案が明らかにされることにより、呉趼人や周桂笙が日本や上海で梁啓超或いはその周辺人物と『新小説』発刊について協議を持った可能性、夏暁虹の指摘する呉、梁両者のその後の関係と『新小説』停刊との関わり等、論議を要

する基本的課題が俎上にのぼることになる。

余滴9　「中国教育界」と「愛国学社」

1．「張園拒俄演説会」情景

　呉趼人は、1906年に描いた小説『新石頭記』第十七回に、ロシアに東三省を割譲するとしたいわゆる清露密約に反対する張園拒俄演説集会の模様を描写している。記録にある演者に該当する人物が何人か登場することから、1901年の第一回集会で演説した呉趼人自身の実見した情景であろうと思われる。呉趼人は、先に挙げた'清国の小女傑'薛錦琴の外に、五名の出席者や演者の挙措相貌を描いている。特定できるのは'高麗人'と記されている宗晩洙、'僧侶'と記されている黄宗仰のみである。『拒俄運動』十四頁に'朝鮮国宗晩洙'の名が記されているが、不詳。'高麗人'という呼称からは、ロシア在住の朝鮮国人であった可能性も浮かぶ。

　この場面には臨場感とともに違和感が伴う。会場の張園はもともと'遊興の場であり'ざわめきは免れない。しかし会場は少女の演説に暫し静まり返っていた。そこへ次の演者黄宗仰が登場する。聴衆は'僧侶が演壇に立つのを目にすると、驚き詰るやら、腹をかかえて爆笑するやらで、演説が一言も聞き取れない（p.339）'。さらに満面憤怒の形相で雷鳴の如く怒号し、湯飲みをひっくり返し演壇を割れんばかりに連打して、聴衆の狼藉を罵倒する人物が乱入する。'その人物は声が大きく聞き取れそうなのに、彼の声が大きくなるにつれて、何故か眼下に騒ぐ声も大きくなり、やはり聞き取れない（p.340）'。

　黄宗仰は江蘇常熟の人、号は中央、烏目山僧と名のり、この時、富商ハルドーン（哈同）と夫人羅迦陵に招かれ上海にいた。この翌年から蔡元培たち有志と語らって『中国教育界』を結成、会長を務め、羅伽陵夫人に融資を請い「愛国学社」の設立運営に尽力した。『蘇報』事件の際、章炳麟、鄒容救出に奔走し、日本に亡命中の孫文に資金援助した'革命僧'として知られる。演壇を叩いて罵倒する人物の狂態は"章瘋子"と異名をとった碩学章炳麟[6]を彷彿させる。

190　第八章　梁啓超との関係

場所柄、政治集会に不適切な会場であったとはいえ、わざわざ集まった聴衆が、なぜ敢えて喧騒を演じたのか、聴衆は単に僧形を笑ったのか、演者を黄宗仰と知って笑ったのか、章炳麟と思しい人物は何故それほど激昂したのか？　呉趼人は意図的にこの場面を詳述したのか、様々な疑問が浮かぶ。

　また、拒俄運動に端を発する『漢口日報』事件の際に、『蘇報』6月12日〈光緒29.5.17〉2488号記事「詳記漢報改帰官弁事」(以下「詳記」と省略)は呉趼人の奮闘を報道した。その九日後に'本館記者名義'署名「告已亡『漢口日報』記者」(以下「告」と省略)は、"権力への屈服"と呉趼人を批判した。その後の『蘇報』報道は、本来の姿勢に戻る。それについては、以下二点が疑問となる。

【その1】呉趼人は職業作家となって後、立憲制、革命派に反対する小説を書いた。しかし、『漢口日報』を辞職したこの時点ではまだ小説を書いていない。新中国成立後、保皇派、反動派として扱われたが生前にそのような評価が下された形跡は見当たらない。概報辞職時期の呉趼人は、拒俄運動を支援する愛国者、大官に抵抗する反骨のジャーナリストの盛名を負っていたと思われる。「告」の筆者に排撃の意図があったとしか考えられない。

【その2】なぜ『蘇報』紙上で「詳記」と「告」の見解が異なるのか？

　呉趼人側に立った「詳記」の報道、「告」の一転した呉趼人批判、元の報道姿勢に沿ったその後の追跡記事という、『蘇報』の取った統一を欠いた対応は何を意味するのだろうか。『蘇報』の中心的存在であった人々の関係や立場といった人的背景の側面、及びそこに起こり得た事態について検討してみなければならない。

2．「中国教育界」と「愛国学社」の結成、分裂

　当時の『蘇報』の出版環境、人的背景については、蔣慎吾「蘇報案始末」[7]、馮自由『革命逸史』[8]や蔣維喬の「中国教育界の回憶」[9]、蔡元培の蔣維喬宛書簡[10]、呉稚暉「回憶蔣竹荘先生之回憶」[11]の証言によって、その概容を窺い知ることができる。

　1902年4月に'上海新党'蔡元培、蔣智由、林少泉、葉瀚、王季同、汪徳淵、

黄宗仰らは、表面は教育事業を行い密かに革命を鼓吹する団体「中国教育界」を結成した。そこに1901年3月、二十数名の学生を率いて日本に留学中、駐日公使蔡鈞と揉めて強制送還された呉稚暉と張継が加わった。1902年9月16日、「上海国立南洋公学」を退学した二百余名の学生の要請で蔡元培、黄宗仰が資金を調達し「愛国学社」が成立した。「愛国学社」は『蘇報』[12]を機関誌とし章士釗を主筆に迎え、鄒容『革命軍』を発行し、民族革命を鼓吹した。学生側に教員を蔑ろにする傾向が表れ「中国教育界」指導陣のうち、「愛国学社」社員側に立った呉稚暉と、章炳麟が対立した。1903年6月16日、「愛国学社」は「中国教育界」からの離脱を宣言し、6月21日両組織は分裂した。

　独立して九日後の6月30日、『蘇報』館は官憲に急襲され、章炳麟が逮捕され、翌日鄒容が自首、『蘇報』は停刊となる。「愛国学社」は解散、「中国教育界」も活動停止を余儀なくされる。章士釗[13]は、来し方を回顧すれば'才識、能力が貧弱'で'実行が不得手であった'と悔いていたという[14]。また、章炳麟と呉稚暉は『蘇報』事件を契機に関係をいっそう悪化させ、民国成立後も反目し続けた。『蘇報』編集体制の不統一という問題の核心は、「中国教育会」、「愛国学社」の組織関係にあったことを窺わせる。

3．改革派文人と急進派"革命軍"
　呉趼人と『蘇報』関係者双方に接点をもつ人物として蔣維喬が挙げられる。章炳麟は友人蔣維喬の紹介で蔡元培を知り、彼らは1902年3月に「中国教育界」を、9月に「愛国学社」[15]を組織する。蔣維喬は「南社」[16]社友で中国革命同盟会会員である。「張園拒俄演説会」で呉趼人と相前後して演説しており、面識があったはずである。同じく同盟会会員の周桂笙と親しく、呉趼人が友人周桂笙と共に主筆を務めた雑誌『月月小説』4号（1906年12月）に「題詞」を寄稿している。
　さらに呉趼人、章炳麟および梁鼎芬と親交のあった人物として汪康年があげられる。汪康年[17]は1896年7月、黄遵憲、梁啓超とともに『事務報』を発刊した。1898年7月に概報が官弁に買収されて後は、1898年5月から別に創刊して

いた『事務日報』を『中外日報』と改め、刊行した。呉趼人は、1901年に汪康年の主催した「張園拒俄演説会」に参加した。その時、汪康年も呉趼人と共に演説した。呉趼人は随筆に汪康年の名を挙げ、(『趼廛筆記』〈謡言二則〉上海広智書局 1910年)、『新石頭記』や笑話「新笑史」等で『事務報』の名を挙げている。また『中外日報』は「張園拒俄演説会」での呉趼人の演説を掲載し (1901.3.26)、『月月小説』第2号（1906.10)〈評林〉に、『中外日報』名で祝詞を寄稿している。「近十年之怪現状」は1909年『中外日報』に不定期で連載された。汪康年と呉趼人は戊戌政変以前より長年にわたる交流を保っていたと思われる。呉趼人は「書」で、梁鼎芬と'上海也是園で姓氏を名のりあった'と証言しているが、紹介者が汪康年であった可能性は高い。

　この時期の『蘇報』は、「中国教育界」と「愛国学社」という、世代も教養も社会地位も政治姿勢も異なる改革論者が共同で運営する組織の構成員によって編集されていたのである。思想や見解の相違による対立が容易に生じ得る状況にあったといえる。その一端が、'本館記者'と署名する人物が呉趼人の「書」を排撃した「告」に表われていると思われる。

　『蘇報』紙上において、「中国教育界」と「愛国学社」の考え方の違いと、それによる見解の不統一を端的に表すのは、満州族と漢民族の問題や、『中外日報』主筆で拒俄運動や不纏足会を主導した汪康年絡みの記事である。例えば、章炳麟は、改良派と目される汪康年の『時務報』や洋務官僚張之洞の『正学報』編集に携わり、鄒容の『革命軍』に序文を書くといった具合に、救国を第一義とし路線の相違を問題にしない傾向が強かった。また蔡元培も、広義の民族革命を念頭においていたようである。1903年3月14日、『蘇報』に掲載した「釈仇満」の一文では、満州族の血統、文章、言語における漢民族との同化を挙げて'漢人は満人を殺し尽くす必要など断じてない'と述べ、鄒容が『革命軍』で主張した'殺尽胡人'の言辞に反対している。

　また1903年5月6日の『蘇報』論説「海上執刀史」は、4月1日に張園で汪康年の発起した拒俄集会を紹介し、'この日の会費、電報費はすべて汪君が負担した'と汪康年の労を労っている。救国の大義に沿った活動であれば党派を問

わず評価しようとする会の性格の表れと見てよいだろう。ところが5月18日には'かの主筆'汪康年が拒俄演説会での'ある団体'の挙動を'激発語言、跳擲叫囂、譁譟扮演'と形容し'児戯に等しい'と酷評したことに抗議する論絶「読中外日報」が載る。呉趼人が、小説『新石頭記』に黄宗仰と思しい僧侶が演壇に立った際の惨状を描写しているように、汪の批評はあながち事実に背いていたわけではなかったであろう。「読中外日報」筆者は、汪が'康有為、梁啓超の関係者'でありながら戊戌、庚子で辛くも連累を免れてきた経験から、官憲を恐れるあまり'消極姿勢'を取るのだと言いがかりをつけている。洋務官僚の干渉に反発する学園闘争に端を発して成立した「愛国学社」社員は、張之洞や梁啓超と均衡を保ちながら報刊発行を続ける汪康年を、活動の内容如何に関わらず敵陣関係者と捉えていたようである。黄宗仰の演説の際の狂騒は、「中国教育界」会員全般に向けられていた、彼らの警戒心を背景にしていると思われる。張園拒俄演説会で演者となり、その演説が『中外日報』に掲載された呉趼人も、汪康年に近い人物と見なされていたであろう。夏暁紅の発見した記事によって明らかとなった梁啓超との親交も、当時の上海では周知の事実であったかもしれない。また『二十年目睹之怪現状』や「上海遊驂録」等、後の作品で呉趼人が開陳している満州族についての議論は、先に挙げた蔡元培の「釈仇満」の内容とほぼ一致する。救国の策として'旧道徳の復活'を持論とした呉趼人の意識は、国学者として生涯、国粋の旗を掲げた章炳麟に近い。呉趼人の『漢口日報』主筆辞職を言論弾圧に対する抵抗と評価したり、権力への屈服と批判したり、意志統一に欠ける『蘇報』の対応の背景に、上記のような内部対立が介在していたことは確かであろう。

　後に呉趼人が、"教養と節度に欠ける革命派青年"を描写した「上海遊驂録」は、民国以後の文学史上で黙殺と非難を被ることになる。彼のそのような"革命党"観は、不本意であったに違いない非難を『蘇報』紙上で浴びたうえ、その『蘇報』自体が発禁に遭い、改革に挺身した知人たちの労苦が水泡に帰する光景を目の当たりにした、この時の体験に端を発しているといえよう。

結　　論

第1節　呉趼人作品の特性と意義

1．原体験

　呉趼人が、《社会小説》、《写情小説》というジャンルを着想し、悪党、女性を素材として小説執筆構想を立てるに至った背景には、生育環境、実体験に培われた彼本来の価値観があったと考えられる。既述の如く、呉趼人の曾祖父呉栄光は、大官でありながら私利を謀らず金石学と救国に私財を投じた学殖深い英傑だった。その娘は、気概と才能で勇名を馳せた女画家だった。彼は幼少時より族人中の逸聞に接し、愛国者、女傑を景仰し理想人物とする環境に育った。また長じて、上海江南製造局労働者、小新聞編集者として生活する中で、遊里に名を馳せた妓女たちの逸話や言行に触れる機会を得た。それらの原体験は、救国を第一義とし、女性を蔑視せず尊重する価値観を培ったと考えられる。

　呉趼人の創作の方向性を定めたのは、専業作家転身に二年さかのぼる拒俄運動であったといえる。彼は1901年張園拒俄演説会で大叔母を彷彿とさせる愛国少女薛錦琴の雄姿に接したことで、女傑への崇敬の思いを救国への期待に連ねたと思われる。さらに「電術奇談」翻案の機会を得て、"恋"と自己実現意識の連動に着目することとなった。それらの女性観は、『二十年目睹之怪現状』で社会の'頑愚を戒め'、'九死一生'を訓導する'姊姊'、『新石頭記』で、公共の場で愛国演説をして賈宝玉を驚かせる少女や、男女間を意識しない所作で賈宝玉を感服させる女科学者東方美の人物像に結実された。彼女たちの形象は、才徳ある女性を改革者たり得る社会の潜在力とみなす呉趼人の認識を示している。

　さらに、1902年の武昌府知府梁鼎芬との軋轢により彼の創作意識は、悪党を追求するという方向に導かれたと推察される。梁鼎芬は、曾祖父と対蹠的な、国難を顧みず大官に阿り名利を貪る貪官腐儒だった。『新石頭記』では、梁鼎芬をモデルとする「学堂監督」は、絶望した賈宝玉が理想世界を探して旅立つ契

機となる"暗黒世界の象徴"として設定されている。呉趼人は自身の体験により実感した、悪党の所業、女性の生き方と国家の命運との相関や理想世界探求といった中国社会の課題を、その後の小説中に結実させようとしたといえる。

そのように呉趼人は、父祖の体験と生育環境、自身の政治運動、文筆活動を通して得られた原体験に培われた悪党と女性への認識に基づいて、小説を執筆した。その主たる成果は、《写情小説》と《社会小説》の創始、独自の'文明'論及び'旧道徳'論の開陳の三点にある。以下、その成果と意義についてまとめておきたい。

2．思想上、文学史上における意義

呉趼人は出版界草創期の中国で、社会改革意識を持ち、読者を意識して自身の主張、理念を作品化し伝達に努めた数少ない専業作家であった。かつ、中国で最初に女性の心理や運命を社会事象と関連させて描いた作家でもあった。劣悪な'暴露小説'、'愛国者'から'守旧派'への退行、'浅薄'な'譴責'、'封建'的な'家族観'、'低俗'な'鴛鴦蝴蝶派'の始祖、'反動'的'国粋思想'、'落伍'した'厭世家'等々といった従来の評価は、皮相的に過ぎ、不当であるといわざるを得ない。

呉趼人の思想面の、作品に反映された意義を概括すると、以下のようになる。
○'情'を操り利欲追及する'傀儡'使いの舞台という世界観のもとに清末の社会悪を追求し《社会小説》を創始した。
○女性の自立解放が中国の救亡と連動し得る可能性に着目し、なかんずく女性の自己発現の萌芽を恋に見出し、《写情小説》を創始した。
○被抑圧国の解放と列強文明の道義性、民族の伝統と自立といった命題を追求した。
○民衆主導の政治体制のあり方を模索提議した。
○清末の政治運動について、その実態、展望を考察し、誌上で議論を呼びかけた。

呉趼人の発想は斬新で時事性、独創性に富んでいる。かつ同時代に卓越した公

196　結　論

正な見識の持ち主であったといえる。当時の読者に与えた知識と、精神面における刺激や影響力は多大であったと思われる。社会構造の変化や腐敗の実態、女性解放、救国等の懸案を取り上げた呉趼人の作家活動が、世人の意識改革に果たしたであろう意義は高く評価されるべきであろう。

第2節　従来の評価と再評価

　呉趼人について中華人民共和国では、愛国運動、教育事業への参画という側面においては、ある程度、肯定的に評価されていた。しかし、政治思想面においては、ほぼ全面否定されてきた。近年、異議が唱えられつつある[1]ものの、"排外的愛国者"、"旧道徳復活を喧伝し帝政を支持する反動派"、或いは"怪現状に絶望し改良思想から守旧に転じた厭世家"、"低俗な恋愛小説の創始者"という論評が一般的評価とされる情況は変わっていない。しかし、彼の交友関係や作品中に展開する議論に照らすと、それら従来の評価は実態にそぐわない皮相的見解に止まっていることがわかる。《写情小説》、「上海遊驂録」、『新石頭記』作中における政治思想、復古思想について批判のみ先行し、十分に検討されてこなかったことが、その原因であろうと思われる。

1．《写情小説》

　呉趼人は、女性の恋心に自己実現欲求の発露、自立心の発揚、救国への寄与等の意義を見出して《写情小説》を創始したと思われる。「電術奇談」王鳳美は、恋と自立に邁進する。また、纏足で歩行も不自由な『恨海』張棣花が婚約者と心を通わせた思い出と哀惜にすがって出家する。才気煥発な「劫余灰」朱婉貞は生死不明の婚約者への愛を貫き婚家に嫁ぐ。「情変」の女武芸者寇阿男は直情径行、求愛活動に邁進する。作中の女性たちは人生の岐路に、自ら身の振り方を決める。呉趼人は中国小説で初めて、女性が恋心を自覚し、自身の存在意義を求め、自身の言葉で語る過程を詳細に描写したといえる。

　文革終結までの中国文学史上において、《写情小説》は"社会的意義に乏し

い"と貶められてきた。しかし《写情小説》創始の原点は女性性への開眼にあると思われる。『新石頭記』で救国を訴える愛国少女は、張園拒俄演説会で呉趼人と共に演説した実在女性薛錦琴であった。彼女は中国で最初に公式の場で演説した女性として、近年中国においてもその功績が掘り起こされている。また、『二十年目睹之怪現状』で女子教育と女権の拡張を説く'姉姉'の主張は、呉趼人一族の名高い女傑の言動の投影と類推される。さらに呉趼人は上海で生活するうち見聞した、苦界の中に自立を図り奮闘する妓女たちの言行が"記録に値する"との見地から『胡宝玉』を描いた。当時から現在に至るまで、妓女の事績を顕彰しようとする認識は稀有のものである。それらの事実から、呉趼人は自身の体験を通じて女性性のあり方に関心を深め、女性の自己発現に意義を見出すに至ったのであろうと考察される。呉趼人の《写情小説》創始は、実体験に根ざした女性性尊重意識に端を発しているといえる。その認識は、男女の境界を意識せず行動する『新石頭記』東方美という'新女性'像に結実した。

男女の同座が許されない旧社会における未婚の女性が、異性への愛を心の拠り所に自身の生き方を決める、或いは公共の場に顔を出し発言するという設定は、中国旧小説において異例であった。呉趼人の《写情小説》は、中国小説ではじめて社会の中に自己実現する女性を描いたといえる。恋する女性の心理を描写するという執筆方法、求愛と自立による女性性の構築という側面から、当時の社会に少なからぬ影響を及ぼしたと思われる。その意義は高く評価されなくてはならない。

《写情小説》本来の趣旨は、女性が自己実現を目指す契機としての恋を描くことにあった。ところが、作者の意に反して"〇情小説"という形式のみ盛行し、低俗と非難される恋愛小説の叢生する事態を招いた。彼がそれらを"写魔であり写情ではない"と躍起となって非難したにもかかわらず、『恨海』は"〇情小説"と銘打つ小説盛行の発端とみなされた。周桂笙は、'婚姻の自由'を奨励する一方で、異性関係の放埒、無責任な結婚という側面を危惧する声をあげていた[2]。呉趼人もその点を強く意識し'痴男怨女'の'写魔'小説を否定し、女性が恋心の萌しを契機に事態を打開し人生と向き合う人間的成長の過程を描い

た。作中に描かれた恋愛はすべて女性側が自覚的に感受し、能動的に行動を選択する。一方で、男性側は礼法上の禁忌を守り、自分からは交情を求めない。その点が、呉趼人の主張するように、《写情小説》を標榜する他の作品との違いであると思われる。

　呉趼人は、中国小説史上はじめて女性の恋情を描き、愛情を支えに自覚的に行動する女性、倫理的抑圧に立ち向かい、自我を枉げずに恋心を貫く女性像を構築した。その作品を読んだ清末の青年男女が、自己実現の可能性に思い至り、都会での就学、海外への留学と飛躍の道を模索する契機になり得たのではないかと推察される。実際に自我を発揚し好ましい伴侶を得、自立して社会に尽くす女性が輩出した清末民国初、呉趼人が、天足、女子教育の推進とともに女性の愛情開放を提唱した社会的意義は、高く評価されるべきであろう。

2.「上海遊驂録」、『新石頭記』

　呉趼人は『新石頭記』において義和団を批判し'孔子思想'を称揚した。「上海遊驂録」では革命、立憲運動の内実を批判し'旧道徳恢復'を訴えた。それが原因で、この二篇の小説は辛亥革命以降ほぼ黙殺されてきた。論じても研究解析を経ずして"世迷言"や"現実逃避"と断定され、思想性のみ非難されてきた。

　筆者が『新石頭記』中の機器、生物の典拠を調査したところ、ほぼすべての出典を確認できた。呉趼人が『新石頭記』に提示したユートピア像は、幼稚な空想とする従来の評価に反して、清末に得られた情報を拠りどころとする現実感を伴った理想であったと明言できる。また、機器、生物の多くはジュール・ヴェルヌ『海底二万里』に依拠していた。呉趼人には、列強の侵略に憤り亡国の民を支援するヴェルヌ思想の強い影響が認められることが明らかになった。それは、呉趼人の民族思想が漢民族、満州族という国内政治の域を超え、抑圧と被抑圧という観点で民族関係を捉える段階に進んでいたことを示している。『新石頭記』は、そのような呉趼人の思想上の発展を表した重要な作品であるといえる。

「上海遊驂録」は中国革命同盟会、立憲派を作中で公然と批判し、革命、立憲思想に対する否定的見解を述べたことで、ことさら激しい非難を浴びてきた。しかし、やはりほとんど研究されず、呉趼人の意図についても充分論じられることはなかった。筆者は、呉趼人と青年時代の胡適に接触のあった事実を発見した。それにより、呉趼人が「上海遊驂録」作中に非難した低劣な'革命志士'たちは、胡適とともに遊蕩に耽った友人たちをモデルとする実在人物であろうという推定が可能となった。従来、"革命思想への謂れない誹謗中傷、呉趼人の'反動化'"と非難されてきた作中の記事は実録であり、清末政治運動の実態についての貴重な証言であることが明らかになった。呉趼人の革命、立憲各派内にいる投機分子への批判は、事実の叙述であり、政治改革の現状についての呉趼人自身の危惧を表わしている。'反動化'という批判は不適切であり訂正されねばならない。

3. '旧道徳'

呉趼人の主張した'旧道徳'の内容については、民国には取り上げられることなく、新中国成立後は論じられることのないまま否定されてきた。清末民国初において'旧道徳の恢復'という主張自体は特殊なものではない。清末には、近代化の指針や民族の独自性を模索する作業として、従来の思想哲学が再検討された。孔子をキリスト教に対峙し得る存在として位置づけようとした康有為の'孔教化運動'はそのような意識の象徴といえる[3]。「中国教育会」、「愛国学社」を創立して政治改革に携わった章炳麟や黄宗仰は、儒教、仏教の復興を念頭に置いていた。蔡元培も、仏教に関する論稿を発表している[4]。『競立社小説月報』を刊行した亜東破佛（1876-1946）や戯劇改革に携わった李叔同（1880-1942）[5]も僧籍に入る。復辟を狙う遺老や、国学の衰退を危惧する文人、憂国救世の思いを抱く改革派など、多様な意識の錯綜した民国初期には、復古や仏教再興が叫ばれた。蒋維喬は、辛亥革命以後は仏教に傾倒する。章炳麟は辛亥以後、反袁闘争から対日抗争に至るまで復古を救国の策と主張した。帝政や旧体制の復権を図る政治勢力は、当然、礼教支配に執着した。その動向としては孫

伝芳（1885-1935）投壺事件（1925）[6]が知られている。ユダヤ人富商ハルドーン（哈同）の妻羅伽陵（1864-1941）をモデルとした小説『海上大観園』には、民国時期に顕在化した復古の思潮が反映されている。羅伽陵と愛人の姫覚弥（作中では螺螄夫人と周肖僧）は、国学を称揚する「広蒼学会」、「耆老会」を設立し古礼を復元し、名士遺老や政府要人の歓迎を受けた。彼らの挙行したのは、まさしく君臣関係の恢復を希求する'宋儒'の復古である。

呉趼人の主唱する'旧道徳'は、民国以後旧体制派の行った一連の'復古'の動向とは趣旨を異にしている。呉趼人は多くの著作の随所で、'宋儒'の非に言及して朱子学を批判し、自身の儒教解釈を唱えている。『新石頭記』で'老少年'は、'真文明'を'先賢先哲の遺訓（'孔子の道徳'と通称）'により治める、儒家型理想政治形態であると説明している。'先賢先哲'とは'堯舜以前'の原始共同体の人々であり'孔子思想'とは、古代人の創造を社会に活かし平和利用してきた、生活技術、治世経験の総称であるという。呉趼人は、その技術、経験に加え科学技術を獲得することにより実現し得る理想世界を想定し、'文明境'という形で作中に結実させようとした。

「上海遊驂録」における'旧道徳恢復'の主張には、『新石頭記』に述べられた政治理念を抜きにして'反動'化という片手落ちの即断が下されてきた。呉趼人は、中国の社会構造を勘案したうえで、伏羲、女媧、神農三皇を思わせる異能の科学者'東方文明'を皇帝に戴く'文明境'という政体モデルを提示した。民衆の望みに従う皇帝と学問徳性ある民衆が官僚となり政務に携わる'文明専制'という構想である。'旧道徳恢復'は、為政者にふさわしい有徳の民衆を育成する必要から生じた主張であった。二十世紀初頭の世界では未だ稀有な"民衆主導"の発想であったといえよう。小説であり、まして《理想科学小説》と謳っている以上、空想性や、非現実性を云々しても意味はない。先ずは、世界を挙げて富と権力、軍事力による抑圧が通常であった時代に、民衆主体の政治政体を構想した呉趼人の独創性、先進性、識見こそ評価されなければならない。

4. 文体、形式

　激しい'譴責'の言辞を短所、構成力を長所として挙げ、'話柄'を連ね'まとまりに欠ける'『二十年目睹之怪現状』の体裁に難点を見とめている点で、民国文壇の重鎮胡適、魯迅、阿英三者の見解は概ね一致している。その論評は、呉趼人の小説の特性と存在意義についての要所を捉えているといえる。しかし、清末社会における作家の意図や読者の期待に則って描かれた小説に、民国以後の価値意識に拠った批判を連ねても無意味であろう。呉趼人は、当時の社会状況に憤懣を抱き'頑愚を戒め糺さん'という意図をもって執筆していた。その立場に立って見れば、激しい批判の言辞は、多くの社会問題を提起し、作者の問題意識を表明するのに相応しく、かつ同じ憤懣を抱く読者の意に適う表現であったろう。

　魯迅は《社会小説》を風刺性に乏しい'譴責小説'と命名して、『二十年目睹之怪現状』を'話柄の連篇'に過ぎないと評した。ただ、呉趼人の作品全体を構成面から見てみると、短い話題を連ねた'話柄'の連なり形式を用いた小説は、《社会小説》のみである。呉趼人が小説家に転じた当時、列強の侵略とジャーナリズムの興起により、国家の存亡、政治社会の汚濁が朝野を挙げて議論される言論情勢にあった。彼は、社会事象を反映するのにより適切な形式と判断して《社会小説》に'話柄の連篇'形式を採用したのではないだろうか。呉趼人は、『海上名妓四大金剛奇書』(1898年)等職業作家に転じる以前の作品や《写情小説》では概ね一貫したストーリーに比較的巧みな構成力を発揮している。《歴史小説》では伝統的演義形式を用いている。魯迅は『中国小説史略』で世評の高い《写情小説》《歴史小説》については名を挙げるのみで、関心の対象外であったかの如く一言の感想もない。彼は《社会小説》のみ文学史上に詳しく取り上げて形式を貶し、'譴責'と命名し、'風刺性'に劣ると評しながらも『二十年目睹之怪現状』を熟読していた。むしろ彼が、不足を抱きながらも、同時代における'譴責'の意義は意義として認めていた証左であるといえよう。

　「九命奇冤」を、西洋小説の構造に倣って描いた作品の稀少な成功例とする点においても、三者の見解は一致している。前時代の実話を題材に取った「九命

奇冤」は、《歴史小説》でもなく社会事象を映すのでもない。善良な庶民、梁天来一家が大虐殺に遭った事件の顛末を描くサスペンスドラマである。呉趼人は周桂笙の翻訳や自作を連載する雑誌に載った多くの翻訳小説を読み[7]、西洋警察小説や探偵小説の作風に通暁していた。梁天来一家虐殺事件は、西洋小説に倣った作風を用いて創作するには、最適の題材であったと思われる。呉趼人の作品作りは、ジャンルにより意識的に構成を使い分けていたという点で、単なる‘譴責’を超える意図に発していたと考えてよいだろう。

そのように呉趼人は、演義体小説の常套を採用したり、西洋小説の構成に倣ったり、作品領域や読者層に合わせて構成を区別していたと思われる。それらすべての小説において、彼は伝統的章回体形式を採用している。構成上種々の工夫を凝らしながらも、読者が一見して小説と分かる形式で書こうとしたのであろう。英国小説「電術奇談」を日本語に翻訳した菊池幽芳は、人名を日本人名に改め、地名のみ漢字の宛て字で原音表記した。呉趼人は、日本語版を中国語に翻案するに当たり、人名も地名も中国名に改めている。彼はその処置について、読者の見慣れた名詞に改め読みやすくしたとの旨を断っている。彼が、講談や演義体、筆写版で見せ場を味わう形式に慣れ、新聞雑誌に順を追って連載する形式や活版印刷の商業出版形式に慣れていない中国の読者に、馴染みやすくしようと配慮していたことがわかる。

呉趼人はその執筆活動の核に救国救世を据えながら、《社会小説》による政治社会の悪弊、《写情小説》による男女関係、家庭生活、人生観の改革、《歴史小説》による歴史教育等、執筆の意図に合わせて構成を替え、描き分けていたと考えられる。呉趼人の作品のより重要な特質と考えられるのは、自身の価値観や観点を作品化しようとした執筆姿勢であるといえよう。

以上の如く、自身の信条や価値観により手法を使い分け、作品化しようとする創作意識を持っていた点、中国小説史上に《社会小説》、《写情小説》という新たな領域を創始した点、女性性の概念に開眼し、女性の命運や悪党の行状を清末の時代情況の投影として描いた点、女性性の発揚や女性の恋情の開放と、民族抑圧からの解放の連動性に着目した点、世界を‘傀儡’の舞台と認識し、

‘古代人の知恵’に学び、悪党に操られない学徳ある民衆の育成を提議した点、西洋小説に詳しく構成力に長じ、旧小説の常套を脱した作品を描いた点、一方で読者を意識し、その形式や感覚面での受容態勢に配慮した点等、呉趼人の執筆活動が中国小説史上に果たした意義は大きい。それらの成果はいずれも、伝統的小説概念の範囲を踏み越え、近代文学の草創期を担う役割を果たしたものであったといえよう。

註

序論

（１）「近十年之怪現状」（20回未完）は別名を〈最近社会齷齪史〉という。1909（宣統元）年から『中外日報』に不定期で連載。1910（宣統二）年単行本で出版。『呉趼人全集』第三巻版を使用。

（２）『最近之五十年』上海申報館 1923年2月（日記に拠れば1922年11月脱稿）。『五十年来之中国文学』申報館 1924年3月。

（３）魯迅『中国小説史略』北京大学新潮社 1923年12月（上冊）、1924年6月（下冊）。北新書局 1925年9月重印。

（４）上海商務印書館 1937年5月初版。1955年作家出版社より改訂版出版。

（５）『新石頭記』（40回）。『南方報』に1905年（光緒三十一）8月21日第28号から11月29日に第11回まで連載。1908（光緒三十四）年10月上海改良小説社より出版。1986年3月中州古籍出版社より復刊。

（６）「上海遊驂録」（10回）。1907年3月から5月にかけて『月月小説』第6号から8号に連載。

（７）中華人民共和国においては、例えば北京大学中文系一九五五級著『中国小説史稿』（人民文学出版社 1960年4月18日）は、'一九〇七年以降、資産階級民主革命の声は高まり、呉趼人の思想も完全に反動に引き込まれた。彼は革命に反対し、反清に反対し、もとあった半封建傾向も色褪せた（一九〇七年以后,资产阶级民主革命声势壮大,吴趼人的思想也完全输入反动. 他反对革命,反对反清. 原来的反封建色彩也就消褪了.）'、'一九〇七年以降の作品は質が悪く作品数も少なく、影響力も乏しかった（一九〇七年以后的作品既坏又少,影响不大 p.524～p.525）'と批評している。この見解は復旦大学『中国近代文学史稿』（原刊中華書局 1960年5月）、游国恩 王起 等主編『中国文学史』（人民文学出版社 1964年2月）等、主だった文学史においても踏襲された。

（８）『清末小説』第1号－第35号（清末小説研究会 1977年10月1日－2012年12月1日）。

（９）『清末小説から』1986年4月1日第1号創刊。2012年よりweb.版、最新号は第127号（2017年10月1日）。

（10）中村忠行「日中比較文学研究論文目録」（『清末小説から』第32号 1994年1月1

日)。

(11) 樽本照雄編著『清末民初小説目録』清末小説研究会 中国文芸研究会 1997年10月10日、以後増補改訂を重ねる。現時点の最新版は第6版 (CD-ROM) 清末小説研究会 2014年3月16日。

(12) 樽本照雄編著『清末民初小説年表』清末小説研究会 1999年10月10日。

(13) 「樽本照雄教授 略歴・業績目録」(『大阪経大論集』第61巻第6号 2011年3月)。

(14) 高伯雨「『二十年目睹之怪現状』索隠」(『読小説札記』香港上海書店 1957年8月、『呉趼人全集』第10巻所収)。

(15) 林瑞明『晩清譴責小説的歴史意義』(国立台湾大学出版委員会 1976年6月)。
陳幸蕙『「二十年目睹之怪現状」研究』(国立台湾大学出版委員会 1982年6月)。
黄錦珠『晩清時期小説観念之轉變』二.《恨海》的情節結構與角色塑造(文史哲出版社 1995年)。
呉錦潤「命意在於匡世」(黄修己主編《百年中華文學史》新亞洲文化基金會有限公司 1997年8月)。
蔣英豪「成也蕭何、敗也蕭何」―論呉趼人《恨海》与梁啓超的小説観(『二十世紀中国文学』台湾学生書局 1992年)。

(16) 文革終結後に次の二種類の呉趼人全集が出版された。①『我佛山人文集』第1-8巻(花城出版社 1988-1989年)、②『呉趼人全集』第1-10巻(北方文芸出版社 1998年)。本論は主として②に拠った。

(17) 李葭栄「我仏山人伝」原載『天鐸報』1910(宣統二)年10月。『呉趼人研究資料』(上海古籍出版社 1980年4月)所収。

(18) 魏紹昌編『呉趼人研究資料』(上海古籍出版社 1980年4月)。

(19) 王俊年「呉趼人年譜」(原載『中国近代文学研究』第2輯 1985年9月『我佛山人文集』第8巻 花城出版社 1989年5月、『呉趼人全集』第10巻所収)。日本においては70年代に、麦生登美枝が呉趼人の小説、筆記、詩に現れた呉趼人の思索と生涯を論じた「呉趼人」(『野草』第12号 1972年10月20日)を発表している。続いて中島利郎が清朝時代の資料を駆使した「呉趼人伝略稿」(『清末小説研究』第1号 1977年10月1日)を発表している。

(20) 李育中「呉趼人生平及其著作」(原載『嶺南文史』1984年第1期、『中国近代文学評林』第2輯 広東高等教育出版社 1986年7月に載録、『呉趼人全集』第10巻所収)。

(21) 王立興の発見した呉趼人の手紙。『蘇報』2497号(1903年6月21日)〈光緒二十九

年五月二十六日〉に登載された。(王立興「呉趼人与『漢口日報』―対新発現的一組呉趼人材料的探討」(『中国近代文学考論』南京大学出版社(1992年11月)。

(22) 原載『中山大学学報 哲学社会科学版』《1979年3期 総72期》(中国社会科学院文学研究所近代文学研究組編《中国近代文学論文集(1919-1979)小説巻》1983年4月所収を使用)。

(23) 盧叔度「関于我佛山人作品考略―長篇小説部分」(『中山大学学報 哲学社会科学版』1980年3期 総76期)。

  (呉趼人は)『二十年目睹之怪現状』以外に「瞎騙奇聞」「近十年之怪現状」「上海遊驂録」「発財秘訣」「胡宝玉」等、当時の社会における種々の暗闇や汚泥を描いた。呉沃堯が中国小説史上においてある意味で特異な要素を持つこの種の社会小説の優れた書き手であることは疑いもない。したがって先ず、彼のこの種の小説に対する理論と考え方について我々は注意を傾けるべきであろう。

  《二十年目睹之怪現状》外、又創作了《瞎騙奇聞》《近十年的怪現状》《上海游驂録》《発財秘訣》《胡宝玉》等、描繪了當時社會的種種陰暗污濁的現象。顯然,呉沃堯是一個創作這類在小說史上具有某些新特點的社會小說的能手,因而關於他對這類小說的理論和看法就首先應該引起我們的重視。(p.634)

(24) 楊易「呉趼人到上海年份考」(『復旦学報』(社会科学版)1983年2期)。
  王運熙 顧易生編《中国文学批評史》第二節「呉沃堯及其他」(上海古籍出版社 1985年7月)。
  姜東賦「晩清四作家小説観平議」(《天津師大学報》1988年第1期)。

(25) 欧陽健『晩清小説史』浙江古籍出版社(1997年6月)。

(26) 黄修己主編『二十世紀中国文学史』(中山大学出版社 1998年8月)。

(27) 付建舟『近現代転型期中国文学論稿』(鳳凰出版社 2011年6月)。

(28) 日本においては『二十年目睹之怪現状』、「通史」、『恨海』、『九命奇冤』等民国時期に単行本で刊行され流布している呉趼人作品については、第二次大戦以前より多くの論者が言及しているが、概ね作家作品の紹介感想に終始している。主な論稿は以下の如くである。
  大高巌「清末の社会小説について」『同仁』第8巻第6号 1934年6月。
  松井秀吉「小説に現れた清末官吏社会」『満蒙』第15年第7号。
  松井秀吉「読『九命奇冤』記」(一)『満蒙』第16年第4号(1935年4月1日)、(二)同第16年第5号(1935年5月8日)。

松井秀吉「『恨海』について」『満蒙』第16年第6号（1935年6月1日）。
武田泰淳「清末の風刺文学について」『同仁』第11巻第1号 1937年1月。
大村益男「清末社会小説」（中）早稲田大学『東洋文学研究』第14号 1966年3月。
呉趼人とその作品を論じた最初の研究成果は、澤田瑞穂『中国の文学』第四章「清末の小説」（学徒援護会 1948年『清末小説研究』第1号「清末小説研究会」1977年10月に再録）である。澤田ははじめて小説史の中に一章を立て、呉趼人の小説を比較的包括的に論じた。未だ掲載雑誌や単行本が復刊されず全集、作品集も出版されていない時期に、日本で論じられたことのない作品も視野に入れて論評している。中島利郎『晩清小説研叢』は日本で唯一の呉趼人研究論文集である。『恨海』版本を論証し梁啓超との思想的近似を指摘した。ほかに、山田敬三「新小説」としての「歴史小説」（下）（『神戸大学文学部紀要』12 1989年2月）、麦尾登美江「呉趼人の『俏皮話』について」（『野草』27号 1981年4月）、「呉趼人の「近十年之怪現状」と情変について」（『清末小説研究』第5号 1981年12月）、中野美代子「風俗小説の系譜Ⅲ——呉趼人論ノオト」（『北海道大学外国語外国文学研究』8 1960年12月）、宮内保の以下に挙げる一連の論考。

「写情小説恨海」における写実法について」（『漢文学会会報』23 1964年6月）。
「晩清小説研究論稿——呉趼人の譴責性（其一）」（北海道教育大学『語学文学』第10号 1972年3月）。
「晩清小説研究論稿 小説「通史」の思想——呉趼人の譴責性（其二）」（『語学文学』第11号 1973年3月）。
「晩清小説研究論稿——呉趼人の譴責性（其一の中）」（北海道教育大学『語学文学』第13号、1975年3月）。
「写実小説『恨海』における写実と政治」（『文教大学文学部紀要』第11－2号 1998年1月）。

が個別作品研究の成果として挙げられる。中野美代子は'戯作者'という前提のもとに呉趼人を論じた。呉趼人の諧謔の多いストーリー性の高い作風のもたらした印象であろう。宮内保は作中に描かれた社会事象の分析により'急進的思想家'と呉趼人を評した。いずれも、呉趼人の執筆姿勢を論じ、それぞれその資質の一端を捉えた力作である。呉趼人の事蹟、作品の全貌が未だ明らかにされない時期に、作品の風格から作者に対する印象が形成された結果、解釈が両極端に分かれたのであろうと思われる。

(29) 「付建舟『近現代転型期中国文学論稿』(鳳凰出版社 2011.6) p.247、「晚清社会小说的力作,李伯元《官场现形记》,据魏绍昌的考证,至于1903年9月开始发表于《世界繁华报》,但不当时是否标明为"社会小说"。同年10月(夏历),我佛山人的《二十年目睹之怪现状》首次在《新小说》第八号于载时,在"社会小说"栏目中推出,这可能是晚清最早出现的"社会小说"专用名称。其后这一名称就逐渐流行开来」。

　　吳趼人自身は「最近社会齷齪史」(1909)〈自序〉に《社会小说》の語を用いている。「于是使学为章回小说,计自癸卯始业,以迄于今,七年矣。已脱稿者,译意以衍义之《电术奇谈》(见横滨《新小说》,已有单行本)。如《恨海》(单行本)。如《劫余灰》(见《月月小说》),皆写情小说也。如《发财秘诀》,《上海游骖录》(均见《月月小说》),如《胡宝玉》(单行本),皆社会小说也。兼理想科学社会政治而有之者,则为《新石头记》(前见《南方报》近刻单行本)」。

(30)　欧陽健『晚清小说史』p.132。「彻底甩脱"史通"的羁绊,直面作者所处时代的社会人生,并且径直以"现状"题名的长篇巨著,在中国小说史上,当推《二十年目睹之怪现状》为第一部.」。

(31)　黄修己主编『二十世纪中国文学史』(中山大学出版社 1998年8月)'《二十年目睹之怪现状》还对小说的叙事模式做了可贵的探索与尝试.作品采用第一人称的叙事角度,这在我国长篇小说中尚无先例 (p.46).'

(32)　欧陽健『晚清小说史』p.140-141。「《二十年目睹的怪现状》第一回开宗明义的第一句话就是:"上海地方,为商贾…"…从文学史的角度讲,《二十年目睹的怪现状》是最先把资本主义商界引入小说创作的作品。…第七回…却更具有近代金融业的时代特点。商业上的往来,头一条讲的就是信誉。钟雷溪就是竭力制造自己资本雄厚、恪守信誉的假象,使十几家精明的钱庄一起上当的。」。

(33)　阿英『晚清小説史』第13章〈中国小説之末流〉「晚清小説中,又有名為寫情者,亦始自吳趼人.」、付建舟『近現代転型期中国文学論稿』p.279。

　　最初に《写情小説》の名を冠された小説は吳趼人自身の翻案した翻訳小説「電術奇談」である。その語の由来については不詳。吳趼人自身は「恨海」第一回で'与生俱来的情'、『劫余灰』第一回で'大而至于古聖人民胞物与,己飢己溺之心,小至于一事一物之嗜好,无非在一个情字範囲内'と'写情'についての持論を展開している。

(34)　付建舟『近現代転型期中国文学論稿』p.271、p.275。「《月月小说》杂志主编吴趼人在创刊之时,就把历史小说作为最重点,在杂志栏目的设置上,将它排在首位:正如梁启超把政治小说放在第一位一样,吴趼人把历史小说放在首位。…为了救国救民,扭转社

会风气,吴趼人等人认为必须加强社会教育,必须从历史小说入手」。

　　呉趼人は「歴史小説總序」(1906年9月『月月小説』第1号)に「正史、古典籍は入手困難で難解、長さも重量も子供の教育に向いていない。近年列強に倣って作られた歴史教科書類は粗略にすぎる。歴史小説を描いて社会教育に供したい」という主旨を述べている。

(35)　欧陽健『晩清小説史』p.143「这既是晚清时期大量出现的以古典名著为由头的"翻新小说"(啊英称之为"擬旧小说")中最早的一部,更是学贯中西的吴趼人对于传统文化和现代文明关系的深沉思考的集中体现」。

　　『新石頭記』は主人公と二人の端役を借りただけで内容は完全な創作であり'擬旧'の語は適切でない。'翻新'の語のほうが適切と思われる。

(36)　于润琦「我国清末民初的短篇小说(代序)」『清末民初小说书系』言情卷(上)(中華文聯出版社 1997年11月)。"笑话小说"这一概念的使用,大概首次是由吴趼人在其《新笑林广记》(《新小说》1902年创刊号)序言中提出的:'….吾笑话小说,亦颇不鲜,然类皆陈陈相因,无甚新意识,新趣味.内中尤以《笑林广记》为妇孺皆知之本,惜其内容鄙俚不文,皆下流社会之恶谑,非独无益于阅者,且适足为导淫之渐.思有以改良之,作《新笑林广记》.'自此"笑话小说"以一枝独秀,立于清末民初之林.。

(37)　吴錦潤「命意在於匡世」(黄修已主編《百年中華文學史》新亞洲文化基金會有限公司 1997年8月)。

　　　　从官僚地主向资产阶级转化的富有时代特色的人物,也是中国小说史上最先出现的民族资本家形象.(黄修已主編《二十世纪中国文学史》(中山大学出版社 1998年8月) p.46。

(38)　拙稿「『二十年目睹之怪現状』の目―登場人物の形象を通じて―」(『野草』51号 1993年2月)。

(39)　『発財秘訣』(10回)は〈黄奴外史〉と題して雑誌『月月小説』11-14号1907(光緒三十三)年11月~1908(同三十四)年3月に連載された。1908(光緒三十四)年上海群学出版社より単行本で出版。『呉趼人全集』第三巻版を使用。

(40)　上海市工商行政管理局　上海市工商行政管理局　上海市第一機電工業局機器工業史料組編『上海民族機器工業』(中華書局 1966年2月) p.82。

(41)　欧陽健『晩清小説史』p.140-141「第二十八回写沈经武在上海卖假丸药,还挂上一个"京都同仁堂"的招牌,…小说所写真假同仁堂这场未成的官司,大约是小说史上头一次关于商标诉讼的记述」。

(42) 周知のように西欧文学においては16世紀以来、時代情況と生育環境に迫られて犯行に至る人物をピカロ（悪党）、その悪事を描く小説をピカレスク（＝'悪漢小説'、'悪党小説'）と呼ぶ。近代西欧小説においては、拝金主義の世相を批判し、読者の反響を意識するという新たな局面が現れ、登場する悪党の階層、行動も多様化した。フィールディング（1707－1754）やバルザック（1799－1850）、ディケンズ（1812－1870）の描いた悪党の登場する作品はピカレスクとも社会小説とも呼ばれる。清末中国には、列強諸国の植民地拡大攻勢下に、産業革命以後のヨーロッパと同様の社会情勢、出版情況が出現した。経済と交通が発達し、新聞雑誌出版業と職業小説家、読者階層が誕生し、ピカレスク作品も翻訳された。創作小説では、時代と社会の悪弊を映した大量の作品が描かれた。なかでも《社会小説》を創始した呉趼人作品に登場する悪党の数は格段に多い。呉趼人の《社会小説》には、卑小な悪事と犯行の過程で社会の汚濁や世俗の悪弊が暴露されていく点に、ピカレスクとの類似性が認められる。登場人物の人生遍歴の中に世の理不尽や悪事が現れるという設定はチャールズ・ディケンズ『ピクウィック・クラブ』（1836－37）、『デヴィッド・コパフィールド』（1849－50）、『大いなる遺産』（1860－61）やヘンリー・フィールディング『トム・ジョウンズ』（1749）等の作風に近似している。呉趼人の親友で共同編集者であった周桂笙は清末随一の翻訳家だった。呉趼人は彼に進んで翻訳を求め、西洋小説に親しんでいたという（『新庵訳屑』巻下「自由結婚」（四則）（『呉趼人全集』第九巻所収）。樽本照雄『清末民初小説目録 第5版』には、呉趼人存命中に翻訳紹介されたチャールズ・ディケンズ（Charles Dickens）の作品として以下の書名が挙げられている。

　『滑稽外史（滑稽小説）』6巻（英）却而司迭更司　林紓　魏易譯　商務印書館　光緒33.7.7（1907.8.15）"NICHOLAS NICKLEBY"／『孝女耐兒傳（倫理小説）』上中下巻（英）却而司迭更司　林紓　魏易同譯　商務印書館　光緒33.12.3（1908.1.6）／"THE OLD CURIOSITY SHOP" 1841／『塊肉餘生述（社會小説）』前編2巻 後編2巻 前編光緒34.2.2（1908.3.4）後編光緒34.3（1908）"DAVID COPPERFIERD"／『賊史（社會小説）』上下巻　林紓　魏易同譯　商務印書館　光緒34.5.19（1908.6.17）"OLIVER TWIST" 1838（いずれも未見）。

　また、呉趼人と周桂笙の編集した雑誌『月月小説』にはガイ・ブースビーの翻訳短編小説が掲載された。ブースビーはダーク・ヒーロー〈ニコラ博士シリーズ〉の作者である。彼の作品は小説での悪党描写技術を呉趼人に提供したと思われる。呉

趼人は西洋小説から相当多くの影響を受けていたといえよう。ガイ・ニューウェル・ブースビー／(GUI NEWELL BOOTHBY)の小説は〈巴黎五大奇案之一〉シリーズとして『月月小説』に以下の短編が掲載された。「雙屍祭」白髭拜著 仙友訳『月月小説』1年1號 1906年1月11日（光緒三十四年九月十五日）／「斷袖」白髭拜著 仙友訳『月月小説』1年3号 1906（光緒三十二）年／「珠宮会」白髭拜著 仙友訳『月月小説』1年4号 1907（光緒三十二）年／「情姫」白髭拜著 仙友訳『月月小説』1年5号1907（光緒三十四）年／「盗馬」白髭拜著 仙友訳『月月小説』1年6号 1907年（光緒三十三）年。

また、樽本照雄『清末民初小説目録 第5版』によると、'ニコラ博士'作品は1908（光緒三十四）年に（言情小説）『青梨影』（英）布斯俾著 陳家麟譯）が商務印書館から出版されている（未見）。

しかし、呉趼人の作品の背景をなす社会倫理は儒教である。西洋ピカレスクの根底にあるキリスト教倫理、神への贖罪意識とは無縁であり、登場人物の行動様式、人生観を同一の枠組みで考察するのは難しい。

第一章

(1) 呉趼人『二十年目睹之怪現状』108回。《社会小説》を標榜し'我佛山人'の署名で雑誌『新小説』第8-15、17-24号に1903（光緒二十九）年10月から1906（光緒三十二）年1月にかけて連載され第45回で中断した。その後は書き下ろしで、1911（宣統二）年1月までに上海広智書局より甲巻から辛巻まで全八巻に分けて出版された。

(2) 李伯元『官場現形記』60回。南亭亭長の署名で『世界繁華報』に1903年4月から1905年6月まで連載。1904年同館より初編刊行。以後版本多数。第60回は欧陽鉅源の続作とされている。

(3) 李伯元『文明小史』60回。南亭亭長の署名で『繡像小説』第1号から第56号に1903年5月から1905年9月の間連載した。死後に「商務印書館」より単行本が出版され数度影印された。

(4) 曾樸『孽海花』1905年小説林社から20回本を出版。民国に入り、著者により数度増補改訂された。

(5) 劉鶚『老殘遊記』。『繡像小説』第9期から第11期（1903-1904）に連載、1904年から『天津日日新聞』に連載され、それぞれ単行本が出版された。その詳細や経緯

には謎が多い。以後、多数の版本が出版された。

（6）　胡適は'構成のない寄せ集め（没有结构的杂凑小说 p.29）'、'露骨で浅薄に過ぎ、こき下ろしの材料ばかり載せ、構造を考えず、読んでいるうちにうんざりしてくるところが難点である（短处在放太露,太浅薄,专采骂人材料,不加组织,使人看多了觉得可厌 p.81）'、魯迅は'言葉付きが直截で表現に奥行きがなく、そのうえ烈しい言辞を弄して時人の嗜好に迎合し、心映え、技術とも（『儒林外史』等の風刺小説には）及ばない。ゆえに（風刺小説とは）べつに譴責小説と呼ぶ（而辞气浮露,笔无藏锋,甚且过甚其辞,以合时人嗜好,则其度量技术之相去亦远矣,故别谓之谴责小说。p.252）'、阿英は'当時の政治社会情況を充分に反映し…意識的に小説を武器とした…ただ技術が貧弱なために成功したものはわずかしかない（充分反应了当是政治社会情况,…意识的以小说作为了武器,…惟由于技术贫乏,成功的也寥寥无几 p.4－5）'。

（7）　『晩清文学叢鈔』小説全四巻、伝奇戯曲巻、説唱文学巻各上下冊（中華書局 1960～1962）。

（8）　「九命奇冤」が西洋小説の影響を受けていることは疑いもない（「九命奇冤」受了西洋小说的影响,这是无可疑的。p.81）「九命奇冤」は、技術面で最も完全な小説とみることができる（故九命奇冤在技术一方面要算最完备的一部小说了 p.83）。

（9）　胡適は中国の小説について、'演義'から出たために、『三国志演義』から『官場現形記』に至るまで'構造がない（没有布局的 p.82）'ことを欠点として指摘し、呉趼人作品のみ例外として挙げている。

　　　　　'呉沃堯は西洋小説の影響を受けた事があったので、構成のない寄せ集めタイプの小説に飽き足りなかったのである。彼の小説にはすべて何らかの原理、構造がある。それが彼の同時期の作家たちに勝るところである。怪現状の体裁はまとまりに欠け、やはり無数の短い話が一緒になっている。しかし、作品全体に'私'という主人公がおり、その人生の事績を基本構造として、あらゆる短い話は'私'の二十年間に見聞した怪現状としてまとめられた。

　　　　　吴沃尧曾经受过西洋小说的影响,故不甘心做那没有结构的杂凑小说。他的小说都有点布局,都有点组织。这是他胜过同时一班作家之处。怪现状的体例还是散漫的,还含有无数短篇故事;但全书有个「我」做主人,用这个「我」的事迹做布局纲领,一切短篇故事都变成了「我」二十年中看见或听见的怪现状。（新民國書局 中華民國十八年一月 香港神州圖書公司影印版 p.79－80）。

（10）　周桂笙（1873－1926）、上海の人。名は樹奎、字桂笙、号新庵、莘庵。筆名知新室

註（第一章） 213

主人。幼時、上海広方言館で学んだ後、上海中法学堂に学び、フランス語を専攻し、英語も学んだ。卒業後、天津電報局、上海英商怡太輪船公司に勤めながら、西欧小説を翻訳し、『采風報』、『寓言報』、『新小説』、『月月小説』等に発表した。外国小説翻訳草創期からの翻訳者で、社会貢献、原作からの翻訳、原典の明記、白話での翻訳等を主唱した（鄭逸梅『南社叢談』上海人民出版社 1981年2月 p.78）。

楊世驥は「周桂笙」（『文苑談往』所収、原刊中華書局 1946年。華世出版社 1978年影印版を使用）で以下のように証言している。

　　わが国に初めて西洋文学を紹介した人を話題にすると人はみな林紓だと言い、周桂笙が林紓より早かったとは夢にも思わない。それが今となってはもはや記憶する者もいない。周桂笙の翻訳は質量では林紓に及ばないが、三つの点で彼を忘れることはできない。第一に、彼が、わが国で最初に西洋文学の素晴らしさを虚心に受け入れたのだ。彼は林紓のようにディッケンズの小説が好きだと言い立てはしなかったが、確かに我が国の太史公に似たところがあると言った。彼は欧米文学自体の長所を率直に認めることができたのだ。第二に、その翻訳した小説は多くはないがすべて身近な文言と白話を用いた。中国に初めて白話で西洋文学を紹介したのは、おそらく彼であったと言ってよい。第三に、彼の翻訳には、本当にその時代に新文化を輸入しようとする抱負があった。何らかの成果が目に見えるわけではないが、その志は称賛に値する。（中略）いわゆる"偵探小説"の中国への導入に最も功あったのは彼である。"偵探小説"の名称を成立させたのも彼である。(p.12 - 13)

　　大家但谈到我国最早介绍西洋文学的人、都认定是林纾、殊不知周桂笙比林纾更早、可是现在已不复为人所不记忆了。周桂笙的翻译工作在质量方面赶不上林纾、但有三事使我们不能忘怀於他：第一他是我国最早能虚心接受西洋文学的特长的、他不像林纾一样、要说迭司的小说好、必说其有似我国的太史公、他是能爽快地承认欧美文学本身的优点的。第二、他翻译的小说虽不多、但大抵都是以淺近的文言和白话为工具、中国最早用白话介绍西洋文字的人、恐怕要算他。第三、他的翻译工作、在当日實抱有一种输入新文化的企图、虽然没有什么成绩表现、他的一番志愿值得表彰的。（中略）输入所谓「侦探小说」到中国来的、他却是最力的一人。「侦探小说」的名词由他而成立、（楊世驥「周桂笙」原載『文苑談往』第一集 中華書局 1946年原刊。華世出版社 1978年影印版を使用）。

(11) 伝わるところでは呉沃堯は性格が剛毅で人に屈せず、志を得ずに終わった。故に

214　註（第二章）

とりわけ言葉に慨嘆が表れている。惜しいかな、描写がおおげさで、時に驚愕や憎悪に溢れて損なわれ、話が真実と異なって人の心を動かさなくなる。結局'話柄'を連ねたに過ぎず、暇人に談笑の種を提供することができただけであった。

　　　相传吴沃尧性强毅,不欲下于人,遂坎呵没世,故其言殊慨然。惜描写失之张皇,时或伤于溢愕恶,言违真实,则感人之力,顿微,终不过连"话柄",只足供闲散者谈笑之资而已。(『中国小説史略』人民文学出版社　1973年8月 p.257)。

（12）「清末文学研究時評」(『中国文芸研究会会報』第54号　1985年7月30日)。

（13）　憤りの気持ちが湧き起こり執筆時にその人物への憎しみにより、誇張の限りを尽くして描写し、面罵したい思いを晴らそうとしがちであったのだろう。そのため事実を離れ憎しみ溢れるのを免れないのである。ただ、同時代の作家の同種の作品に比べれば、構成力に優れている。

　　　蓋其感情激憤,於执笔时因憎惡其人,遂不免在描寫上盡量誇張,以洩其痛詆情懷,遂不免於失實溢惡。惟在結構上,較之同時代作家類似之作,則較為嚴謹。(同p.17)'

（14）『晩清文学叢鈔』(小説二巻)〈叙例〉。

第二章

（1）『呉趼人全集』(北方文芸出版社1998年2月)。

（2）呉栄光（1773-1843)。嘉慶期進士に合格し御史として出仕、道光期に湖広総督となった。詩文、書に優れ金石の造詣で知られた。次男尚志が呉趼人の祖父、尚志の次男昇福が父である。二人とも科挙に受からず、祖父は五品の工部員外郎、父は従九品の江蘇補用巡検に終わった。(李育中「呉趼人生平及其著作」(1984年執筆。『中国近代文学評林』第2輯　広東高等教育出版社　1986年7月) による)。

（3）『趼囈外編』(2巻60編) 1902 (光緒二十八) 年上海書局刊行。石印本。序文に丁西戊戌の間 (1897-1898) に執筆したと述べ、辛丑 (1989) 識と署名している。

（4）〈呉趼人哭〉魏紹昌編『呉趼人研究資料』1980年4月上海戸籍出版社所収。原本は1902 (光緒二十八) 年作者手跡石印本、未見。「佛老二氏以邪说愚民,本不久即可滅絶;宋儒乃举孔子以敌之,使其教愈炽,居然幷孔子而称為「三教」。吴趼人哭」。1937年3月13日から27日まで上海『辛報』に転載された。

（5）『海上名妓四大金剛奇書』100回。章回小説。1898年7月上海書局より石印版で出版 (未見)。

（6）雑誌『新小説』は1902 (光緒二十八) 年11月14日創刊。1906年1月まで全24号を

註（第二章）　215

発行した。

（7）　《社会小説》『九命奇冤』（36回）。1904（光緒三十）年12月から1905（光緒三十一）年12月まで『新小説』第12－24号に連載。1906（光緒三十二）年上海広智書局より単行本出版。

（8）　《歴史小説》「通史」（27回未完）1903（光緒二十九）年8月から1905（光緒三十一）年12月にかけて『新小説』第8－13、17、18、20－24号に連載。1910（宣統三）年上海広智書局より単行本出版。

（9）　《写情小説》「電術奇談」は日本菊池幽芳氏之著・東莞方慶周訳述・我佛山人衍義・知新主人評点という但し書きで雑誌『新小説』（第8号－第2年第6号〈原第18号〉）1903（光緒二十九）年10月5日－1905（光緒三十一）年6（?）月）に連載された。

（10）　魏紹昌編『呉趼人研究資料』所収〈同輩回憶録〉（上海古籍出版社　1980年）。

（11）　裴效維「佛山呉氏及家世考略」『清末小説』第21号（1998年12月1日）。

（12）　王立興の発見した呉趼人の手紙。『蘇報』2497号（1903年6月21日）〈光緒29年5月26日〉に登載された。（王立興「呉趼人と『漢口日報』──対新発現的一組呉趼人材料的探討」（『中国近代文学考論』南京大学出版社（1992年11月）。

（13）　アメリカ経済が1880年代後半より不況に陥るとともに、各州政府は中国人労働者の就業制限や禁止、中国人の公民権停止、居住、滞在、留学制限を条例化し、米中通商条約に付加した。1904年条約満期に当たりアメリカが継続を要求したので、条約調印拒否、米貨排斥運動が全国に拡がった。

（14）　『趼廛筆記』〈紀痛〉（宣統二（1910）年上海広智書局）『呉趼人全集』第7巻使用。

（15）　王俊年「呉趼人年譜」呉趼人全集『第10巻』p.61。

（16）　『胡宝玉』別名『三十年上海北里之怪歴史』。1906年9月『上海三十年艶跡』と改名され『我佛山人筆記四種』の一として上海楽群書局から出版された。

（17）　「近十年之怪現状」〈自序〉（1909）。

（18）　週刊『婦女新聞』58号（明治34年6月17日）森井生「清国の小女傑」による。

（19）　秦孝儀主編『革命人物誌』第18集　1978（民国六十七）年6月中央文物供応社。

（20）　「黄宗仰」（1865－1921）江蘇省常熟人。別名中央、烏目山僧。幼時より詩、古文、仏典まで渉猟し出家の思いに駆られる。1884年清涼寺で受戒、仏教を信奉するユダヤ富商ハルドーン（哈同）夫人羅伽陵の要請で仏教講座を開講。1902年章炳麟、蔡元培らと「中国教育会」設立、次いで「愛国学社」を開学。『蘇報』事件の後、上海に一人留まり逮捕者救出に努めたが果たせず、日本に避難した。孫文のホノルル行

き旅費や雑誌『江蘇』の出版資金を援助した。1904年帰国しハルドーン夫妻の庇護下に日本宏教書院仏典の重刻に専念した。民国成立後は俗事を謝絶し、1914年江天寺主座、1920年栖霞寺住持に就任した。（黄季陸主編『革命人物誌』第五集 中央文物供応社 1970／『中華民国史辞典』上海人民出版社 1991年8月／馮自由『革命逸史』第三集「烏目山僧黄宗仰」1965（民国五十四）年10月台湾商務印書館。

(21) 上海図書館編『中国近代期刊篇目彙録』（以下『彙録』）（上海人民出版社 1965年12月）所載『中華婦女界』一巻五期（1915年5月25日）に「〈図画〉薛錦琴女士（美国芝哥大学畢業生）」とある。

(22) 週刊『婦女新聞』53号（明治34年5月13日）景山事福田英「薛錦琴女に与ふるの書」内容紹介の但し書きによる。

(23) 蔣維喬「中国教育界の回憶」上海通社編『上海研究資料続集』（民国62年6月25日）中国出版社所収。

(24) 『蘇報』（1903年5月20日 光緒二十九年四月二十四日）〈學界風潮〉。

(25) 『漢聲』［湖北学生界第七八月号合冊］（黄帝紀元4394年6月朔日）〈雑俎〉［奴痛］「記薛女士」。

第三章

(1) 民国に入ると『遊戯雑誌』（月刊。1913（民国二）年11月30日創刊。全19期を発行）、『礼拝六』（週刊、1914（民国三）年6月6日創刊。1916年4月29日まで100期を発行して停刊。1922年9月復刊。1923年まで100期を発行、全200期で終巻）、『小説叢報』（月刊。1914（民国三）年5月25日創刊。1918年8月まで全44期を発行）など、大衆的娯楽雑誌が相次いで発刊され、鴛鴦蝴蝶派と総称された。資産や詩文書画の技で生計を立てる旧文人と異なり、新制学堂を卒業して勤め人となる新知識人庶民を読者層とした。

(2) 夏暁紅『晩清社会与文化』（湖北教育出版社 2001年3月）夏暁紅によれば、清代に至るまで纏足に反対する発言は常にあり、清朝歴代君主は頻繁に禁止令を発したが、漢民族には纏足しないと結婚に不利とする考えが強く、効果はなかった。晩清に至り、キリスト教布教師とキリスト教関係刊行物が批判の声をあげた。1883年康有為は二人の娘を纏足させず「不纏足会」設立を協議した。中国における最初の試みであったが頓挫した。1895年英国人立徳夫人（Mrs.Archibald Rittle 1845-1926）が重慶に「天足会（纏足しない天然の足を奨励する会）」を発起した。以後、維新派人

士や洋務派官僚の多くが賛同し、各地の紙誌が纏足禁止を説く論説を載せ、全国に「天足会」、「不纏足会」が結成された。
（3）　張競『恋の中国文明史』（筑摩書房　1993年5月）p.267。
（4）　秋瑾（1874－1907）浙江省紹興出身。1904年婚家を出て日本に留学。翌年帰国し光復会に参加、『中国女報』を発刊。1907年、紹興大通学堂督弁の時、光復軍の組織化を謀り、逮捕処刑される（馮自由『革命逸史』二集「鑑湖女侠秋瑾」）。
（5）　夏暁紅『晩清社会と文化』湖北教育出版社　2001年3月　p.259。
（6）　南武静観自得齋主人『中国之女銅像』（改良小説者　1909年）。
（7）　馮自由『革命逸史』第二集「鑑湖女侠秋瑾」（台湾商務印書館　1943年）。
（8）　烏目山人著『海上大観園』〈62回未完〉（上海東亜書局　1924年。1934年10月上海中央書店から重印。1991年5月上海古籍出版社から再版（重印版を底本とし呉桂龍〈前言〉を附す）は、羅伽陵（1864－1941）の存命中に書かれた伝記小説である。作者は羅伽陵と雇用関係にある人物といわれている。そのため羅伽陵像は多分に美化されている（拙稿「羅伽陵と『海上大観園』に描かれた螺螄－婚姻観の変化につれて」『野草』第62号　1998年8月）。

　　　　羅伽陵は中仏混血児とか鹹水妹とか噂される出自不明の女傑で、1886年ユダヤ人洋行職員哈同（サイラス・アーロン・ハルドーン　Silas-Aaron-Hardoon 1849－1931）と結婚した。夫とともに哈同洋行を創業、運営し、阿片売買と金融業、不動産業で巨万の財を成した。仏教を信仰し、烏目山僧黄宗仰に『大蔵経』の校訂刊行を依頼した。1902年、革命団体『中国教育会』会員であった黄宗仰の要請に従い愛国学社及び愛国女学に資金提供した。一方で、皇太后と義女の誼を結び、民国期には軍閥要人と交流を深めた。
（9）　王国維は1916年上海に来て羅伽陵に雇われた。小説『海上大観園』では王清如の名で登場する。彼は舅の羅振玉にあてた書信に'名誉すこぶる芳しからず…下等の人物'と書いている（『王国維全集』〈書信〉中華書局　1984年）。
（10）　呉趼人「説小説」『月月小説』第一年第八号「雑説」（趼）1907年5月（光緒三十三年四月望日）。『呉趼人全集』第8巻　p.220。
（11）　呉趼人の《写情小説》を描こうとする主張は理解できるが、結局（『恨海』、『劫余灰』は）旧套を脱し得ず、封建文人の思惟を暴露している。阿英の言うとおり、呉趼人の《写情小説》は"実際には旧来の才子佳人小説の変相であり、そこに現れているのは旧態依然たる封建思想なのである"。

《恨海》《劫余灰》…可以了解吴趼人之所为《写情小说》,无非是旧一套,充分暴露了封建文人的思想情趣. 阿英说的对:吴趼人的《写情小说》"实际上不外是旧的才子佳人小说的变相,反映的仍旧是一派旧的封建思想". (盧叔度「関与我仏山人後略—長篇小説部分」《中山大学学报 哲学社会科学版 1980年3期 総76期》p.99)。

(12) 澤田瑞穂「清末の小説」『清末小説研究』第1号（清末小説研究会 1977年10月1日）。

(13) 守節について以下の著作を参考にした。
①夫馬進「中国明清時代における寡婦の地位と強制再婚の風習」前川和也編『家族・世帯・家門―工業化以前の世界から』所収（1993年4月10日 ミネルヴァ書房）。
②白水紀子『中国女性の20世紀　近現代家父長制研究』（2008年6月30日 明石書店）によると貞女、烈女の表彰は明清代より盛んになったが、守節が厳格に守られたのは豊かな士大夫階級においてのみであったという。
③野村鮎子『帰有光文学の位相』（2009年2月27日 汲古書院）によると、守節に反対する意見は明代にすでにあったらしい。明代の古文家帰有光（1506-71）「貞女論」は「婚約者が死去した場合、女性が未婚のままで独身を貫くことへの反対意見である」という。

(14) 魯迅夫人朱安について以下の論文を参考にした。
①山内一恵「魯迅にあたえた朱安夫人の影響―「家」との関係をめぐって―」（『東洋大学大学院紀要』第20集 1984年2月）。
②桧山久雄「魯迅の最初の妻朱安のこと」『吉田教授退官記念　中国文学論集』（東方書店 1985年7月）。

(15) 註13①②によると貞女、烈女の表彰は明清代より盛んになったが、豊かな士大夫階級においてのみ守節が厳格に守られ嗣子を定めて養育させたという。

第四章

（1）沈復『浮生六記』。自叙伝。六記中四記のみ現存。岩波文庫版（昭和十三年）訳者佐藤春夫の解説にによると、1877（光緒三）年楊引傳が蘇州の露天で作者手稿本を発見、上梓した。1923年樸社が愈平白の校点により復刻、1980年7月人民文学出版社が愈平白校点本を復刻した。

（2）拙稿「恋愛描写と男女のあり方―清末民初の短編小説から」『一海・太田退休記念

註（第四章）　219

中国学論集』（2001年4月30日　翠書房）所収。
（3）　盧叔度「関与我仏山人後略―長篇小説部分」（『中山大学学報　哲学社会科学版　1980.3期　総76期』）。
（4）　樽本照雄「呉趼人「電術奇談」の原作」（『中国文芸研究会会報』第54号　1985年7月30日）。
　　　「呉趼人「電術奇談」の方法」（『清末小説』第8号　1985年12月1日）。
　　　「呉趼人訳「電術奇談」余話（上）」（『清末小説から』第40号　1996年1月1日）、「同（下）」（「同」第42号　1996年7月）。
（5）　拙稿「呉趼人「情変」の原作について」（『清末小説から』第62号　清末小説研究会2001年7月1日）。
　　　原作者は宣鼎（1832-1880?）。註（12）。
（6）　註（4）に拠る。
（7）　『新小説』第2年第5号　1905（光緒三十一年五月）に登載された「論《写情小説》於新社会之関係」で松岑は次のように述べ接吻を容認ならない行為としている。
　　　　　欧化風行，如醒如寐，吾恐不數十年後，握手接吻之風，必公然施於中國之社會，而跳舞之俗且盛行，群棄職業學問而習此矣。
（8）　周桂笙は以下のような評を施している。（『我佛山人文集』第6巻 p.80）
　　　　　寫採蓮謔浪笑傲。旁若無人。一見即知為下賤流品。寫夢境迷離徜。而入夢時便見仲達。將醒時又見仲達。可見鳳美腦筋中固未嘗須臾忘仲達也。無端插入一夢。想是欲寫情。至於無可着筆。故作此變幻耳。吾意原譯稿必無此一段。後取閱之。果無此一段。衍義者真狡獪哉。
（9）　拙稿「恋愛描写と男女のあり方―清末民初の短編小説から」『一海・太田退休記念中国学論集』（2001年4月30日　翠書房）所収。
（10）　「情変」（8回未完）は1910（宣統二）年『輿論時事報』に連載。『呉趼人全集』第5巻版を使用。
（11）　樽本照雄『清末民初小説年表』に『情変』8回時事報刊　庚戌1910年とある。未見。
（12）　宣鼎「秦二官」井波律子訳「少女軽業師の恋」（『ミステリマガジン』1993年8月号掲載）。
（13）　「情変」原作は宣鼎『夜雨秋灯録』巻三「秦二官」である。作者宣鼎（1832-1880?）は字子久、号瘦梅。安徽省天長の人。1877（光緒三）年、上海申報館より『夜雨秋

灯録』出版。光緒六年（1880）、『夜雨秋灯続録』を死後に出版。清末、広く流布し多数回にわたり翻刻された。『筆記小説大観』版は「秦二官」を未収。清・宣鼎著、項純文校点『夜雨秋灯録』（1995年9月）黄山書社版に収録。

(14) 麦生登美江「呉趼人の『近十年之怪現状』と『情変』について」『清末小説研究』第5号（清末小説研究会 1981年12月1日）。

(15) 「劫余灰」第11回。

(16) 『聊斎志異』巻八《花姑子》。

　　畢史氏曰，人之所以異於禽獸者幾希，此非定論也，蒙恩啣結至於沒齒，則人有慚於禽獸者矣，至於花姑，始而寄慧於憨，終而寄情於忍，乃知憨者慧之極，忍者情之至也，仙乎仙乎。

(17) 『我佛山人文集』第6巻（花城出版社）p.517に付載。

第五章

（1）'人から聞いた話でかってに創ったのではない（吾聞諸人言是皆実事，非凭空构造者）'。

（2）『趼廛筆記』〈神籤〉〈紀痛〉〈制煤油〉〈果報〉（1910（宣統二）年 上海広智書局）（『呉趼人全集』第7巻所収版を使用）、〈上海三十年艶跡〉〈金巧林〉〈後二怪物〉（原名『胡宝玉』1906（光緒三十二）年 上海楽群書局）『呉趼人全集』第7巻所収版を使用、『趼廛詩删剰』〈課弟〉〈清明日借瑞棠弟展君宜大弟墓，用辛卯「都中尋先兄墓」韻（八首）〉〈七月十九日夜接季父電，诏赴＊陵省疾，即夜成行，戚友知己都不及走告，賦此留別（二首）〉〈宜昌奔季父喪归，道出荊門，紀以一律〉（『呉趼人全集』第7巻所収版を使用）、『二十年目睹之怪現状』第三回：（先に船中で遭った役人を詐称する盗賊が実は盗みを副業とする役人であったことや'野鶏道台'、命婦の売春の話題から官界は'娼婦と盗人の溜り場'（男盗女娼）であると感じ入る件に）'両个道台，两个道台夫人，恰是正反対，写来好看杀人，我闻诸人言，是接实事，非凭空构造者'という評が付されている。

（3）高伯雨「『二十年目睹之怪現状』索隠」（『呉趼人全集』第10巻所収）、陳幸蕙『『二十年目睹之怪現状』研究』（国立台湾大学出版委員会 中華民国七十一年六月）、王俊年「呉趼人年譜」（『我仏山人文集』第8巻所収（花城出版社 1989年5月））。

（4）包天笑曽经向吴趼人请教小说作法，包氏说："他（吴趼人）给我看一本薄子，其中贴满了报纸上所载的新闻故事，也有笔录友朋所说的，他说这都是材料，把它贯穿起来就成

了。(〈编辑杂志之始〉)"…《钏影楼回忆录》p.358 香港大華出版社 1971年)。

（5）『二十年目睹之怪現状』[第24回]

　　広東の梁という翰林は閔浙総督何小宋の親戚として威勢を張り、福州の役人がみな挨拶金を贈った。ある日、贈った金額が少ないと梁から突き返された役人が、何に訴えたので、今まで贈られた金を全部返させられるはめになる。また彼は、李鴻章を弾劾し、逆に翰林を剝奪され五級降格される。

[第61回]

　　上海に来た'我'と文述農は、矢是園を散策していて30余歳の濃い髭を蓄えた男に出あった。それが兩広総督となった李鴻章を避けて上海珠蕊書院に来ている梁でいかにも見かけ倒しの流浪人という感じだった。

[第101回]

　　温月江が最も好むのは人の師となることで入門を願い出る者は拒まず、進物の多寡を情誼の厚薄とする。最も憎むのは舶来品で自分ばかりか人の使うのも許さない。ある日、門弟が入門に際して贈った進物が洋銀百元であったことを指摘されてうろたえる。以来、人は彼を胡散臭い人物と見ているが、本人は自分の学問に及ぶ者はないと鼻にかけている。鼻にかければかけるほど臭いので、人は彼に贈り名を奉り、梁頂糞と呼んだ。どれほど高くとも梁程度、どれほど臭くとも糞程度という意味である。

[第101回－第102回]

　　温月江が会試で北京に滞在中、彼の妻と翰林の武香楼が私通する。現場を押えた温月江は、間男にその日受けた試験の答案の草稿を読ませて合格の確約を取り付け、進士に合格する。人は'温月江甘んじて緑帽子をかぶる'と囃すが、良い対の句が出ない。温には涼、月には星、江には海の字が良いのだが。

（6）「新笑林広記」〈梁鼎芬蒙蔽張之洞〉

　　　　梁鼎芬が兩湖書院で講義を担当していた時、張之洞のもとに拝謁に赴くと、張は日を定め学生を試験しに赴くと約束した。梁は帰ると急ぎ出題し学生たちに作文させ、自ら添削して完成させたが清書させなかった。約束の日に張が来ると、梁は酒を用意してもてなし、張に出題をもとめると、張は梁に出題させた。そこで梁は前に出題したのを題とし、学生たちは初めて梁の真意を悟った。そこで、以前に添削された文章を清書した。答案が提出された時、酒はようやく数回廻ったばかりであった。張は非常に喜んで言った。'節庵翁の教育の力に

及ぶものはない.'

梁鼎芬主讲两湖书院时,一日往谒张之洞,张约以某日当到院考试诸生。梁归,急出题目,命诸生为文,亲为改削之,至臻完善,而誊正。至日,张至,梁置酒待之,请张命题。张转以命梁。梁即以前日所命之题为题。诸生始会梁意,即以其改就者誊正,缴卷时酒才数巡也。张大喜曰:"非节翁教育之力不及也。"(p.323)

〈梁鼎芬被窘〉

癸卯（1903）三、四月の間、清露密約の事件が暴かれ、日本留学生が義勇隊を組みロシアを排斥した。事件が国内に知られると、湖北の各学生も授業を辞めて集会をし三月二十日（原文：旧暦四月十七日）兩湖書院および自強学堂、武備学堂の各学生は武三仏閣前の空き地に集まり、激昂して演説した。梁鼎芬はちょうど武昌塩法道代行で、たまたま輿に乗り先払いして通りかかり、輿の中で冠を脱ぎ掌に置き銅縁の大眼鏡を架けると、眼鏡の中にこの情景が現れて、号令をかけ輿を停め何事かと聞いた。従者は、学生が東三省の事件で集会をしていると報告した。梁は怒って言った。'みなに騒ぎを起こさせるな。速やかに学堂に帰らせよ。'一群の学生はこれを聞くと声をそろえてどなった。駕籠かきは仰天し、学生が殴りかかってくるかと輿を担ぎすっ飛んで逃げた。冠は輿の外に転がり、従僕は入り乱れて列は混乱し、梁もひどくうろたえていた。（後略）

癸卯三、四月间,中俄密约事发,日本留学生会议编义勇队拒俄。事闻于内地,湖北各学生亦停课会议,于四月十七日,两湖书院及自强、武备各生集于武昌三佛阁前空场内演说利害。梁鼎芬时署武昌盐法道,适乘舆呵殿而过,在舆中自脱其冠,置扶手板上面。架铜边大眼镜,就眼镜中见此情形,喝令停舆,问何事。从者告以学生会议东三省事。梁怒曰:"叫他们不要胡闹,快回学堂去！"众学生闻之,齐声一哄。舆夫大骇,疑学生之将来殴也,舁之狂奔,冠坠舆外,仆从错乱,不复成列,梁亦大错愕。(p.323-324)

〈排滿党の実行政策〉

請安の礼は経伝には見えず、満人だけにあるもので漢民族にはないものである。本朝が天下をとってより満漢は雑居し、かくて漢人はその習慣に染まった。官界ではとりわけ盛んでしかも属吏が高官に拝謁する時の礼となっている。実は満人は同輩同士が会った時も互いに膝を曲げて請安をする。上官に仕える礼でないのだから、おべっかの仕種でもない。久しい間にどうしたことかこれが阿諛追従の技となってしまった。梁鼎芬はことさらにこれを遺憾とし、武昌府

註（第五章）　223

　　長官を拝命した時、これを廃止するよう提議した。総督巡撫は心服し布政司按察司は畏服した。属吏については推して知るべしであろう。論者が言うに'請安は満州の礼である。二、三百年このかた梁鼎芬の排除により、はじめて一朝にして我が漢民族の官たる威儀を回復した。これはまさしく排満政策を実行できたということか。'

　　请安之礼,不见经传,惟满人有之,汉族所无也。本朝定鼎后,满汉杂处,汉人遂染其习,官场尤盛,且以为僚属见长官之礼。其实满人平辈相见,亦各屈一膝,互相请安,既非事上之礼,亦非谄媚行径也。久之,不知如何,遂以此为卑讫。梁鼎芬尤不以为然,被命放武昌府,倡议革去之。督抚降心,两司屏息,僚属概可想矣。论者曰:"请安,满礼也,二三百年来,方得梁鼎芬革去之,一旦还我汉官威仪,是真能实行排满政策者。"（p.337）

（7）　夫馬進「中国明清時代における寡婦の地位と強制再婚の風習」（前川和也編『家族・世帯・家門―工業化以前の世界から』所収　ミネルヴァ書房　1993年4月10日）

（8）　第二次アヘン戦争／アロー戦争、アロー号事件ともいう。咸豊六年（1856）、広東港で清国官憲が香港籍船アロー号の中国人乗員を海賊容疑で拘束しイギリス国旗を引き降ろしたことが発端となった。中国全域への貿易開放を求めていたイギリスが出兵を強行、広東省城を攻撃すると、翌年、フランスも宣教師殺害事件を口実に参戦した。英仏聯合軍は広州を陥れ、同八年（1958）天津、同十年（1960）北京を占領したので清廷は和議に応じ天津条約、北京条約を締結した。

（9）　同治十一年十一月一日（1872年2月）曾国藩と李鴻章は毎年三十名、四年間に百二十名の英才を留学させる旨の章程を上奏し容閎らを留学生監督にアメリカを留学先に決定する。

　　曾国藩／1811（嘉慶十六）年－1872年3月（同治十一年二月）、湖南省湘郷出身。字滌生。1838（道光十八）年の進士。1860（咸豊十）年両江総督、1870（同治九）年直隷総督。太平天国軍鎮圧の功臣、洋務運動指導者、桐城派学者文人として軍事、政治、文芸界に君臨した。

　　李鴻章／1823（道光三）年－1901（光緒二十七）年、安徽省合肥出身。字少荃。1847（道光二十七）年の進士。1859（咸豊九）年、曾国藩の幕僚となり1862（同治元）年曾の推挙で江蘇巡撫、1870（同治九）年直隷総督兼北洋大臣。洋務運動の総帥、北洋陸海軍建設者として清末政治外交に権勢を揮った。

（10）　扶乩は扶鸞、扶箕ともいう。五世紀ごろ始まり清代に全国的に普及した交霊術。

224　註（第五章）

　　　吊るした筆や手で支えただけの木の棒が自動的に動き砂や線香の灰を敷いた盤上に文字や詩句や記号が描き出される。それを解釈し神霊からのメッセージとする。文字、詩文を媒介とすることで知識人にも歓迎され、民衆教化の役割も果たした。

(11)　葉名琛／1807（嘉慶十二）年－1859（咸豊九）年、湖北漢陽出身。1835（道光十五）年の進士、翰林院編修。道光二十四年武郷試校閲大臣。1852（咸豊二）年太平天国軍鎮圧の功により両広総督。1856（咸豊六）年'アロー号事件'に端を発した英軍の侵攻に攻守を怠り咸豊七年十二月二十九日（1857年11月14日）広州陥落。捕虜となりカルカッタに連行されその地で病死した。

　　　葉名琛に纏わる逸話／『清朝野史大観』巻7〈葉名琛〉〈葉名琛迷信乩語〉（1981.6 上海書店版を使用）、『近代中国秘史』〈葉名琛広州之変〉（1987年11月　巴蜀書舎『清代野史』第5輯収録）、沈雲龍著『近代史事與人物』〈葉名琛誤国貽羞〉（民国60年3月　文海出版社『近代中国史料叢刊』63輯）などに葉の扶乩に纏わる話題が収録されている。『中国秘史』は呉趼人が作中評語に引用。未見。

(12)　文化人類学の側面では神話伝説上の鬼神、英雄、歴史人物の言行を分析し、'秩序や権威に従わず欲望のままに既成の価値を破壊しながら新たな価値を生み出していく行動様式、狡猾で残酷かつ無邪気で滑稽な性格、相手を出し抜く独創的発想、禁忌を畏れない欲望追及の姿勢、滑稽尾籠な振る舞いで笑いを誘う道化的個性'といった特質を抽出し、トリックスターと命名している。区丙と花雪畦の言動は、欲望の追求、非倫理性、自己中心性、非情、関係者や状況への無関心、新局面の展開といったトリックスターの性格に相応する特質を備えている。呉趼人の悪党小説に登場する悪党の姦計、性格は、そのような'トリックスター'の特質に合致している。呉趼人の小説中に描かれた貧民、軽輩悪党の言動は程度の差はあれみなトリックスターの特性に合致した要素を備えていると思われる。ただ、P.ラディン他『トリックスター』は神話的視点に基づく研究の成果である。該書によれば、トリックスターは本来、原初の英雄や創造者、神話的存在であった。呉趼人の描く貧民、軽輩悪党の悪事には強い社会的影響力が見いだせるが、トリックスターのもたらす絶対的創造性とは異なっている。本論においては、"狡猾かつ滑稽な性格"、"既存の倫理や良識に捉われず自己の欲望を追求"する貧民、軽輩悪党の悪事を、人の心を操って利益獲得を画策する悪党について、呉趼人自身の用いた'傀儡の糸を操る者'の用語を借用し、'傀儡'使いと呼んだ。トリックスターについては以下の著書を参考にした。

　　　P.ラディン・K.ケレーニイ・C.G.ユング著『トリックスター』皆川宗一・高橋英

男・河合隼雄訳（晶文社 1974年9月）、山口昌男『道化の民俗学』（岩波書店 2007年4月）、J・P・B・デ＝ヨセリン＝デ＝ヨング「トリックスターの起源」、宮崎恒二他訳『オランダ構造人類学』（せりか書房 1987年12月所収）、井波律子『トリックスター群像』（筑摩書房 2007年1月）。

(13) 呉趼人の社会運動への参加としては、拒俄運動、反米華工禁約運動等政治運動への参加のほか、広東人有志と語らい広志小学堂を設立運営したり（「広志小学招生広告」「広志学校付属国文補習夜塾」）、広東省が"水害で河川氾濫し田地家屋は沈み各県に難民流出"（「広東同郷曁各帮均鑒」）（『呉趼人全集』第8巻所収）した事態を訴え、救済の募金活動を呼びかける活動が、記録に残されている。

(14) 呉趼人は、『二十年目睹之怪現状』の以下の話題を実体験として詩文に記している。①第2回：客死した父の赴任先に駆けつけ棺を奉じて帰る話（『趼廛笔記』〈神簽〉）②第32−35回：夫の死後その兄に売られた知人の寡婦を救う話（『趼廛笔記』〈果報〉）③第108回：山東に客死した叔父の幼い二人の遺児を、遠路訪ねて捜し当て上海に連れ帰る話（『趼廛詩刪剩』〈課弟〉〈清明日借瑞棠弟展君宜大弟墓,用辛卯「都中尋先兄墓」韻（八首）〉）④第108回：伯父の任地宜昌に赴きその葬儀を執り行う話（『趼廛詩刪剩』〈七月十九日夜接季父电,诏赴彝陵省疾,即夜成行,戚友知己都不及走告,賦此留別（二首）〉〈宜昌奔季父喪归,道出荊門,紀以一律〉）（『呉趼人全集』第7巻所収）。

(15) 今堀誠二『中国の社会構造』（有斐閣 1953年）第7章「商工業の機構」第3節。中国の伝統的社会構造について、今堀'共同体意識'、仁井田陞'仲間主義'（『中国法制史研究』［奴隷農奴法・家族村落法］ 東京大学出版会 1962年9月）の用語を用いた。

(16) 呉錦潤「命意在於匡世」（黄修己主編《百年中華文學史》新亞洲文化基金會有限公司 1997年8月 p.15）。

(17) 夏曉紅『晩清文人婦女観』（作家出版社 1995年8月）。

(18) 『呉趼人全集』第10巻 p.63、p.64。

(19) 張之洞（1837−1909）字孝達。直隷南皮（現河北省）の人。15歳で挙人に合格。1853年より十年間、貴州知府の父や河南巡撫の従兄に随い太平軍、捻軍鎮圧に加わる。1863年進士に合格、翰林院編修。1881年山西巡撫、英国伝教師李提摩太（Richard, Timothy）を顧問に科学技術の知識を得、洋務局を設立して人材を求め、外国兵器を買い軍備を整えた。1884年兩広総督。中法戦争を機に洋務色を強めた。湖広総督、

両江総督を歴任し、1907年軍機大臣。湖北に二十数年余、新政を敷き、鉄鋼業殖産、新式軍隊養成、新式学堂創設に努めた。

第六章

（1）　以下の版本がある。①②は未見。③－⑥はすべて②を底本として校点を加えたという。本稿は③を使用した。

　①原載『南方報』（1905光緒31）。④によれば1905（光緒三十一）年8月21日第28号から11月29日に第11回まで連載。

　②『絵図新石頭記』。⑤によれば上海改良小説社より1908（光緒三十四）年10月出版。4巻8冊全40回。回毎にはじめに挿絵がある。

　③『新石頭記』（中州古籍出版社 1986年3月）。②に校点と注釈を加え、'拳匪''義和拳'の文字用語を'義和団'に統一。挿絵なし。

　④『我佛山人文集』（花城出版社 1988年8月）。⑤⑥と挿絵に異同がある。

　⑤『中国近代小説体系』［近十年の怪現状・新石頭記・糊塗世界・両晋演義］（江西人民出版社 1988年10月）。校点は③と同一。用語の統一なし。挿絵をはじめに纏めた。落書きあり。

　⑥1998年8月 北方文芸出版社『呉趼人全集』第6巻［新石頭記・白話西廂記・海上名妓四大金剛奇書］。回毎はじめに挿絵をおく。校点は③と同一。用語の統一なし。挿絵は⑤と同一、⑤と同箇所に落書きあり。

（2）　以下の資料から執筆年を1905（光緒三十一）年9月～1907（光緒三十三）年2月間とした。

　①『呉趼人研究資料』によれば『南方報』（未見）連載期間は以下の如くである。「『南方報』光緒三十一年（1905）八月二十一日至十一月二十九日、報上連載僅至第十一回、光緒三十四年（1908）十月上海改良小説社単行」。

　②報癖『新石頭記』（『月月小説』6号 1907（光緒三十三）年2月（一月）。

　③「両晋演義」第十六回―第十八回附「本社撰述員附告」（『月月小説』6号 1907（光緒三十三）年2月（一月）'啓者僕自前歳六月由漢返滬後…南方報前載新石頭記小説為僕手筆'。

（3）　「近十年之怪現状」〈自序〉。

（4）　楊世驥『新石頭記』『文苑談往』所収。原刊中華書局 1946年　華世出版社影印版 1978年2月を使用。

註（第六章）　227

　　　　第21回以後で文明境を遊歴する見聞は、作者の幼稚な提案で恰好ばかりと言わざるを得ない。事件を写実描写した後に荒唐無稽で根拠のない世迷言を継ぎ足した失敗は喩えようもない。宝玉が文明境から帰って後の感想や、作者の述べようとする政治主張もわけがわからない。

　　　　『新石頭記』第二十一回以後、寫寶玉遊歷"文明鏡"的見聞，那是作者一種極幼稚的凝想，未免太架罵了. 在寫實的故事之後, 忽然接上一段荒謬不經的敘述，其失敗是不用言喻的. 寶玉自"文明境"歸來後的觀感, 作者大約欲寄託他政治的主張, 但頗為隱晦. (p.119) (楊世驥)。

(5) 盧叔度「関与我佛山人後略－長篇小説部分」(《中山大学学報 哲学社会科学版 1980年3期 総76期》)。

　　　　『新石頭記』の作者は庚子事変前後の北京の情景を映し出すという側面に筆を割いた。しかし作者の階級的限界により義和団の反帝闘争の進歩的意義を正しく知り得なかったばかりか、憎悪の感情を抱いて義和団を歪曲して描写し、不当な言いがかりをつけた。『新石頭記』を創作傾向について論じればやはり非常に誤ったものである。

　　　　《新石头记》作者花了一些笔墨从侧面反映庚子事变前后的北京情形, 可是由于作者的阶级局限性, 他不仅不能正确地认识义和团在反帝斗争中的进步意义, 反而怀着憎恶的感情, 对义和团作了歪曲的描写和无理的责骂. 从《石头记》的创作倾向来说, 也是非常错误的, … (p.90－91)

(6) 『新石頭記』（中州古籍出版社 1986年3月）王立言〈前言〉に指摘。

(7) 報癖『新石頭記』（『月月小説』第6号 1907（光緒三十三）年3月所載）は、'老少年'を作者の意見を代弁する役柄とみなしている。

(8) 『新石頭記』の『南方報』に連載当初の署名は老少年撰だった。

(9) 第5回に'大清光緒二十七年二月十二日（1千9百零一年）'の日付の新聞を読む場面がある。

(10) 以下は『時務報』『清議報』に掲載された記事である。
　　『時務報』（1896年8－11期）
　　　「測砲線鏡」（訳倫敦東方報）2期／「照相新法」（訳日本西字捷報）2期。
　　　「英重気球」（訳倫敦東方報）6期／「美国刱造潜水戦船」（訳東京日字報）10期。
　　　「気球難破」（訳東京日日報）12期／「徳国新式気球」（訳英国公論報）12期。
　　　「電線消雷」12期／「破水雷新器」（訳倫敦東方報）12期。

「海底行船新法」（訳英国公論報）13期／「螢火魚」（訳英国公論報）13期。
「海底照相」（訳英国公論報）18期／「尋船新光」（訳上海西字林日報）18期。
「行軍気球」（訳温故報）31期／「易格司射光」（訳上海字林西報）43期。
「探極小輪」（訳倫敦東方報）31期／「探極帯眷」（訳倫敦東方報）31期。
「探訪北極」（訳美国格致報）33期／「探極述闘」（訳公論報）42期。
「探訪南極」（訳美国格致報）42期／「南極」（訳横浜日日西報）43期。
「社会党開万国大会」（訳国民新報）6期。

『清議報』（1898年12月 - 1901年12月）
「新式気球」14冊（1899年5月10日）／「太平洋海底電線」36冊（1900年2月20日）。
「英国海底電線」42冊（1900年4月20日）／「美人制砲」67冊（1900年12月22日）。
「新造水雷艇」73冊（1901年3月20日）／「法国沈設海底電線」76冊（1901年4月19日）。
「俄国水雷艦」77冊（1901年4月29日）／「海底艇成績」85冊（1901年7月16日）。
「新制潜水艇」89冊（1901年8月14日）／「近世新砲＊」95冊（1901年10月22日）。
「創設海戦」95冊（1901年10月22日）／「大博覧会」43冊（1900年4月29日）。
「駁論万国平和会議」10冊（1899年4月1日）／「万国平和同盟説源流考」12冊（1899年4月20日）～15.17。
「論万国平和会議」24冊（1899年8月16日）／「法国博覧会詳記」55冊（1900年8月25日）。
「万国平和会議処理国際紛争条約」66冊（1900年12月12日）66.68冊。

(11) 『点石斎画報』1884年5月創刊。旬刊。『上海申報』の附属事業。
(12) 『二十年目睹之怪現状』第22回 p.159及び『新庵訳屑』「世界最長之髭」〈評語〉に ‛『点石斎画報』絵為図、一事盛伝観之、…' と、『点石斎画報』の名をあげている。
(13) 『世紀末中国のかわら版 絵入新聞点石斎画報の世界』中野美代子／武田雅哉編訳（1989年2月15日 福武書店）、『翔べ！大清帝国』武田雅哉（1988年2月 リブロポート）。
(14) 樽本照雄「漢訳ヴェルヌ「海底旅行」の原作」『清末小説から』2（清末小説研究会 1986年7月1日）。
(15) 創元SF文庫『海底二万里』荒川浩充訳（1977年4月22日 東京創元社）を使用した。
(16) 周桂笙訳は1906年4月13日（光緒三十三年三月二十日 上海広智書局、魯迅訳は『浙江潮』10期 1903年12月8日に掲載（清末小説研究会編著『清末民初小説目録』

(中国文芸研究会 1988年3月) による)。呉趼人は『新笑林広記』収録の「新小説」に『浙江潮』の名を記している。

(17) 「『買鴉西鼓詞』序」(原載『月月小説』第1年第7号 1907年4月 (光緒三十三年三月) に「地心旅行」の記述と一致する文章が見られる。

(18) 「文明と野蛮」の問題は『清議報』だけでも以下のように多くの論議を呼んだ。
　　① [飲冰室自由書] 「文野三界之別」27冊 (1899年9月15日)。
　　② [飲冰室自由書] 「維新図説」。
　　③ 「国民十大元気論」(文明之精神) 33冊 (1899年12月23日)。
　　④ 「論文明之戦争」38冊 (1900年3月11日)。
　　⑤ 「文明促進化」59冊 (1900年10月4日)。
　　⑥ 「文明国人之野蛮行為」65冊 (1900年12月2日)。
　　⑦ 「戦争者文明之母也」66冊 (1900年12月12日)。
　　⑧ 「新聞力之強弱与国家文野之関係」69冊 (1901年1月11日)。
　　⑨ 「平和者欧州以内之平和也」69冊 (1901年1月11日)。
　　⑩ 「十九世紀之欧州二十世紀之中国」93冊 (1901年10月3日)。
　　⑪ 「中国文明与其地理関係」100冊 (1901年12月21日)。

(19) 「『買鴉西鼓詞』序」(原載『月月小説』第1年第7号 1907年4月 光緒三十三年三月) に '是故善殺人者、一蹴而幾文明' という。'外国崇拝と中国蔑視' に対する批判は『中国偵探案』〈弁言〉1906 (光緒三十二) 年上海広智書局出版や「上海遊驂録」随所に見られる。

(20) 『二十年目睹之怪現状』第22回、『上海遊驂録』第10回。

(21) 『時事新報』(1901年4月4日) (『新聞集成明治編年史』巻11所収)。

(22) 「少女の慷慨演説」週刊『婦女新聞』49号 (1901年4月15日) に翻訳登載。

(23) 週刊『婦女新聞』58号 (1901年6月17日) 森井生「清国の小女傑」による。

(24) 週刊『婦女新聞』68号 (1901年8月26日) 「薛錦琴に与へたる書」春浦生。

(25) 福田英子 (1865-1927) 岡山県出身。自由民権運動に参加、入獄。社会主義者となり「平民社」と交流、田中正造と谷中村を支援。「社会主義同志婦人会」を発起し、雑誌『世界婦人』を発行した。中国革命同盟会機関誌『民報』発刊にも尽力した。1904年『妾の半生涯』出版。(村田静子『福田英子―婦人解放運動の先駆者』岩波新書 1959年4月)。

(26) 景山英事福田英「薛錦琴に与ふるの書」(一) 週刊『婦女新聞』53号 (1901年5月

13日）、「薛錦琴に与ふる書」（つづき）同誌54号（1901年5月20日）。
(27) 『清議報』82冊（1901年6月16日）（日）福田英子「致薛錦琴書」『女学報』第二年一期（1903年2月27日 光緒二十九年二月朔日）「日本女士福田英子致薛錦琴書」。
(28) 『彙録』所載『留美学生年報』庚戌一期（1911年7月）に「論徳育之必要」薛錦琴とある。
(29) 『彙録』所載『神州女報』月刊第二号（1913年4月 民国2年4月）に「図画教育部正長薛錦琴君肖影」掲載。
(30) 『彙録』所載『中華婦女界』第二巻五期（1916年5月25日 民国5年5月25日）に「社会罪悪問題実地研究　狄波拉之家族（未完）」（美）戈達徳著　香山薛錦琴女士訳、同第二年六期（1916年6月25日 民国5年6月25日）に同（続）掲載。
(31) 孫元「南洋中学最早的女生」2013年2月16日閲覧　http://www.nygz.xhedu.sh.cn/Dangan/printpage.asp?ArticleID=697。

第七章

（1）　本論は『月月小説』連載版と『呉趼人全集』（北方文芸出版社）第3巻を使用した。引用頁は全集版。
（2）　北京大学中文系一九五五級著『中国小説史稿』（人民文学出版社 1960年4月18日）
　　　復旦大学中文系1956年中国近代文学史編写小組（原刊中華書局 1960年5月版 1978年香港影印版を使用）、
　　　張炯等主編『中華文学通史』1〜10巻〈第5巻近現代文学巻〉（華芸出版社 1997年9月）、
　　　易新鼎主編『二十世紀中国小説史発展史』（首都士範大学出版社 1997年12月）、
　　　于潤琦総主編『百年中国文学史』上巻（1872年〜1916年）（四川人民出版社 2002年6月）等があげられる。
（3）　簡夷之「《二十年目睹之怪現状》前言」『二十年目睹之怪現状』人民文学出版社 1959年7月）p.14。
（4）　北京大学中文系一九五五級『中国小説史稿』人民文学出版社 1960年4月18日）p.524（道徳を提唱する）というこのような古臭く時局に疎い観点は、歴史の現実を前にしては挫折せざるを得なかった。1907年以降、資産階級民主革命の声は日増しに高まり、呉趼人の思想も完全に反動に転じた。彼は革命に反対し、反清に反対し、本来あった反封建色も色褪せた。…このような意気地なしは真に資産

階級改良派の投降主義、奴隷根性の表れである。

　　提倡道徳（《上海游驂録》）…这种陈旧不堪的迂腐观点,在历史现实面前,是不能不碰壁的.一九〇七年以后,资产阶级民主革命声势壮大,吴趼人的思想也完全输入反动。他反对革命,反对反清。原来的反封建色彩也就消褪了。…却这样胆小如鼠！真是资产阶级改良派的投降主义奴性的表现。

（5）盧叔度「関与我佛山人後略―長篇小説部分」（《中山大学学報 哲学社会科学版 1980年3期 総76期》p.89）。

　　呉趼人はこの短文に彼の社会改良、革新についての意見を発表した。'急ぎ我が国固有の旧道徳の恢復を図る'は、呉趼人の一貫して主張してきた時局に疎い唯心主義である。「上海遊驂録」を思想内容から見ると、やはり相当に落伍したものである。

　　吴趼人在这篇短文里,发表他对改良革新社会的意见,是"急图恢复我固有的旧道德",这是吴趼人一贯的迂儒的唯心主义的主张.从「上海游驂录」的思想内容来看,也是相当落后的。

（6）高国藩「呉趼人」（周鈞韜主編『中国通俗小説家評伝』所収 中州古籍出版社 1993年9月）。

　　要するに「上海遊驂録」に対して中正な評価が成されてこそ、呉趼人の全著作を関連付け、その思想の基本的方向性を見出し、事実に従って究明する正確な結論を導き出せるのだ。

　　总之,唯有对《上海游驂录》有一个中肯的评价,才有可能联系吴趼人全部著作,找出他进步的主流,作出实事求是的正确结论。（p.385）

（7）拙稿「1910年上海―胡適と呉趼人」（『火鍋子』第7号 1993年4月10日）。

（8）鄭孝胥（1860-1938）福建省閩侯県人。字、蘇戡。号太夷、海蔵。1882年挙人に合格。1891年日本東京副領事、1893年神戸、大阪領事。日清戦争で帰国、張之洞の幕下に入る。京漢鉄道總弁を務める。

　　樽本照雄は、鄭孝胥が漢口行き船中で呉趼人と遇ったという『鄭孝胥日記』の記述を発見している（「鄭孝胥日記に見る長尾雨山と商務印書館」『清末小説から』第38号 清末小説研究会 1995年7月1日）。

（9）于右任（1879-1964）原名伯循、字誘人。「中国革命同盟会」会員。清末時期は『神州日報』、『民呼日報』等を編集し、『中国公学』教員を務めていた。

（10）蔣維喬（1843-1958）、字竹庄。江蘇省武進の貧窮文人家庭出身。父親は弱年で学

業を中断し肉体労働で一家を養った。独学で秀才に合格、郷試に受からなかったが、成績優秀で南菁書院に入り古典を習得した。1901年、高等学堂に改組した同書院で新学を学び、革命思想に心酔した。1903年、蔡元培の要請で章炳麟とともに「中国教育会」、「愛国学社」に参加した。辛亥以後は教育部や大学で教育事業に携わりながら、仏教研究に傾倒した(『民国人物誌』第5巻)。

(11) 王雲五(1888-1979)広東省香山県出身。中国革命同盟会会員。上海に育ち働きながら学び、編集、教育、出版文化事業に従事した。『民国人物小伝』(伝記文学出版社 民国78年12月1日)、方漢奇『中国近代報刊史』(山西人民出版社 1981年6月)。

(12) 亜東破佛(1876-1946)。本名彭兪、字遜之。江蘇溧陽県人。1907年『競立社小説月報』を創刊し、「空桐国史」「殲鯨記」等の小説を書いた。民権、維新を鼓吹するが、清朝政府に封鎖され2期で停刊となる。呉趼人の「剖心記」に評語を書いた。「剖心記」は該報第二期に載り二回で中断した(1907)。1908年「中国革命同盟会」入会、革命を鼓吹した。貧窮して浙江に落魄し、1918年虎跑寺で出家する。以後、山中に隠棲し詩文や禅談関係の著述を刊行する。28年環俗。(彭長卿「亜東破佛伝記」『清末小説研究』第5号 1981年12月1日)。

(13) 李葭栄。字懐霜。広東省信宜人。「愛国学社」社員。「中国革命同盟会」会員で「南社」社員、民族革命派である。辛亥前後、上海で『天鐸報』主筆を務めた。(方漢奇『中国近代報刊史』(山西人民出版社 1981年6月) p.495、p.692、『中華民国名人伝』(近代中国出版社 民国73年11月)。

(14) 『胡適之日記』(中華書局 1985年)。

(15) 耿雲志『胡適年譜』(四川人民出版社 1989年12月)吉川幸次郎訳『胡適自傳』(養徳社 昭和二十一年十二月二十日)。

(16) 夏森林、唐維楨(桂梁)、呉恂昌(君墨)、許政(亮孫)、黄子高、程瑶笙、鐘英、意君、仲誠、陳祥雲、賈徴(剣龍、西湖俠隠)、李繼堯、李永清、徐子端、貴俊卿、橘丈、怒剛、翁芸航君、假君墨、小山君、子勤、胡希彭、永茂詢、惕銘、節甫、観光、李未来、松堂翁、謝卓然、節甫、永茂號、梅渓、吉門先生、王雲五、淡春谷、李懐湘、黄翠凝、梁孫、建藩叔、宋耀如、善相叔、薛純甫、康普君、鶴翹君、胡二梅、藩允升、守藩叔、徐蔭階、張元愷、士範、欧陽二倩(立裝)、徐浩然、欧陽南傑(立袁)、花端英、純銘、詠春、汪容章、鄭毓如(琦)、厳伯經先生(蘇州自治局課員、仲實友人)、曹綉君、

　(文通:經農、季沆、鐵崖、保民、程雲翁、伯輝、近仁叔、張望、怡孫、紹庭、楽

亭、春度、士範、蜀川、仲希、尉慈、漢卿、羅毅）。

(17) 馬君武（1882－1939）広西桂林出身。伝統教育を受け、庚子事変後、日本、ドイツに留学して科学を学んだ。帰国後、西洋詩文を訳し数種の雑誌を編集し、革命運動に挺身しながら、農耕生活に携わった。詩文に優れ多くの著述を残したが、工業の発展を志し、弾薬製造第一人者となった。

(18) 李葭栄「我佛山人伝」（魏紹昌『呉趼人研究資料』上海古籍出版社 1980年4月所収）。

(19) 杜階平「書呉趼人」（原載『小説月報』8巻1号〈談屑〉1917年1月25日）。

(20) 上海市工商行政管理局編『上海民族機器工業』（中華書局1966年2月）。

(21) 張強「談呉趼人的"恢復旧道徳"」『文史哲』1991年第2期」。

(22) 時萌「呉趼人思想、創作縦横談」（時萌『中国近代文学論稿』上海古籍出版社 1986年10月所収）。

(23) 『上海県続志』巻十（王俊年「呉趼人年譜」『呉趼人全集』第10巻所収 p.45）。

(24) 「広志小学招生広告」（『呉趼人全集』第8巻所収 p.224）。

(25) 「広志学校付属国文補習夜塾」（同30所収 p.225）。

(26) 『繡像小説』第6期－20期に連載、未完。

(27) 生卒年未詳、筆名は憂患余生。

(28) 『蘇報』1903年5月6日。

(29) 「〈各省記事・湖北〉彙記梁鼎芬近状」（『蘇報』1903年5月21日）。
「革除排俄学生」「一門奴隷」（『国民日日報』1903年7月）。
「梁鼎芬未載之梁鼎芬」（『蘇報』1903年7月6日）。
「湖北学生之危機」（『国民日日報』1903年9月29日）。

(30) 黄遵憲（1848－1905）、字公度。広東省嘉應州の人。1876（光緒二）年の挙人。1877年10月駐日本外交師団で来日。『日本国志』完成。1882年米国カリフォルニア総領事。華工の待遇改善に尽力。1895年『事務報』創刊。

(31) 『事務報』1896年8月創刊。発起人は黄遵憲、汪康年、梁啓超らで、変法維新を鼓吹した。

(32) 『清議報』1898年12月日本横浜で創刊出版。梁啓超主編。戊戌政変後、保皇会を設立した康有為とともに君主立憲を宣伝した。1901年12月停刊。

(33) 『中外日報』1898年5月創刊。汪康年が洋務派官僚の支持下に刊行。

(34) その具体的情況は、北岡正子「留学期魯迅関連史料探索」十四～二十回（『中国文

芸研究会　会報』82〜84、92、95〜97号）に詳しい。その中で張之洞は'清末政治史上における「中体西用論の立場に立つ開明派」（18回）'と位置付けられている。（中国文芸研究会1988年8－10月、1989年6月、1989年9－10月）

(35)　郭廷以編著『近代中国史事日誌』（中華書局　1987年5月）。
(36)　樽本照雄「商務印書館と夏瑞芳」『清末小説研究』第4号（1980年12月1日）p.118。
(37)　曾少卿あて書信は1905年7月15日を最初に全三通残っている。樽本照雄「呉趼人の手紙二通」『清末小説から』第65号　2002年4月1日、『呉趼人全集』第8巻所収。
(38)　中国社会科学院経済研究所主編　上海市工商行政管理局　上海市工商行政管理局　上海市第一機電工業局機器工業史料組編『上海民族機器工業』（中華書局　1966年2月）。
(39)　樽本照雄「清末民初小説のふたこぶラクダ」（『野草』42号　中国文芸研究会　1988年8月1日　p.32－33）。
　　　「商務印書館と夏瑞芳」（『清末小説研究』第4号　1980年12月1日）p.474。

第八章

(1)　「呉趼人与梁启超関係鈎沉」《中国古代近代文学研究》2003年第4期　原2002年于安徽師範大学）『中国古代近代文学研究』2003年第4期　原2002年　于安徽師範大学。
(2)　霍儱白《梁任公先生印象記》—為先生逝世二十周年紀念作—『時事新聞』1949年第11期。
(3)　『新民叢報』第十九号　1902年10月。
(4)　王俊年「晩清社会的照妖鏡　重読晩清二大譴責小説」（『読書』　4　三聯生活読書新地書店　1979年7月）。
(5)　魏紹昌『晩清四大小説家』（台灣商務印書館民国 82年7月）17「関于海上名妓四大金剛奇書的両組資料」p.138。
(6)　章炳麟（1869－1936）：号太炎。浙江省余杭県出身。兪越の門下に学び経学、史学、文学、音韻学の造詣深い国学者として知られた。反清民族主義思想を醸成し、1896年『事務報』創刊。戊戌政変以後台湾、日本に逃れ孫文と知り合う。1903年「愛国学社」教員、『蘇報』論客となる（王雲五主編　章炳麟撰『民国章太炎先生炳麟自訂年譜』（台湾商務印書館　中華民国69年7月）。
(7)　蔣慎吾「蘇報案始末」（初出『東方雑誌』33巻1号1936年1月1日　孫常緯編著『上海研究資料続集』民国62年6月25日所収　国士館　民国74年6月）。

（8）　馮自由『革命逸史』第三週「呉稚暉述上海蘇報案記事」（台湾商務印書館　民国54年10月）。

（9）　蔣維喬「中国教育界の回憶」（〈蘇報案始末〉附録一）（注7『上海研究資料続集』所収）。

（10）　「蔣維喬宛書簡」（『上海研究資料続集』所収）。

　　　　蔡元培：（1868－1940）、字鶴卿。浙江省紹興の人。1890年進士に合格。1892年翰林院庶吉士。1894年編集に任じられた。1898年変法維新運動に共感し、1901年辛丑条約締結後は革命思想に傾注し、章炳麟らと共に「中国教育会」、「愛国学社」を設立運営した。1904年「光復会」を組織、中国革命同盟会に入会した。1907年ドイツに留学し哲学、心理学を学んだ。辛亥革命後は教育総長に任じられ、教育関係、国民党関係の要職を歴任した（孫常煒編著『蔡元培先生年譜伝記』国史舘　中華民国74年6月）。

（11）　呉稚暉「回憶蔣竹荘先生之回憶」（『上海研究資料続集』所収）。

　　　　呉敬恒（1865－1953）字稚暉。江蘇省武進県人。1891年挙人に合格。1895年会試に落ち北京に滞在、康有為公車上書に連名する。1897年天津北洋大学教員、1898年南洋公学教員、翌年学長。1902年自費留学希望生を引率して来日するが、駐日公使蔡鈞の不許可、送還措置に遭い、抗議して海上に投身、救出される。蔡元培が上海に連れ帰り、中国教育会に参加、愛国学社を設立、南洋公学退学生を収容する。1905年中国革命同盟会入会。1913年国語読音統一会議長。第二次革命失敗後ロンドンに入学。1915年'勤工倹学'を提唱。1916年帰国、国語統一運動、大学の国外設立計画に携わる。1925年中国国民党政治会議委員。国共決裂後、台湾にわたり、蔣介石に重用された（『民国人物小伝』第一冊）。

（12）　『蘇報』：方漢奇『中国近代報刊史』によると、『蘇報』はもともと日本人を発行名義人としていた。1900年、陳範（1860－1913）が買収し、政治的影響力を持つ言論機関となった。陳範は字を夢顔、湖南衡山の人、兄の陳鼎が戊戌の政変に連座し、彼自身も教会関連事件で免官となり、政治不信に至った。『蘇報』ははじめ康有為、梁啓超に共感する立場で改良派の傾向が強かった。しかし、列強の脅威が強まり、東京で「支那亡国二百四十二年紀年会」が開かれ革命団体が相次いで結成され、革命の気運が高まるにつれて、陳範も『蘇報』も革命派に同調する方向へと転換し始めた。1902年冬頃から学生の愛国運動や学園闘争を報道しはじめ、清朝政府の革命鎮圧に抵抗する革命派の論壇となった。1903年5月27日、陳範は章士釗を正式の主

筆に迎えた。『蘇報』は革命的色彩をいよいよ強め、1903年5月鄒容（1885-1905）が出版した革命宣伝冊子「革命軍」を宣伝し、民族民主革命を主張した。6月官憲の急襲、封鎖に遭い、7月7日に停刊させられる。

(13) 章士釗（1881-1973）字行厳。湖南省長沙人。法学者、詩、書法、桐城派古文家として知られる。1903年上海『蘇報』を編集、反満民族革命を鼓舞した。1905年日本に、1908年英国に留学。民国成立後『民立報』主筆。袁世凱討伐軍に参加。1924年段祺瑞政権下で司法総長兼教育長。『庚寅週刊』を発行し白話文に反対、魯迅と筆戦を繰り広げた。抗日戦時、上海租界に留まり1949年政府代表として中共と和議を進め、決裂後、北京に留まり全国委員会委員を歴任。1964年より中共全国人民代表大会湖南代表。（劉紹唐主編『民国人物小伝』第二冊 伝記文学雅誌社 1977年）。

(14) 蔣慎吾「蘇報案始末」（『上海研究資料続集』所収）。

(15) 1902（光緒二十八）年、蔡元培、葉瀚、蔣維喬、鐘観光、黄宗仰らは教科書、叢報を刊行し文字による革命を鼓吹しようと、「中国教育会」を結成した。章炳麟、黄宗仰、蔡元培、呉敬恒らはさらに学校を自主運営する目的で「愛国学社」を創立した。（孫常煒編著『蔡元培先生年譜伝記』国史館 1985年）／方漢奇『中国近代報刊史』（人民出版社 1981年6月）p.233／湯志鈞編『章太炎年譜長編』（中華書局 1979年10月）／馮自由「中国教育会及愛国学社」（『革命逸史』二集所収 台湾商務印書館 1943年所収）。

(16) 柳亜子らを中心に民族精神発揚を意図して結成された文芸組織。1910年詩文雑誌『南社』出版。辛亥革命前に4期出版。辛亥後22期出版。社友の多くは「中国革命同盟会」会員であった。

(17) 汪康年（1860-1911）。字穣卿。浙江省銭塘の人。光緒十八年の進士。張之洞と懇意で洋務官僚の庇護下に新聞事業に携わった。『強学報』から始まり『事務報』、『昌言報』、『中外日報』、『趨言報』等を創刊経営した。1897年譚嗣同、梁啓超らと「戒纏足会」を発起する。1901年、1903年に「張園拒俄演説会」を招集する。（汪詒年編『汪穣卿（康年）先生伝記・遺文』（文海出版社 民国27年7月）／沈雲龍『現代政治人物述評』「梁啓超与汪康年」（文海出版社 民国27年7月）。

結論

(1) 付建舟『近現代転型期中国文学論稿』（鳳凰出版社 2011年6月）p.247。

(2) 『新庵訳屑』巻下「自由結婚」（四則）（『呉趼人全集』第9巻所収）周桂笙は'自

由結婚'と'結婚の自由'を区別していたらしく'自由に結婚する'と曲解され男性の一方的離婚を促す事態を招かぬよう、男性の意識を改革しなければならない、というところまで論を進めている。

（3）「孔子改制考」を書き「孔教会」設立を図り、儒教の国教化を目指した（蕭橘『清朝末期の孔教運動』中国書店 2004年11月）。

（4）「佛学与佛教及今後之改革」（1927年2月30日）（『蔡元培全集』第5巻 中華書局 1988年5月）。

「佛法与科学比較之研究」序（1932年1月5日）（同第6巻 1988年8月）。

（5）李叔同（1880-1942）。祖籍は浙江省平湖出身、祖父の代から天津塩商。父は李鴻章と同年の進士。陽明学、禅学に通じ教育、慈善事業に尽くした。1901年「南洋公学」卒業、1905年日本に留学、絵画、音楽、演劇各界人士と交わった。演劇の天才を謳われ「春柳劇社」を設立、中国新劇の基礎を築いた。帰国後、音楽教師、文芸雑誌編集に携わりながら、書法、絵画、作曲、演劇、篆刻に独自の境地を開いた。1918年出家し、法名を演音、号を弘一と名乗り、華厳研究に専心し、後に浄土宗念仏を提唱した。（『中華民国名人伝』第1冊）

（6）投壺は『礼記』に見える古代士大夫の遊びだが、1925年、北洋軍閥上級武官孫伝芳（1885-1935）が復古の儀礼として行った。

（7）周桂笙『新庵諧訳初編・巻一〈自序〉』'尝出泰西小说书数种,嘱余逐頤译译实其报。余暇輒择其解者泽而与之。三四年来,积稿居然成秩矣。略加编次,遂付梓人。'（『呉趼人全集 第9巻』所収 p.303）。

呉趼人略歴

1866（同治五）年 5 月29日祖父の任地北京に生まれ、翌年、一家で広東省南海県佛山鎮に帰郷。

1883年頃より上海に出て求職、江南機器製造局に勤めた。1897年頃から小新聞編集に携わる。

1898（光緒二十四）年 7 月『上海名妓四大金剛奇書』石印で出版。

1901（光緒二十七）年 3 月「張園拒俄演説会」第二次集会で演説、薛錦琴に遇う。

1902（光緒二十八）年

　4 月『漢口日報』編集人に招聘される。

　11月梁啓超が '小説界革命' を標榜し雑誌『新小説』を発刊。

　　時事政論集『呉趼人哭』を手跡出版する。

1903（光緒二十九）年

　5 月『漢口日報』が官弁に買収され辞職、上海に戻り、小説家に転身する。

【6 月『蘇報』事件】

　10月より『新小説』に作品を発表、専業作家となる。

　　10月『二十年目睹之怪現状』（−1906年 1 月　第45回まで連載、以後全108回を執筆、1911年 1 月まで八巻に分けて出版）、「痛史」（−1906年 1 月　未完）、「電術奇談」（−1905年 7 月）、「新笑史」（−1905年12月）同時連載開始。

1904（光緒三十）年

【2 月日露戦争勃発】

　　12月「九命奇冤」（−1906年 1 月）、「新笑林広記」連載開始（−1905年11月）。

1905（光緒三十一）年

【8 月「中国革命同盟会」成立。9 月科挙が廃止となる。】

　娘呉錚錚（1905年 3 月28日−1971年 1 月 4 日）誕生。

　春漢口で米人経営の『蘇報』中文版主筆に就く。

　7 月辞職して上海に帰り反美華工禁約運動に参加する。

　　1 月「瞎騙奇聞」連載開始（−1905年 3 月）

　　9 月『新石頭記』連載開始（−12月第13回まで連載、1908年10月全40回単行出版）。

1906（光緒三十二）年

【9月清朝中央官制改革、立憲政治を予告する。】

11月 『月月小説』発刊。周桂笙とともに編集執筆に携る。

4月 『中国偵探案』出版。

9月 「糊塗世界」、『胡宝玉』出版。

10月 『恨海』出版。

11月 「俏皮話」（－1908年9月）、「両晋演義」連載開始（－1907年11月 未完）。

11月 「預備立憲」、「慶祝立憲」12月「大改革」、「義盗記」（いずれも短編小説）

1907（光緒三十三）年

【〈中国革命同盟会〉各地で起義】

冬同郷有志で広東旅学（広志小学校）を組織

1月 短編小説「黒籍冤魂」

2月 短編小説「快昇官」、「立憲万歳」「平歩青雲」

3月 「上海遊驂録」連載開始（－5月）。

4月 「買臦西鼓詞・序」発表。『趼廛剰墨』（－1908年12月）

5月 「曾芳四伝奇」連載開始（－10月未完）。短編小説「査功課」

11月 「劫余灰」連載開始（－1909年12月）。

11月 「発財秘訣」連載開始（－1908年3月）。「剖心記」、「雲南野乗」（－1908）、短編小説「人鏡学社鬼哭伝」

12月 戯曲「鄥烈士殉路」連載開始（1908年1月）

1908（光緒三十四）年

【10月清朝〈憲法大綱〉発表、9年後の国会開設を予告。11月西太后、光緒帝没。】

2月 広志小学校を開学、運営する。

1月 短編小説「無理取鬧之西遊記」

2月 短編小説「光緒万年」

10月 『新石頭記』全40回単行出版

12月 『月月小説』24期を出して停刊。

1909（光緒三十五）年

娘に纏足を禁じ天足会（纏足しない天然の足を奨励する会）に入会させる。

春 「近十年之怪現状」発表（未完）。

10月 短編小説「中霤奇鬼記」

12月 「劫余灰」連載終了

240　呉趼人略歴

1910（宣統二）年
　　春「我佛山人滑稽談」執筆（－9月）
　　「近十年之怪現状」（『絵図最近社会龌龊史』）出版
　　3月「我佛山人札記小説」連載（－6月）
　　6月「情変」連載開始（未完）
　　10月21日　喘息の発作で急死する。
　　絶筆「情変」、年内に出版。
1911（宣統三）年1月『二十年目睹之怪現状』（108回）全巻の出版が完了。同月に『趼廛筆記』出版。

作 品 年 表

太字、下線は本書中に取り上げた作品、事項

年	《社会小説》/《歴史小説》/筆記	《写情小説》	背　　景
1898		7月『海上名妓四大金剛奇書』出版	
1901			「張園拒俄演説会」で演説、薛錦琴と同座
1902	『呉趼人哭』出版		4月『漢口日報』主筆、漢口へ 11月 梁啓超小説界革命提唱
1903	10月「二十年目睹之怪現状」『痛史』『新笑史』連載開始	10月「電術奇談」連載開始	5月「漢口日報事件」 6月「蘇報事件」
1904	「九命奇冤」（-1906）『新笑林広記』連載開始		
1905	1月-3月「瞎騙奇聞」 9月「新石頭記」（12月まで13回分を連載）		3月 呉鉦錚誕生 反美華工禁約運動に参加
1906	9月「糊塗世界」出版 『胡宝玉』出版 （民国4年『我佛山人筆記四種』に『上海三十年艶跡』と改題、改篇して収録） 11月「両晋演義」連載開始 （-1907.11未完） 11月 短編小説「預備立憲」「慶祝立憲」 12月 短編小説「大改革」「義盗記」 笑話「俏皮話」連載開始 （-1908.9）	10月『恨海』	

241

年			
1907	1月 短編小説「黒籍冤魂」 2月 短編小説「快昇官」「立憲万歳」「平歩青雲」 3月–5月「上海游驂録」 4月「賈鳧西鼓詞・序」『趼廛剰墨』（–1908.12） 5月「曾芳四伝奇」連載開始（–10月未完）。 短編小説「査功課」 4月『中国偵探案』 11月「発財秘訣」（~1908.3） 11月「剖心記」「雲南野乗」（–1908）、 短編小説 「人鏡学社鬼哭伝」 12月 戯曲「鄔烈士殉路」（1908.1）	11月「劫余灰」（–1909.1）。	〈中国革命同盟会〉各地で起義 冬、広東旅学、広志小学校組織
1908	1月 短編小説 「無理取鬧之西遊記」 2月 短編小説 「光緒万年」 10月『新石頭記』 全40回単行出版		2月 広志小学校を開学、運営する 10月 清朝〈憲法大綱〉発表、9年後の国会開設を予告 11月 西太后、光緒帝没 12月『月月小説』24期を出して停刊
1909	春『近十年之怪現状』（~1910） 10月 短編小説 「中雷奇鬼記」		娘に纏足を禁じ天足会に入会させる
1910	春「我佛山人滑稽談」（–9月） 3月「我佛山人札記小説」連載（–6月）	6月『情変』連載開始（未完） 絶筆「情変」年内に出版	10月21日 喘息の発作で急死する
1911	1月『二十年目睹之怪現状』全巻出版完了 同月『趼廛筆記』出版		

初 出 一 覧

〈論文〉

1 「上海遊驂録」について 『咿呀』15号 1982年12月
2 『二十年目睹之怪現状』の目―登場人物の形象を通じて― 『野草』51号 1993年2月
3 小説家呉趼人の出発点 『関西大学中国文学会紀要』15号 1994年3月
4 未来小説『新石頭記』に描かれた理想世界
　　『太田進先生退休記念中国文学論集』中国文芸研究会 1995年
5 小説『新石頭記』に描かれた「東方」の理想
　　『関西大学中国文学会紀要』17号 1996年8月
6 呉趼人の悪玉小説に見るトリックスター性―「発財秘訣」を中心として
　　『関西大学中国文学会紀要』27号 2006年3月
7 「電術奇談」翻案から「情変」改作まで―清末における恋愛小説試作まで―
　　『関西大学中国文学会紀要』29号 2008年3月
8 呉趼人の悪漢小説 『関西大学中国文学会紀要』31号 2010年3月
9 『恨海』『劫余灰』に描かれた清末女性―守節という処世
　　『関西大学中国文学会紀要』34号 2013年3月
10 呉趼人の創作の原点―救国と「写情」 『日本ジェンダー研究』16号 2013年
11 呉趼人の《社会小説》―ピカロ体験とピカレスク― 『野草』93号 2014年2月

〈その他〉

1 1910年上海―胡適と呉趼人 『火鍋子』7号 1993年4月
2 「清国の少女傑」薛錦琴
　　『中国文芸研究会会報』172号 1996年2月
3 『蘇報』'本館記者'の呉趼人批判の背景（上）（下）
　　『清末小説から』46、47（清末小説研究会 1997年7月1日、1997年10月1日）
4 「呉趼人「情変」の原作」『清末小説から』（清末小説研究会 2001年7月1日）

参 考 文 献

『呉趼人全集』（北方文芸出版社 1998年2月）
『我佛山人文集』（花城出版社 1988年8月）
『二十年目睹之怪現状』（人民文学出版社 1959年）
『新石頭記』（中州古籍出版社版 1986年3月）
『晩清文学叢鈔』〈小説二巻〉（中華書局 1980年）
『中国近代小説体系』［近十年之怪現状・新石頭記・糊塗世界・両晉演義］（江西人民出版社 1988年10月）
李伯元『官場現形記』（人民文学出版社 1979年）
曾樸『孽海花』（上海古籍出版社 1980年）
劉鶚『老残遊記』（斉魯書舎 1981年）
『聊斎志異』（上海古籍出版社 1979年）〈花姑子〉は第5巻
魏紹昌編『呉趼人研究資料』（上海古籍出版社 1980年）
魏紹昌編『李伯元研究資料』（上海古籍出版社 1980年）
魏紹昌著『『晩清小説史』四大小説家』（台湾商務印書館 民国82年1月）
『点石齋画報』（天一出版社 1978年）
『蘇報』中国国民党中央委員会党史史料編纂委員会藏本（中央文物供応社 1968年9月1日影印初版）
文康『児女英雄伝』（人民文学出版社 1983年）
清・宣鼎著、項純文校点『夜雨秋灯録』（黄山書社 1995年）
魯迅『中国小説史略』（人民文学出版社 1973）、（下冊 1924年6月）北新書局 1925年9月重印。
胡適『五十年来之中国文学』（神州図書公司 1924年）
阿英『晩清小説史』（人民文学出版社 1980年）
北京大学中文系一九五五年級『中国小説史稿』編輯委員会著（人民文学出版社 1960年4月18日）
復旦大学中文系1956年中国近代文学史編写小組『中国近代文学史稿』（原刊中華書局 1960年5月版 1978年香港影印版を使用）
游国恩 王起 等主編『中国文学史』（人民文学出版社 1964年2月）

『中国古代近代文学研究』（2003年第 4 期）

『読書』 4 （三聯生活読書新地書店 1979年 7 月）

北京大学中文系著『中国小説史稿』（人民文学出版社 1978年11月）

時萌『中国近代文学論稿』（上海古籍出版社 1986年10月所収）。

張炯等主編『中華文学通史』〈第 5 巻近現代文学卷〉（華芸出版社 1997年 9 月）

易新鼎主編『二十世紀中国小説史発展史』（首都師範大学出版社 1997年12月）

于潤琦総主編『百年中国文学史』上卷（1872～1916）（中山大学出版社 1998年 8 月）

欧陽健『晩清小説史』（浙江古籍出版社 1997年 6 月）

黄修己主編『二十世紀中国文学史』（中山大学出版社 1998年 8 月）

周鈞韜主編『中国通俗小説家評伝』（中州古籍出版社 1993年 9 月）

于潤琦『清末民初小説書系』言情卷（上）（中華文聯出版社 1997年11月）

楊世驥『文苑談往』（原刊中華書局 1946年　華世出版社 1978年影印版を使用）

『読小説札記』（香港上海書店 1957年 8 月）

『読人所常見書日札』（中華書局 1958年 9 月）

鄭逸梅『南社叢談』（上海人民出版社　1981年 2 月）

『中山大学学報哲学社会科学版』（1980年 3 期　総76期）

華南師範大学近代文学研究室『中国近代文学評林』中州古籍出版社 1984年11月）

『中国近代文学評林』第 2 輯（広東高等教育出版社 1986年 7 月）

中国社会科学院文学研究所近代文学研究組編『中国近代文学論文集（1919－1979）小説卷』（1983年 4 月）

王立興「呉趼人与『漢口日報』─対新発現的一組呉趼人材料的探討」『中国近代文学考論』南京大学出版社（1992年11月）

『中国古代近代文学研究』2003年第 4 期（原2002年 于安徽師範大学）

付建舟『近現代転型期中国文学論稿』（鳳凰出版社 2011年 6 月）

林瑞明『晩清譴責小説的歴史意義』（国立台湾大学出版委員会 1976年 6 月）

陳幸蕙『「二十年目睹之怪現状」研究』（国立台湾大学出版委員会 1982年 6 月）

呉礼権『中国言情小説史』（台湾商務印書館 1995年）

『二十世紀中国文学』（台湾学生書局 1992年）

黄錦珠『晩清時期小説観念之轉變』（文史哲出版社 1995年）

黄錦珠『晩清小説中之「新女性」研究』（〈文史哲大系186〉文津出版社有限公司 2005年 1 月）

黃修己主編『百年中華文學史』(新亞洲文化基金會有限公司 1997年8月)
中国社会科学院経済研究所主編『上海民族機器工業』(中華書局 1966年2月)
郭廷以編著『近代中国史事日誌』(中華書局 1987年5月)
楊天石　王学庄編『拒俄運動1901－1905』(中国社会科学出版社 1979年6月)
劉紹唐主編『民国人物小伝』第一冊、第二冊 (伝記文学雑誌社 1977年)
孫常緯編著『上海研究資料続集』(民国62年6月25日所収　国士館民国74年6月)
黄季陸主編『革命人物誌』第五集　(中央文物供応社 1970年)
秦孝儀主編『革命人物誌』第18集 (中央文物供応社 1978　(民国67) 年6月)
『中華民国史辞典』(上海人民出版社 1991年8月)
馮自由『革命逸史』二集 (台湾商務印書館 1965年10月)
馮自由『革命逸史』三集 (台湾商務印書館民国 1965年10月)
『蔡元培全集』第5巻 (中華書局 1988年5月)
戴緒恭『向警予伝』(人民出版社 1981年5月)
戴偉『中国婚姻性愛史稿』(東方出版社 1992年11月)
夏暁紅『晩清社会与文化』(湖北教育出版社 2001年3月)
夏暁紅『晩清文人婦女観』(作家出版社 1995年8月)
『王国維全集』〈書信〉(中華書局 1984年)
上海図書館編『中国近代期刊篇目彙録』(上海人民出版社 1965年12月)
孫氏「南洋中学最早的女生」http://www.nygz.xhedu.sh.cn/Dangan/printpage.asp?ArticleID=697
『中華民国名人伝』第1冊 (近代中国出版社　民国73年11月)
『民国人物小伝』(伝記文学出版社　民国78年12月1日)、
汪詒年編『汪穰卿(康年)先生伝記・遺文』(文海出版社　民国27年7月)
方漢奇『中国近代報刊史』(山西人民出版社 1981年6月)
郭廷以編著『近代中国史事日誌』(中華書局 1987年5月)
『胡適之日記』(中華書局 1985年)
耿雲志『胡適年譜』(四川人民出版社 1989年12月)
上海市工商行政管理局編『上海民族機器工業』(中華書局 1966年2月)
週刊『婦女新聞』49号 (1901年4月15日)
週刊『婦女新聞』53号 (1901年5月13日)
週刊『婦女新聞』54号 (1901年5月20日)
週刊『婦女新聞』68号 (1901年8月26日)『清議報』82 (1901年6月16日)

樽本照雄編著『清末民初小説年表』（清末小説研究会　1999年10月10日）
樽本照雄編著『清末民初小説目録』：（清末小説研究会　中国文芸研究会　1997年10月10日）以後増補改訂を重ねる。現時点の最新版は第6版（CD-ROM）清末小説研究会　2014年3月16日
村松暎訳「幽霊妻」（集英社『世界短編文学全集』15　1963年6月20日）
松枝茂夫訳『警世通言』（「玉細工師崔寧幽霊妻と暮らしたこと」「白夫人がとこしえに雷峰塔に鎮められしこと」）（平凡社『中国古典文学大系』25　昭和四十五年十二月五日）
佐藤春夫訳　沈復『浮生六記』（岩波文庫　1938年）
山縣初男訳『野叟曝言』第一（立命館出版部　1934年）
立間祥介訳『児女英雄伝』（中国古典文学大系47　1971年）
太田辰夫訳『海上花列伝』（中国古典文学大系49　1970年）
入矢義高訳『官場現形記』（中国古典文学大系50　1968年）
松枝茂夫訳　中国現代文学選集1『孼海花』（平凡社　昭和1963年）
岡崎俊夫訳『老残遊記』（東洋文庫51　1965年）
吉川幸次郎訳『胡適自傳』（養徳社　1946年12月20日）
王独清著　田中謙二訳『長安城中の少年　清末封建家庭に生れて』（平凡社〈東洋文庫〉1965年12月10日）
中野美代子／飯塚朗訳『晩清小説史』（東洋文庫349　1979年）
『世紀末中国のかわら版　絵入新聞点石斎画報の世界』中野美代子／武田雅哉編訳（福武書店　1989年2月15日）
『翔べ！　大清帝国』武田雅哉（リブロポート　1988年2月）
『太田先生退休記念中国文学論集』（中国文芸研究会　1995年8月1日）
『一海・太田退休記念中国学論集』（翠書房　2001年4月30日）
創元SF文庫『海底二万里』荒川浩充訳（東京創元社　1977年4月22日）を使用した
白水紀子『中国女性の20世紀　近現代家父長制研究』（2008年6月30日　明石書店）
野村鮎子『帰有光文学の位相』（2009年1月27日　汲古書院）
山内一恵「魯迅にあたえた朱安夫人の影響―「家」との関係をめぐって―」（『東洋大学大学院紀要』第20集　1984年2月）
桧山久雄「魯迅の最初の妻朱安のこと」『吉田教授退官記念　中国文学論集』（東方書店　1985年7月）
P.ラディン・K.ケレーニイ・C.G.ユング著　皆川宗一／高橋英男／河合隼雄訳『トリック

スター』（晶文社　1974年9月25日）

山口昌男『道化の民俗学』（岩波書店　2007年4月）、

J・P・B・デ=ヨセリン=デ=ヨング「トリックスターの起源」宮崎恒二他訳『オランダ構造人類学』（せりか書房　1987年12月所収）

今堀誠二『中国の社会構造』（有斐閣　昭和二十八年）

仁井田陞『中国法制史研究』［奴隷農奴法・家族村落法］（東京大学出版会　1962年9月）

井波律子『トリックスター群像』（筑摩書房　2007年1月）

前川和也編『家族・世帯・家門——工業化以前の世界から』（ミネルヴァ書房　1993年4月10日）

村田静子『福田英子——婦人解放運動の先駆者』（岩波新書　1959年4月）

蕭橘『清朝末期の孔教運動』（中国書店　2004年11月）

あとがき

　本書は、清末小説関係の論稿をまとめ改稿して2016年に神戸学院大学に提出した学位論文を、さらに整理改稿したものである。学位論文作成にあたり、散漫な原稿に辛抱強くご指導を賜った谷行博先生、伊藤茂先生、長谷川弘基先生、中山文先生、大原良通先生に改めて深謝申し上げます。

　思えば、私の拙い清末小説研究は多大な厚恩に恵まれてきた。文学事象の鳥瞰、紙誌、個別作家、作品研究どの分野においても中村忠行先生、樽本照雄先生の先行研究なくしては、初めから進み得なかった。授業や中国文芸研究会で実際に両先生の薫陶を得られたのは幸せであった。故田中謙二先生には、ご自宅で『恨海』、「九命奇冤」二作の読書会を開いていただけた。「清末の小説は出来がええな、見直しましたよ」とおっしゃった言葉が懐かしい。北岡正子先生には積年にわたり稚拙な原稿を厭わずご指導いただいたうえに、"悪漢小説"に目を開かせていただけた。中山文先生と大阪駅の陸橋上で偶然出逢い、子育てを終えた女性が互いの研究成果を披露しあう場がほしいと話し合ったのが本書執筆の始まりであった。偶然出逢えた幸運と、ただちに「博論クラブ」を結成、とりとめのない話を聞いていただき、ともに頭を悩ませてくださったご厚意、ご尽力に感謝ひとしおである。

　谷行博先生には本書の再構成にあたりさらなるご指導を仰いだ。宋東平先生、曹櫻先生、曹偉琴先生、山内一恵先生には、呉趼人の難解な筆記文の読解にたびたび教えを請うた。「博論クラブ」仲間の陳鳳先生は貴重な資料をご提供くださった。汲古書院大江英夫氏には出版にあたりご助言、ご尽力を賜った。支えてくださった皆さまに御礼申し上げます。私事ながら、研究生活を支援してくれた亡き両親克彦、和子に遅まきながら報告できることを嬉しく思う。完成を待ってくれた家族、吉郎、克明、智也、真弥にも感謝は尽きない。本書は独立行政法人日本学術振興会平成29年度科学研究費助成事業（研究成果公開促進費）を

得られたおかげで上梓がかなった。ここに記して感謝を申し述べたい。

2017年5月

　　　　　　　　　　　　　　　　　　　　　松　田　郁　子

索　　引

事　項　索　引

「愛国学社」　　vi, 35, 167, 189-193, 199
"鴛鴦蝴蝶"派　15, 33, 43, 195, 216
『漢口日報』(『漢口日報』事件)　vi, 18, 19, 31, 80, 130, 151, 80, 167, 177, 182, 183, 190, 193
拒俄運動(「張園拒俄演説会」)　vi, 19, 20, 21, 26, 27, 51, 78, 128, 158, 177, 182, 189-193, 194, 197
譴責小説　4, 8, 12, 13, 15, 195, 201
広志小学校　　167, 181
《社会小説》　iii, vi, 4, 7-9, 10, 15, 25, 46, 78, 80, 81, 187, 194, 195, 197, 201
《写情小説》　i, 4, 7-10, 15, 33, 41, 44, 46, 47, 51-53, 60, 66, 69-71, 73, 79, 158, 160, 186, 187, 194-196, 198, 201, 202
《笑話小説》　　9
『蘇報』(『蘇報』事件)　7, 18, 27, 28, 167, 177, 182, 183, 189-193, 235
「中国教育界」　vi, 27, 167, 189-193, 199
反美華工禁約運動　20, 155, 177, 182, 183, 215
《翻新小説》　　9
《歴史小説》　7-9, 201, 202

書　名　索　引

『閲微草堂筆記』　67
『海上花列伝』　ii, 38
『海上大観園』　36
『海上名妓四大金剛奇書』　19, 188, 201, 214
『海底旅行』　v, 133, 136-139, 142, 145
『瞎騙奇聞』　10, 14, 81, 91, 92, 106
「『買鳧西鼓詞』序」　140, 229
「我佛山人札記小説」　167
『我佛山人伝』　6, 121, 166, 175, 233
『官場現形記』　ii, iv, 11, 16, 17, 39, 123, 124, 186, 187, 211
「九命奇寃」　14, 18, 19, 60, 78, 138, 201, 202, 215
『鏡花縁』　133, 136, 141
「近十年之怪現状」　3, 14, 80, 90, 119, 122, 126, 166, 181, 182, 192, 204
『孽海花』　ii, iv, 11, 24, 35, 39, 124, 211
『月月小説』　18, 45, 98, 134, 137, 140, 141, 160, 166, 169, 191, 192
『趼嚏外編』　19, 214
『趼塵筆記』　22, 144, 192, 215
「光緒万年」　163
『劫余灰』　ii, 14, 41-43, 45-48, 52, 57, 60, 66, 71, 72, 79, 181, 183, 184, 196
『紅楼夢』(『石頭記』)　ii, 37, 51, 126, 127
『呉趼人研究資料』　6, 19, 43

書名索引

『呉趼人哭』 19
『五十年来中国之文学』 4, 11, 12, 169, 187, 204
「糊塗世界」 10, 43, 81, 93, 97
『胡宝玉』(『上海三十年艷跡』) ⅰ, ⅵ, 24-26, 188, 197, 215
『恨海』 ⅱ, 9, 11, 14, 18, 33, 41-45, 48, 49, 52, 55, 57, 60, 66, 70-72, 79, 196, 197
『児女英雄伝』 ⅱ, 37, 51
『時務報』 128, 134, 136, 137, 150, 183, 191, 192, 233
「上海遊驂録」 ⅴ, 5, 8, 14-16, 18, 74, 160, 163, 170, 178, 179, 181, 182, 185, 193, 196, 198, 200, 204
『繡像小説』 134
『儒林外史』 15, 186, 187
『小説月報』 66
『小説琳』 134
「情変」 ⅲ, 14-16, 52, 58, 60-63, 65-72, 74, 75, 167, 181, 196, 219
『新庵訳屑』 133, 169
『新笑史』 78, 192
『新小説』 8, 13, 19, 52, 53, 78, 82, 134, 138, 140, 142, 166, 182, 186, 188, 214
『新笑林広記』 78

『新石頭記』 ⅳ, ⅴ, ⅵ, 5, 8, 9, 15, 16, 26-28, 43, 62, 79, 80, 126-129, 134, 135, 137-139, 141, 142, 145, 149, 151, 152, 154, 155, 158, 169, 178, 180, 181, 189, 192-194, 196-198, 200, 204
『新中国未来記』 134
「秦二官」 61-63, 65-69, 71, 72
「新聞売子」 53
『清末小説』 5, 204
『清末小説から』 5, 204
『清末民初小説目録』 5, 205
『清末民国初小説年表』 5, 205
『新民叢報』 185, 186
『水経注』 133, 134, 137
『清議報』 128, 134, 136, 140, 150, 183, 233
『西廂記』 70
『浙江潮』 140
『山海経』 133, 136, 137, 141
『荘子』 133, 134, 137, 141
『知新報』 128, 134, 150
「地心旅行」 ⅴ, 133, 138, 140, 141
『中外日報』 183, 192, 233
『中国言情小説史』 36
『中国小説史略』 4, 11-13, 21, 107, 201, 204
『中国之女銅像』 34

「痛史」 14, 18, 19, 52, 60, 61, 138, 215
「椿姫」 51
「電術奇談」 ⅱ, ⅲ, 19, 43, 47, 51-54, 57-60, 66, 71, 74, 78-81, 187, 188, 194, 196, 202, 215
『点石斎画報』 ⅴ, 133-137, 228
『南方報』(『南方日報』) 126, 169
『二十年目睹之怪現状』 ⅰ, ⅱ, ⅲ, ⅳ, 5, 8-14, 16-19, 22, 24, 29, 40, 43, 49, 50, 52, 60, 78, 80-82, 90, 101, 107, 109, 112-117, 119, 121, 123, 133, 134, 138, 160, 163, 166, 176, 177, 182-184, 186, 187, 193, 194, 197, 201, 211
『白話西廂記』 62
「発財秘訣」 ⅲ, 10, 14, 18, 81, 98, 101, 102, 106, 107, 151, 181, 183, 209
『晩清小説史』 4, 7, 11, 14, 15, 160, 161, 208
『晩清文学叢鈔』 5, 6, 8, 11, 14, 15, 61, 160, 212
『浮生六記』 51
『文明小史』 11
『麻瘋女邱麗玉』 68
『野叟曝言』 ⅱ, 36, 51
「予備立憲」 163

『輿論時事報』　　　　63, 75
「立憲万歳」　　　　　　163
『聊斎志異』　　　　　67, 73
『老残遊記』　　ⅱ, ⅳ, 11, 38,
　　　　　　　　121, 122, 211

人　名　索　引

阿英　　ⅰ, 4, 5, 7, 8, 11, 14,
　　15, 60-62, 161, 162, 208
井波律子　　　　61, 62, 219
汪康年　166, 182, 191-193,
　　236
菊池幽芳　　　　51, 58, 202
洪述祖　　ⅲ, 17, 78, 79, 81
黄宗仰　　　27, 35, 158, 166,
　　189-191, 193, 199, 215
呉趼人　　ⅰ-ⅳ, ⅵ, 3-29, 33,
　　37, 40-47, 49-60, 62, 63,
　　66, 67, 69-72, 74-82, 90,
　　93, 97, 101, 102, 104-107,
　　116-121, 123, 124, 126,
　　129, 132, 134, 138, 140,
　　141, 144, 145, 149-161,
　　163, 164, 166-170, 176,
　　178, 180-203
呉錚錚　　　　　　22, 121
胡適　　ⅰ, ⅵ, 4, 11, 12, 14,
　　15, 48, 161, 164, 167-170,
　　199, 201
胡仿蘭　　　　　ⅱ, 34, 36

賽金花　　ⅱ, 24, 35, 36, 39,
　　40
朱安　　　　　　　　　48
秋瑾　　　　　　34, 76, 217
周桂笙　　　12, 21, 47, 53, 55-
　　57, 140, 166, 169, 187,
　　188, 191, 197, 202, 212
章炳麟　　27, 166, 182, 189-
　　193, 199, 234
趨容　　　　27, 164, 168, 189,
　　191, 192
薛錦琴　　　26-29, 59, 148,
　　151, 158, 159, 189, 194,
　　197
宣鼎　　　　　　61, 62, 68
曾樸　　ⅱ, 11, 24, 39, 40, 124
樽本英雄　　5, 53, 138, 183,
　　205
譚嗣同　　　　　　17, 164
張之洞　　17, 183, 192, 193,
　　225
張竹君　　　　　　　　35
陳範　　　　　　ⅱ, 34, 36

沈復　　　　　　　　　51
中村忠行　　　　　　5, 13
方慶周　　　　　　51, 187
羅伽陵　　ⅱ, 27, 35, 36, 200,
　　217
李葭栄　　　6, 19, 121, 166,
　　168, 169, 175-177, 205,
　　232
李伯元　　ⅱ, ⅳ, 5, 11, 16,
　　17, 39, 121-123, 177, 187
劉鶚　　ⅱ, ⅳ, 5, 11, 38, 120,
　　122
梁啓超　　ⅵ, 19, 134, 166,
　　185-188, 193
梁鼎芬　　ⅲ, 19, 20, 31, 78,
　　79, 81, 127, 130, 151, 166,
　　182-184, 192, 194
林紓　　　　　　ⅳ, 51, 120
連夢青　　　　　ⅳ, 122, 182
魯迅　　　ⅰ, 4, 8, 11-16, 21,
　　48, 107, 140, 187, 201
ヴェルヌ　　　ⅴ, 133, 138,
　　141, 142, 198

著者略歴

松田　郁子（まつだ　いくこ）

1957年大阪生まれ。
1975年大阪府立泉陽高等学校卒業。
1979年天理大学外国語学部卒業。
1986年関西大学文学研究科博士後期課程単位取得後満期退学。
現在、関西大学等非常勤講師。博士（人間文化学）。

呉趼人小論──'譴責'を超えて

2017年12月12日　初版発行

著　者　松　田　郁　子
発行者　三　井　久　人
整版印刷　富士リプロ㈱
発行所　汲　古　書　院

〒102-0072　東京都千代田区飯田橋2-5-4
電話03(3265)9764　FAX03(3222)1845

ISBN978‐4‐7629‐6602‐6　C3097
Ikuko MATSUDA ©2017
KYUKO-SHOIN, CO., LTD. TOKYO.